문학시간에 소설읽기 4

문학 시간에 소설 읽기 4

전국국어교사모임 엮음

Humanist

'문학시간에 읽기' 시리즈를 펴내며

문학 작품은 왜 읽을까요? 도대체 문학이란 무엇일까요?

한 국어학자는 '문학'을 '말꽃'이라고 했습니다. '꽃'이 '아름답게 피워 낸 가장 값진 열매'이니, '말꽃'은 '말로써 피워 낸 가장 아름답고 값진 결과물'이라는 것입니다.

그런데 오늘날 입시 위주의 교육 환경에서 '문학'은 과연 학생들에게 말꽃으로 다가갈까요?

학생들은 말로 이루어 낸 가장 아름다운 꽃의 향기와 아름다움을 느끼거나 맛볼 여유가 없습니다. 이번 시험엔 어떤 작품이 출제될까만 생각하며 이런저런 참고서와 문제집을 뒤적거리느라 문학의 재미와 아름다움을 맛보고 느낄 겨를이 없으니까요.

전국국어교사모임은 학생들에게 문학의 참맛을 느끼고 맛보게 해 주고 싶었습니다. 그래서 문학사 중심, 지식과 기능 중심의 문학 교재가 아닌, 학생들이 재미있게 읽으면서도 자신의 지적·정서적 경험을 넓힐 수 있는 문학책을 만들게 되었습니다.

'문학시간에 읽기' 시리즈는 전국의 국어 선생님들이 숱한 토론을 거치면서 가려 뽑은 작품들로 구성되었습니다. 학생들이 즐겨 읽고 크게 감동한 작품들, 학생들의 감수성과 상상력을 풍부하게 만든 작품들과 만날 수 있습니다.

이제 학생들이 논술과 수능 준비를 위해 어렵게 외우고 풀어야 하는 문학이 아닌, 나와 우리의 이야기가 녹아들어 있는 문학, 느끼고 생각할 수 있는 문학, 진실한 얼굴의 문학을 만날 수 있기를 바랍니다.

2013년 5월

전국국어교사모임

머리말

소설을 공부하면서 소설 읽는 것은 시간 낭비라고 말하는 사람들을 자주 봅니다. 이것은 물에 들어가지 않고 이론으로 수영을 배우는 것과 비슷하겠지요. 소설을 읽지 않고 그 작품의 핵심적인 것들을 요약한 내용을 암기하는 것은 직접 음식의 맛을 보지 않고 요리책에 설명된 음식의 맛을 암기하는 것만큼이나 무의미한 일입니다. 소설에 대한 모든 이야기는 우선 소설 읽기에서 출발해야 합니다.

소설 읽기는 좋아하는데 교과서에 실린 소설은 싫다는 학생도 많습니다. 그것은 사건 전개 위주의 글에 익숙한 독서 습관 때문일 수도 있지만 작품이 학생들 수준에 맞지 않기 때문인 경우가 많습니다. 소설 읽기는 읽는 사람의 지적·정서적 체험과 깊은 관련을 맺고 있는데 이런 것을 고려하지 않은 채 문학사적으로 의미 있다고 평가되는 작품들을 학생들에게 읽도록 권하는 경우가 많기 때문입니다. 이 책에 수록된 작품들은 이런 문제를 고민하여 선생님들이 숱한 토론을 거치며 가려 뽑았고, 학생들도 읽을 만하다고 평가한 작품들입니다.

소설 감상 능력이 있다는 것은 어떤 의미일까요? 한 편의 소설은 일상적 삶 속의 매우 세세한 부분들이 서로 긴밀하게 관련을 맺으면서 의미를 만들어 내는 구조로 이루어졌습니다. 따라서 소설 속의 다양한 정보를 꼼꼼하게 따져서 풍부한 의미를 조직할 수 있는 능력을 가진 사람을 훌륭한 독자라고 말할 수 있을 것입니다. 이 책에서 각 작품마다 제시한

'생각할 거리'는 작품을 꼼꼼하게 읽고 의미를 풍성하게 조직할 수 있는 길을 안내할 것입니다. 그러므로 물음에 대한 획일적인 정답은 있을 수 없으며, 그런 과정을 되풀이하면서 소설 읽는 능력을 기르는 것이 중요합니다.

소설은 우리 삶을 총체적으로 다루고 있어서 어느 한 부분에 초점을 맞추고 읽기가 어렵습니다. 특정한 방향에 따라 소설을 묶는 것도 의미 있는 일이지만 자칫 그 구분에 지나치게 매몰될 위험도 있지요. 작품을 형식과 기법 중심으로 엮거나 주제별로 엮는 방식 모두 불필요한 선입관을 심어 줄 수 있습니다. 이 책에서는, 최대한 개별 작품들의 맛을 살릴 수 있는 범위 안에서 다음의 네 가지 범주로 작품을 묶었습니다.

1권은 '나'를 중심으로 '나'의 존재에 다가가고자 하는 작품들을 모았습니다. 나와 가족을 중심으로 다양한 성장통을 앓으면서 살아가는, 여러 빛깔의 삶을 맛볼 수 있는 작품들입니다.

2권은 사회 속에서 개인은 어떤 존재인지, 어떻게 서로 관계 맺고 살아가는지를 생각해 볼 수 있는 작품들을 모았습니다. 서로 다른 삶의 조건들이 어떻게 갈등하고 화해하는지, 그리고 사회 조직과 집단 속에서 개인의 의미는 무엇일지를 생각할 만한 작품들입니다.

3권은 역사적 사건이나 상황에 무게중심을 둔 작품을 모았습니다. 일제 강점기 상황에서의 민중들의 삶, 전쟁 속에서 인간의 모습, 그리고 거

대한 역사의 소용돌이를 거친 인간들이 그 상처를 치유해 가는 모습이 잘 드러난 작품들입니다.

4권은 장편 소설에서 특별히 의미 있는 부분을 뽑아 모았습니다. 수록한 부분만으로도 깊은 의미를 새겨 볼 수 있지만 작품 전체 읽기로 나아가는 맛보기가 되었으면 하는 바람으로 묶은 작품들입니다.

그러나 이것은 다만 빛깔이 다양한 작품들을 같은 방에 가두기 위한 구실일 뿐입니다. 모든 작품은 저마다 다른 것들과 견줄 수 없는 독특한 향기와 의미를 지니고 있으니까요. 각 권의 책을 묶은 범주에 너무 얽매이지 말고, 우리 몸의 온갖 감각을 동원하여 맛있는 음식을 즐기듯이 그렇게 소설의 맛을 느끼기 바랍니다.

일단 물 좋은 소설의 수영장에 뛰어들어야겠지요. 그리고 물길을 헤쳐 가는 몇 가지 안내에 따라서 마음을 소설 속에 담그고 열심히 팔을 저어 봅시다. 그러다 보면 어느새 밖으로 나가 물결 험한 소설의 바다를 헤엄칠 수 있는 능력을 가질 수 있을 것입니다. 물론 그 힘이 팍팍한 세상을 넓게 보고 따뜻하게 감싸 안을 힘으로 성숙하겠지요.

2013년 6월

'문학시간에 소설읽기' 집필모임

차례

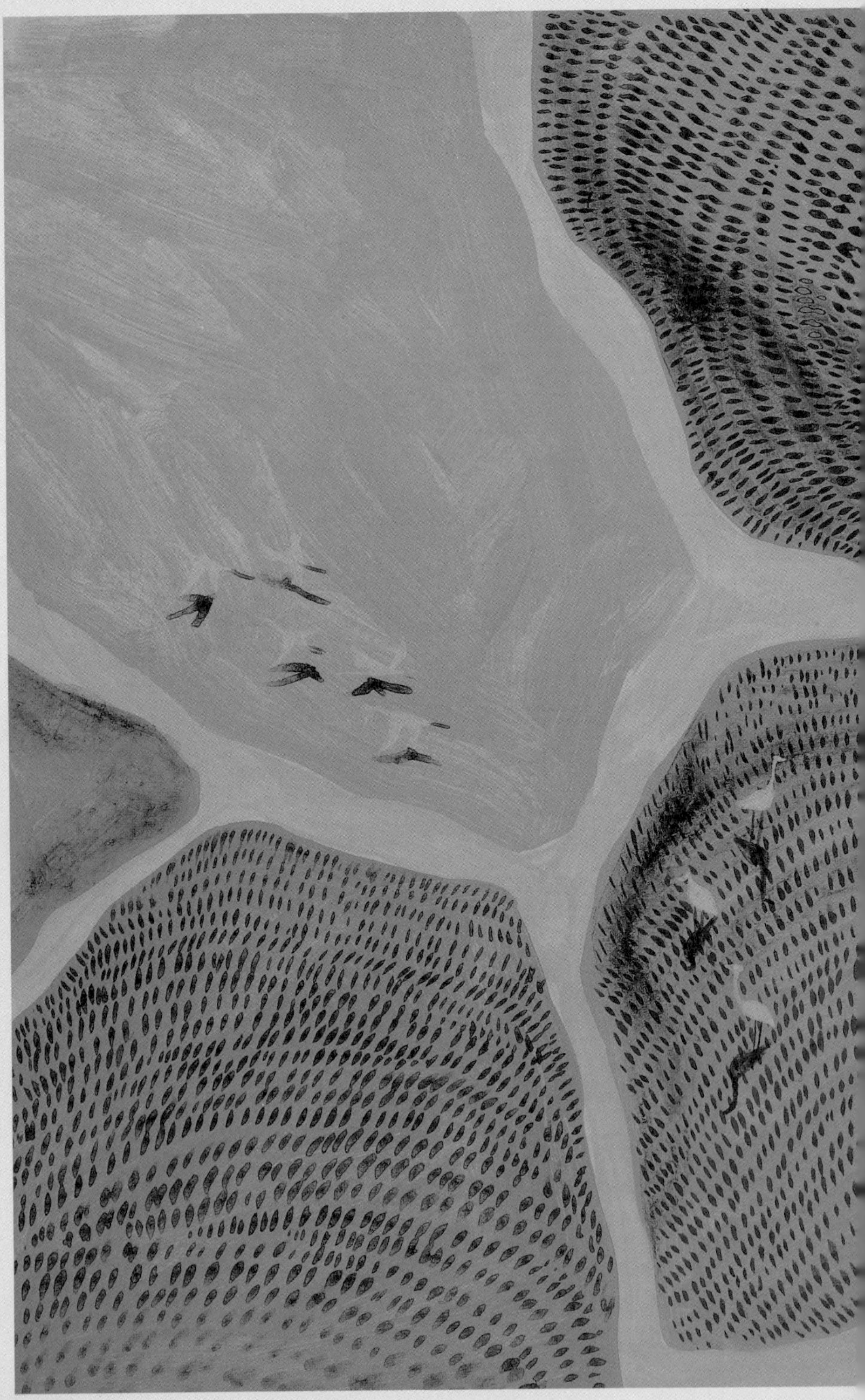

토지

박경리

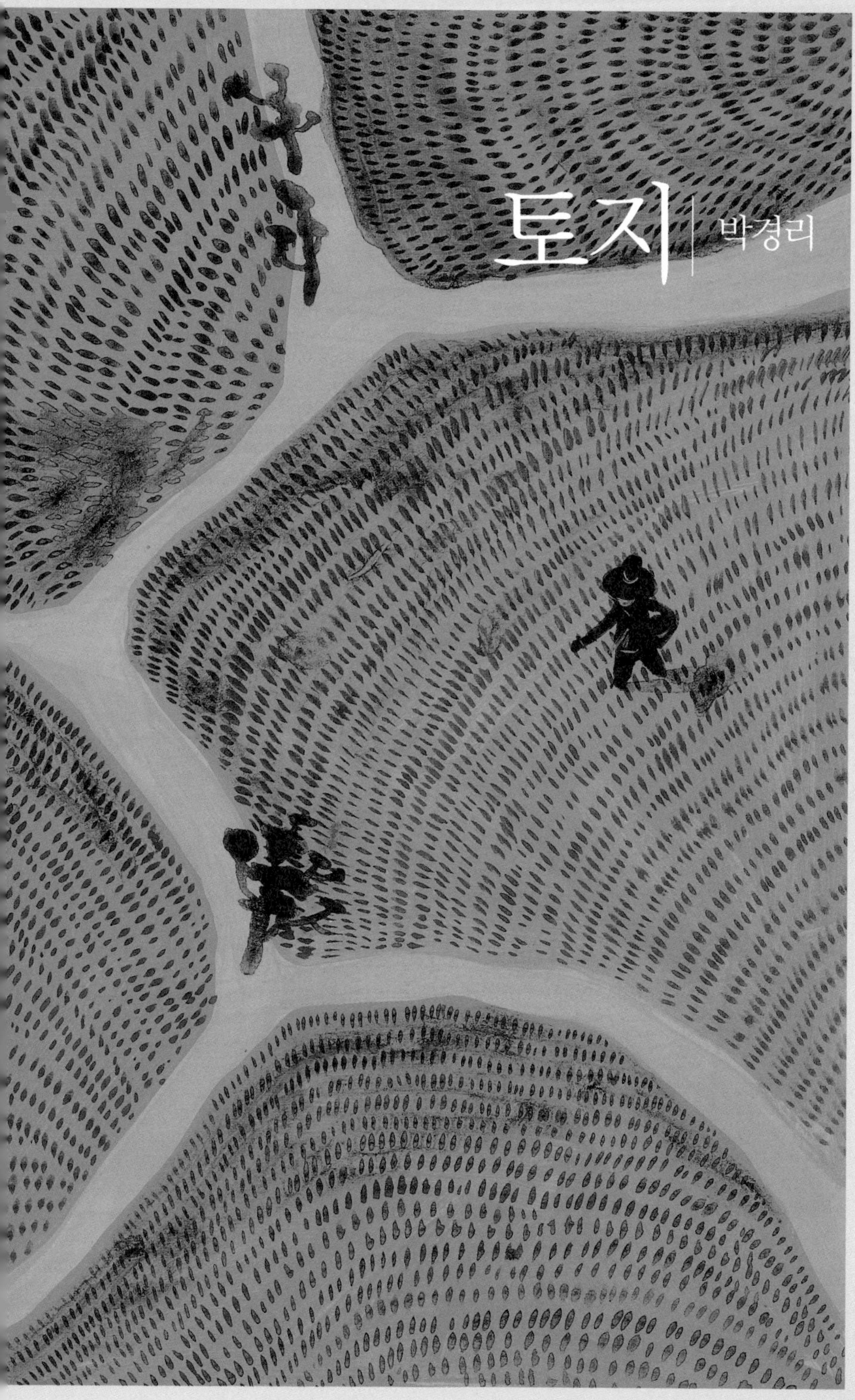

햇빛이 서편 창가에 두 줄기 비쳐 들어 그 빛 속에서 시끄럽게 먼지가 날고 있었으며 이따금 풀쑥풀쑥 기어든 담배 연기가 맴을 돌고 있었다. 겨울날에 모처럼 스며든 햇빛이건만 암울한 사람들 마음을 더욱더 암울하게 할 뿐이다. 방에는 주름살투성이의 한층 얼굴이 길어진 영팔이 고개를 빠뜨리고 앉아 있었다. 얼굴이 새까맣게 탄 공 노인은 담뱃대를 털기가 무섭게 누가 담뱃대로 뒤꼭지를 후려치기라고 할 듯 재빠르게 새 담배를 넣어서 불을 붙였고, 그것을 무한정 연기가 나든 안 나든 입에 물고 앉아 있는 것이었다. 방학이어서 학교를 쉬고 있는 두메도 와서 함께 무릎을 모으고 앉아 있었다. 안방, 월선이 누워 있는 방을 지키는 사람은 방씨였다. 이러기를 벌써 사흘, 월선은 기름 떨어진 호롱의 심지처럼 기름 아닌 심지를 태우고 있는 그런 상태, 죽음은 일각일각 다가오고 있었다. 아니 다가오고 있다기보다 이미 사신(死神)은 머리맡에 와 있는 것이다. 끈질기게 심지를 태우고 있는 불길은 잦아졌다가 아슬아슬하게 되살아나곤 했다. 두메는 무릎을 모으고 앉아 있었지만 하마 돌아올 때가 되었는데 나간 채 기척이 없는 홍이 걱정을 하고 기회를 잡은 두메가 벌떡 일어선다. 조심스럽게 방문을 열고 밖으로 나온 두메는 부엌을 들여다본다.

"홍이는?"

아궁이에 불을 지피고 있던 안자.

"몰라."

안자의 양 볼은 불길에 상기되어 사과처럼 빨갛다. 두메는 안자가 예쁘다는 생각을 한다. 그러고는 다음 순간 이럴 때 그런 생각을 하는 자신에 죄책감을 느끼며 거친 목소리로,

"이 자식 또 거기 갔구나!"

내뱉는다.

"홍이 그 애도 어디가 좀 어찌 됐나 부지? 길가에 나섰다고 소문났어. 지 아부지가 용정에 왔으면 길 몰라 못 올까 봐서 거긴 왜 자꾸 가누."

사정을 잘 아는 안자는 화를 내며 말했다.

"오죽 답답하면 그럴까!"

두메도 화난 소리로 응수하고 마당으로 돌아 나와 변소가 있는 뒤꼍으로 간다. 홍이 거기 서서 울고 있었다. 털모자를 쓰고 외투도 입고 아마 거기 가지 않으리라 결심을 하고서 분하여 울고 있는 것 같았다. 이제는 두메도 무슨 말을 할 수가 없다. 우두커니 뒷모습을 바라볼밖에. 임종이 가까워 온다는 사실보다 실낱같은 생명이 끊겼다 이어지곤 하면서 홍이 아버지를 분명 기다리고 있을 병자의 끈질긴 소망을 두메도 알 듯했기 때문이다. 인편에 편지를 보낼 때 홍이는 두메에게 말했다. 이번에 만일 아버지가 오지 않는다면 평생 상면 아

니하겠다고, 주먹을 쥐고서, 그러나 홍이는 그 선언을 스스로 저버리고 사람까지 사서 산판의 아버지를 찾아갔었다. 그는 하산하면서 다시 맹세했으리라. 다시는 아버지라 하지도 않을 것이요 상면도 하지 않을 것이라고 울부짖었을 것이다. 그러나 홍이는 해 질 무렵이면 그 길목에 가서 우두커니 서 있곤 하는 것이다. 행여 올지도 모른다는 한 가닥 희망을 안고. 이제는 사랑하는 어머니와의 이별보다 아버지가 지켜보지 않는 자리에서 어머니를 가게 할 수 없다는 소망이 무너지는 분노 때문에 그는 울고 있는 것이다. 두메는 알 수가 없었다. 왜 홍이 아버지가 오질 않는가를. 그것은 비단 두메뿐만 아니었다. 모두가 그러했다. 모를 일이었다. 야속한 놈 인정머리 없는 놈, 뉘 땜에 병이 났겠느냐, 날이면 날마다 욕을 하는 방씨에게도 용이 오지 않는 일은 수수께끼였다.

"홍아."

"……."

"거기나 가 보자."

"가면 뭘해."

"그래도 여기서 울고 있으면 별수 있나?"

가면 뭘해 하고서도 홍이는 걸음을 옮긴다. 행여 올지도 몰라. 홍이는 수없이 마음속으로 중얼거리고 있는 것 같았다. 두 소년은 해란강의 바람이 몹시 부는 길목에서 털모자를 깊숙이 눌러쓰고 눈만 내어놓고 서 있었다. 그러나 언제까지 그러고 서 있지는 못했다. 그새 집에서는 어머니가 죽었는지도 모른다는 불현듯한 생각. 홍이는 안

절부절못하다 그만 돌아선다. 천천히 걷다가 걸음이 빨라지고 다음은 허둥지둥 미친 듯 뛴다. 따라서 그의 뒤를 따라가는 두메도 허둥대다가 뛰기 시작하는 것이다. 마치 홍이의 심정이 전염되자 자신의 심정이 된 것처럼, 냉정한 두메가. 홍이 엄마를 두메도 좋아했었다. 그러나 두메는 이 순간 임종도 못 본 아비의 임종을 혼동하고 착각했는지 모른다. 집에 갔을 때,

"막 의사가 다녀갔어."

하고 안자가 말했다. 길서 상회 댁에서 특청을 하고 인력걸 보내어 모셔 왔다는 것이다. 그 전에도 의사는 서희 간청으로 몇 번 왔다 갔었다. 의사가 왔어도 병자의 고통을 덜어 주기 위해 진통제를 쓰는 것, 보혈 주사를 놓아 주는 것 이외 다른 방법이 있을 순 없었지만 의사가 다녀간 후면 월선은 반드시 홍이를 찾았다. 고통이 덜해지기 때문이다. 다른 때도 고통이 가셔질 땐 홍이를 찾았고 고통스러울 때는 홍이더러 나가라 했다. 마음속으로 목마르게 기다리고 있을 용이에 대해선 일절 말이 없었다. 이 여자에게 이런 고집이 있었나 싶으리만큼. 그러나 죽음에 대비하는 것이었는지 사랑하는 사람을 기다리는 맘에선지 늘 몸을 닦아 달라 했고 머리를 빗겨 달라 했다.

"널 찾는다. 어서 가 봐라."

안자가 말하지 않아도 홍이는 방씨가 부르는 소리를 들었다. 두메는 담배 연기가 자욱한 작은방으로 들어가고 홍이는 월선이 누워 있는 안방으로 들어간다.

"옴마!"

"운냐."

커다랗고 푸른 기가 도는 눈이 홍이를 쳐다본다. 좀 생기가 나는 것 같다.

"어디 갔더노."

"바람 좀 쏘이고 왔다."

"치분데 감기 들믄 우짤라꼬?"

"이 사람아 너 걱정이나 해라."

방씨가 말했다.

"숙모요."

"와."

"우리 홍이, 에미 병 땜에 많이 야빘지요?"

"아무리 야비도 아픈 사람만 하까?"

월선의 얼굴은 주먹만 했다. 몸도 오그라든 것처럼 작아졌다. 본래 뼈대가 가늘었던 여자, 그 가는 뼈대가 드러난 손은 차마 눈 뜨고 볼 수가 없다. 옛날과 다름없는 것은 푸른 기를 띤 눈뿐이다. 아니 옛날보다 더 크고 맑게 빛나는 눈동자에는 이상하게도 어떤 충만감조차 넘실거린다. 육체적인 고통이 빚은 순간의 그의 눈은 항상 그러했다.

"홍아."

"니는 후제 커서 이사가 됐이믄 좋겄다."

"공불 많이 해야지 내가 어떻게?"

"그렇구나. 공불 많이 해애겠재? 공부 많이 하는 것도 그리 좋은 거는 아니다. 공부도 할라 카믄 피가 마를 긴께. 그라믄 니는 그만

하동 가서 장시를 하는 기이 좋겄다. 베 장시. 비단 장시 말이다. 난리가 나도 짊어지고 달아나믄은 팔아 감시고 굶지는 않을 긴께 안 그렇나? 그렇제?"

"옴마는 참."

"부자도 안 좋을 기고 너무 기찹아도 못살 기고 그냥저냥 물들 만치 하고 사는 기이 젤 좋다. 식구들이 화목하고 자식은 서넛 낳아서 나는 똑 그랬이믄, 우리 홍이가 그랬이믄 싶다."

"사람도, 아 그만해 두어라. 얘기도 너무 하믄 지친다."

방씨는 울컥울컥 치미는 것을 삼키며 이불깃을 끌어당겨 주며 말했다.

"내가 또 기운이 빠지고 아파 오믄은 말도 못할 것 아니오. 숙모님은 내 맘도 모름시로 걱정만 해 쌓소. 홍아."

"옴마, 이자 고만 얘기해라. 옴마 하라 카는 대로 할 긴께, 기운 빠진다 카이."

"아니다. 지금은 아주 편안하다. 소원대로 말하믄은 사모관대하고 대례청에 서는 니를 보고 접지마는, 니겉이 착하고 세상에서 젤 이쁜 니 각시 쪽도리 쓴 것도 보고 접지마는 이대로도 괜찮다. 이자 다 컸고 어디 가도 구박받을 나이는 지났인께."

"애비 에미가 있는데 와 구박을 받을 기고. 씰데없는 걱정 한다. 니 일신 생각이나 좀 해라."

참다 참다 방씨는 화를 낸다.

"야아. 그거를 누가 모립니까. 에미 애비가 있어도 어린거는 불쌍한께요. 우리 홍이가 열 살도 못 됐다믄 참말로 가심이 아플 깁니다."

홍이는 울고,

"무신 인연이, 이런 인연이 있노."

방씨는 코를 훌쩍이며 중얼거렸다.

이러기를 또 며칠, 섣달 그믐날 해거름이었다. 공 노인댁 방씨는 제사 차림을 위해 객줏집으로 돌아갔고 공 노인도 잠시 방을 비운 사이 망태 하나를 어깨에 걸머지고 초췌해진 사내가 집 안으로 들어섰다. 그는 마루 끝에 망태를 내려놓고 신발을 벗는다.

"홍아!"

부엌에서 쫓아 나온 안자가 외쳤다.

"홍아! 아버지 왔다!"

홍이 안방 문을 박차듯 뛰어나온다. 동시에 작은방의 문이 떠나갈 듯 열렸고 영팔이와 두메가 나왔다. 홍이의 얼굴은 홍당무였다. 영팔이 얼굴도 벌겠다. 두메 얼굴만이 푸르스름하다. 모두 벙어리가 되어 버렸는지 마루에 걸터앉아 찌가다비를 벗고 있는 용이 뒷모습을 쳐다본다. 마루에 올라선 용이는 털모자를 벗어 던졌다. 솜을 두어 누덕누덕 기운 반두루마기도 벗어 던진다. 그러는 동안 말 한마디 없을 뿐만 아니라 누구 한 사람 거들떠보지도 않았다. 몸 전체에서 뿜어내는 준엄한 기운에 세 사람은 압도되어 선 자리에 굳어 버린 채다. 방문은 열렸고 그리고 닫혀졌다. 방으로 들어간 용이는 월선을 내려다본다. 그 모습을 월선은 눈이 부신 듯 올려다본다.

"오실 줄 알았십니다."

월선이 옆으로 다가가 앉는다.

"산판일 끝내고 왔다."

용이는 가만히 속삭이듯 말했다.

"야, 그럴 중 알았십니다."

"임자."

얼굴 가까이 얼굴을 묻는다. 그러고 떤다. 머리칼에서부터 발끝까지 사시나무 떨듯 떨어 댄다. 얼마 후 그 경련은 멎었다.

"임자."

"야."

"가만히."

이불자락을 걷고 여자를 안아 무릎 위에 올린다. 쪽에서 가느다란 은비녀가 방바닥에 떨어진다.

"내 몸이 찹제?"

"아니요."

"우리 많이 살았다."

"야."

내려다보고 올려다본다. 눈만 살아 있다. 월선의 사지는 마치 새털같이 가볍게, 용이의 옷깃조차 잡을 힘이 없다.

"니 여한이 없제?"

"야, 없십니다."

"그라믄 됐다. 나도 여한이 없다."

머리를 쓸어 주고 주먹만큼 작아진 얼굴에 턱을 쓸어 주고 그리고 조용히 자리에 눕힌다.

용이 돌아와서 이틀 밤을 지탱한 월선은 정월 초이튿날 새벽에 숨을 거두었다.

"어이구우! 니가 이 서방을 기다리노라, 어이구우! 이 불쌍한 것아!"

방씨는 땅을 치며 통곡했다. 그러는 사이 미리 준비해 놨던 월선의 옷 한 벌이 지붕 위에 올려졌고 안자와 순이네는 사잣밥을 짓는다. 공 노인은 허허어 허허어 하며 앉았다가 서고 섰다간 앉고, 영팔이 두메는 눈물만 뚝뚝 떨어뜨린다. 기별을 받은 길상이 달려왔다. 그러나 방 안의 사람들은 모두 물러 나왔다. 용이 혼자서 염을 하겠노라 했기 때문이다. 시신이 놓인 방에서 물러나려다 홍이 뒤쫓아 왔다.

"옴마."

가슴 위에 모아 놓은 뼈뿐인 손을 잡고 다시,

"옴마!"

홍이 계속하여 옴마! 옴마! 부르며 방에서 뛰쳐나간다.

오랜 병 끝이어서 준비는 다 되어 있었다. 해서 장례는 차질 없이 진행되었다. 입관이 끝나고 굴건제복한 홍이와 삼베 두건을 쓴 용이 침착하게 빈소를 지키며 문상객을 맞이한다. 생전에는 외로웠던 월선이었으나 죽어 누워 있는 그의 빈소는 쓸쓸하지 않았다. 객주업과 거간업으로 알음이 넓었고 적당히 교활하면서 수완가인 반면 사욕이 없는 탓으로 쌓아 올린 공 노인의 지반이 있었으므로 그의 영향하의 시정배(市井輩)라 할까, 그런 남정네들이 공 노인의 면을 보아 많이들 다녀갔다. 국밥집 시절의 단골이던 역시 엇비슷한 사람들도 더러 다녀갔고 홍이 학교의 선생님, 친구들도 문상 왔었다.

"이 서방 넋이 빠졌구먼. 정신 차리라구. 머지않아 다 갈 건데 뭘 그래?"

거간 권 서방이 그런 말을 했다. 신전 박 서방과 엿도가 하던 홍 서방은 눈을 꿈벅꿈벅하며,

"홍아, 네가 젤 딱하구나. 엄마 보고 싶어 어쩔래? 그럴수록 공부 열심히 해야지."

그런 위로의 말을 했다. 그리고 길서 상회 서희가 문상 온 것은 의외의 일이었다. 그는 남과 다름없이 절차대로 예를 치렀다. 옛날 하인이나 다름없는 작인 용이에게 맞절하는 것도 서슴지 않았다. 이 광경을 본 영팔이는 너무 놀래어 얼굴빛마저 샛노래졌다. 그러나 용이와 홍이는 서희의 정중함에 답하는 정중함으로 대하였을 뿐 비굴이나 감사의 특별한 변화는 나타내지 않았다. 빈소에서 나온 서희는 손수건을 꺼내어 눈언저리를 닦는다. 영팔의 얼굴은 다시 한 번 노랗게 변하였다.

"김 서방."

손수건을 소매 속에 넣으며 또 뜻밖에 영팔이를 불렀다.

"예 애기씨! 아, 아니 마님."

"고생이 많았지요?"

"고생이란 게……."

"조금만 참아요. 올해 안으로 우린 돌아가게 될 게요."

"예."

영팔이 실감도 하기 전에 서희는 어느덧 대문 밖에서 기다리고 있는 인력거에 오르고 있었다. 영팔이 뒤좇아 가서 허리를 굽히고 서희는 고개를 끄덕이고서 그리고 인력거는 떠났다.

넋을 잃고 서 있던 영팔이 작은방으로 쫓아 들어간다. 별안간 그는 어흥! 어흥! 하고 소같이 울어 젖히는 게 아닌가.

"어이구우 — 어이구우 — 일 년만 더 살았어도, 어이구우 — 무신 놈의 복이 그리 없노오!"

돌아가게 된다! 꿈같은 얘기, 꿈같은 일이 영팔을 울게 한다. 월선에 대한 연민과 그간의 세월의 설움이 울음과 더불어 목구멍에서 꺼이꺼이 넘어오는 것이다.

"어이구우 —"

이 북새통에 두메는 어디로 갔는지 모습이 보이지 않았다. 초상 전에는 줄곧 붙어 있던 두메가 묘한 소외감 때문에 사라졌을 것이 틀림없다. 그리고 한 가지 불상사는, 눈앞이 보이지 않는다고 중얼거리던 공 노인이 마루에서 발을 헛디뎌 마당에 굴러떨어져 발을 삔 일이다. 대단찮다고 우겼으나 운신하기가 어려우니 결국 방에서 벽을 등지고 앉을 수밖에. 영팔이와 길상이, 그리고 다시 밤샘하겠다고 찾아온 권 서방 해서 네 사람은 한방에서 밤을 맞이하게 되었다. 술상이 들어오고 긴 밤을 새기 위해 이들은 술을 마시게 되었는데.

"뭐니 뭐니 해도 일을 당하고 보니 우리는 객식구라. 아무리 가슴이 미어지게 아파도 이 서방 홍이만은 못하네. 그걸 나는 깨달았구만. 그 불쌍한 내 조카딸한테 홍이라도 없었더라면 상주 없는 빈 청내 어찌 그 적막한 꼴을 보겠나. 기왕지사 사람은 갔고오, 이 서방하고 홍이가 저러고 있으니 한결 마음에 위로가 되는구만. 고마운 생각도 들고."

공 노인이 눈물을 훌쩍이며 말했다. 월선의 죽음으로 하여 공 노인과 용이 부자간의 석연치 못하였던 감정은 눈 녹듯 하였고 그들 부자가 주관하는 장례는 공 노인 마음을 다시없이 애틋하게 하였다. 그리고 그들의 슬픔에 미치지 못한 자기 슬픔에 회한보다 만족하는 것이기도 했다.

"예, 맞십니다. 안 낳았다뿐이지, 홍이가 산에 왔일 적에…… 자기 낳은 자식인들 그러겠십니까?"

"암, 암. 남 낳은 자식이라도 저만만 하다면야, 내 낳은 자식 열이면 뭘해?"

권 서방도 영팔이 말에 동의하며 고개를 연신 끄덕여 댄다. 으레 길흉사가 있을 때마다 사람들의 감정이란 확대되기 마련이다. 그래서 좋은 것은 더욱더 좋게, 나쁜 것은 더욱더 나쁘게, 슬픔이나 기쁨도 표준을 잃기 쉽다. 그러나 용이와 홍의 슬픔이나 죽은 사람에 대한 애정은 그들이 느끼는 것 이상의 것임이 틀림없었다.

"돌아가시고 보니 아지매가 얼마나 우리에게 위로 주는 사람이었던가 그게 깨달아지는군요. 나도 울적할 땐 그분을 찾아가곤 했었는데, 이젠…… 누굴 찾아가서."

길상은 밖에서 술을 많이 하고 온 눈치였고 계속 술을 마시면서 말했다. 말씨는 침착했으나 주정을 부릴 듯 위태위태한 분위기를 내뿜는다.

"애기씨도, 아 아니 최 참판댁 그분도 눈물을 흘리시던데 누가 그거를 생각할 수나 있었겄나. 길상이가 있이니 말하기는 안된 일이지만 나는 세상에 그분 눈에 눈물이 있다는 건 참말이제 생각해 본 일이 없었구마. 하도 이상해서 아마 애기를 낳고 아이 어무니가 되고 보니 사람들 설움을 알게 된 기이 아닌가 하고."

"그거는 아닐 겝니다. 그 사람 애기 어멈이 되어 울었던 건 아닐 게요. 월선 아지매 그분에 대해서만은 어머니를 대하는 것 같은 그런 기분이 있었지요."

"그럴까?"

영팔이는 아무래도 실감할 수 없는지 맹하니 길상을 쳐다본다.

"나도 때때로 어머니 같은 생각을 했으니까, 네에, 어머니같이 말입니다. 가서 주정하고 우두커니 앉아 있기도 하고."

길상은 어지간히 휘청거리는 것 같다. 생(生)과 사(死) 그 틈바구니의 빛깔이란 참으로 미묘하다. 시신은 아직 방에 있고 땅속에 묻히는 그동안 숨 막히는 그 시간을 사람들은 고인과 그리고 그와 가장 가까운 사람의 얘기로 하여 숨구멍을 트고 있는 것이다. 슬픔이 덜한 사람은 그것으로 보충하는 마음, 슬픔이 깊은 사람은 그것으로 위로 받고.

"하야간에 우리 월선이는 마음씨 하나 가지고 그 기박한 팔자를 곱게 넘긴 생이기는 하지. 내 이 서방을 미워도 하고 욕도 하고 했었지마는 실상 그 사람만큼 분명한 사내도 드물어."

"그 그건예, 맞십니다. 아랫도리 벗었던 시절부터 용이하고는 이날까지예, 보기는 유한 것 같지마는 속으론 지 성미를 굽히고 도리에 어긋나는 일은 못합니다. 그러나 나도 모릴 일이 많고, 아, 이분 일만 해도 홍이가 그러크롬 산까지 와서…… 하 참, 산판일을 굳이 끝내고야 오느냐 그겁니다. 도무지 그럴 만한 일이 없는데 말입니다. 그라고 아프다는 정도는 알고 있었지마는 위중하다는 것도 홍이가 산에 오기까지 입을 다물고 말을 해야지요."

"영팔이 아제 그거는, 그거는 알 만해요. 왜 용이 아제가 그랬는지."

"와 그랬이까?"

"용이 아제는 내가 가기까지 죽지 않는다는 신념이 있었겠지요."

"그렇다 카더라도."

"그리고 또 월선 아지매가 죽을 것이라는 확실한 일을 다짐하고 다짐하면서 받을 수 있는 고통을 다 받아 보자는 심산이 아니었을까요."

"허 참, 우리네는 모를 일이구먼."

권 서방이 웃었다.

"나는 이 세상에 나서 저 빈청에 있는 용이 아제의 그런 얼굴을 본 일이 없습니다. 그 얼굴이 무섭고 가슴이 저립니다. 슬픔 같은 것하고 비교가 안 돼요. 온 세상에 그럴 수 있습니까?"

"글쎄 알 듯도 하고 모를 듯도 하고 우리네야 그냥 살면 사는가 보다 하고.”

권 서방이 중얼거리며 길상의 술잔에 술을 붓는다.

“옛말에 사람이란 관 뚜껑에 못을 박아야만 그 사람이 어떻다는 말을 할 수 있다 했는데 그 말이 맞는 말이야. 내 조카딸도 따지고 보면 못살다 간 것도 아닌 성싶네. 그리고 이 서방도 복 없단 말은 못할 것 같애. 흔히 사람들은 팔자치레라는 말을 하는데 따지고 볼 것 같으면 육례를 갖추고 만난 부부라도 필경엔 남남 아니겠느냐 그거지. 여기 앉은 사람들이야 내 조카딸 근본을 아니 하는 말인데 이 서방 모친이 그런 처지인데도 불고하고 허혼을 했다 한다면은 물론 이 서방하고 내 조카딸은 은앙새겉이 잘 살았겠지. 그러나 만났다간 헤어지고 헤어졌다간 또 만나고 그 끈질긴 인연하고 기구한 세월이 반드시 음, 그렇지 그렇기 때문에 그 사람들 맘이 더 굳게 떨어질 수 없게 되었다면은 반드시 박복했다 할 수만도 없을 것 같애.”

“형님, 거 풍월 아는 소리외다.”

“아암 풍월 알구말구. 내 비록 늙고 못생긴 마누라, 자식 하나 생산 못한 마누라지만 그 할망구 하나 보고 살긴 살았으되, 그러니 사람에 미친 일은 없으나 나는 미치는 성미야. 약촐 캔답시고 산에 미쳐서 다녔고 또 미친 일이 많았지. 남이 보기에는 헛일하고 고생한 보답 없다 하겠지만 내 마음에 열심이면 그게 보람이요, 미치는 거지.”

“지금이니까 그러시지. 조카딸 생전에야 어디 그러셨소. 이 서방을 눈에 까시처럼 생각했던 게 사실이지 뭐.”

“그거는 또 나대로의 애정일 게고. 아무튼, 어쩐지 이 서방이 이제는 내 아들 같고 홍이가 내 손자 같네. 이렇게 외롭잖게 그 아이가 저승길을 떠났으니 사람이란 어떤 뜻으로 외롭지 않게 죽는 그것이 복인 것 같단 말이야."

출관하는 날은 북쪽 날씨치고는 따스한 편이었다. 하늘도 맑았다. 흰 꽃상여는 서희가 경비를 내어 만들었고 안자랑 순이 순이네 그리고 시집간 새침이까지 흰 베치마 하나씩을 얻어 입었다. 두건은 용이 말고 영팔이 두메도 얻어 썼고 상주는 홍이 혼자였으나 많은 사람들이 뒤따랐다. 생전의 월선을 아는 사람들이지만 흰 상여의 장례 행렬이 조촐하여 구경 삼아 따라가는 이도 적지 않았다. 돌아서 한참을 간 양지바른 곳이 장지였다. 상여가 멋고 바람에 펄럭이는 만장이 멋고 그리고 사람들도 멋었다. 사람들 속에는 꽤 많은 아낙들이 끼여 있었다. 그들은 홍이 칭찬에 침이 마를 지경이었고.

"이 산소느 길서 상회 그 댁에서 마련했다잲이요?"

"상여도 그 댁에서 맨들었답매."

"어째든? 친척도 아니라든데?"

"그 집 도렝이 아바이하고 무시기 걸린 게지. 그 댁 바깥주인으 본시 하인이었으니까 말이."

"아무튼 죽어서 호사하는 것도 괜찮구먼."

"무시기, 죽어 호사하느 기 어렵지비."

미리 간 인부들이 파 놓은 곳에 막 하관을 하려 했을 때다. 돌연 여자의 곡성이 들려왔다. 사람들은 곡성이 나는 곳으로 머리를 돌린다. 두 아낙이 이곳을 향해 달려온다. 부고를 받고 오는 임이네와 영팔의 처 판술네였다. 비호같이 달려오는 것은 임이네였고 판술네는 엉금엉금 기다시피 뒤따르고 있었다.

"하관하지."

영팔이 명령했다. 관은 밑바닥으로 내려갔다.

"아이고 성님! 이기이 웬일입니까아! 아프다 아프다 해도 이리 쉬이 갈 줄 내 몰랐네에."

임이네는 달려오면서 가락에다 사설을 넣는다.

"성님! 성님! 우리 홍이 두고, 세상에 이럴 수도 있십니까? 아이고오! 아이고오!"

묘 구덕 옆에까지 바싹 다가가 앉은 임이네, 주먹으로 땅을 친다.

"마지막 가는 길에 얼굴 한 분도 못 보다니! 아이고오 아이고오!"

판술네는 묘 구덕까지는 미처 가지도 못하고,

"아이구우 성님요! 이이기 우찌 된 일입니까."

하며 그 말만 되풀이하며 운다.

"시끄럽다. 일질에 저리 좀 비키라!"

"야, 야."

판술네는 민적민적 물러서면서 운다.

"흥, 저 헛울음 좀 보게? 청산유수구만."

"무시기 저리 슬프겠음? 참말로 흉내 잘도 낸당이."

아낙들이 수군거린다.

"아이고오! 아이고오! 저승 차사도 무심하고 염라대왕도 무상하지. 부처 겉은 우리 성님 오사 죽음 시키다니, 아이고! 아이고오! 장개가는 우리 홍이 와 안 보고 갔십니까! 야속하요! 성님! 야속하요! 그리 소원하더니만 아이고오 아이고오 형제같이 의지하고 내가 살았는데 이자는 누구 믿고 살라 하요! 한번 가믄 못 올 길을 언제 다시 볼꼬! 아이고 성님! 기왕지사 갈라거든 고향에나 가서 죽지. 손발 잦아지게 애탕으로 끌탕으로 홍이 생각하더니만 와 며느리도 못 보고 혼자 갔소! 아이고오! 아이고오! 불쌍한 우리 성님!"

한 손으로 코를 풀어 뿌려 가면서 자지러지게 입담도 좋은 곡성이다. 그러나 남정네들은 묵묵히 묘에 흙을 덮고 있었다.

한참을 울고 난 임이네도 멋쩍었던지 치마를 끌어당겨 콧물을 닦고 몇 발짝 물러나 앉으며,

"위중하믄 위중하다는 기별이라도 있어야제. 그랬이믄 생전에 얼굴 한 분이라도 보았을 긴데, 세상에 이리 야속할 데가 어딨겄소. 모두 내 식구고 나만 군식구란 말이든가? 참말로 인심 야박하구나."

'살판났는데 머가 야박하고 야속한고?'

영팔이는 삽질을 하면서 삽으로 내리쳐 주고 싶은 미운 생각을 참는다. 누구 한 사람 와서 임이네 참으라고 말리는 사람은 없고, 더는 아이고 대고 하기가 민망했던지 민적거리고 있던 임이네.

"흥 굴러 온 돌이 본돌 치고 객이 주인 노릇 한다 카더니만."

하고 삽질하는 영팔의 어깻죽지를 노려본다. 상대를 하면 시끄럽다 생각하면서도 영팔의 참을성이 터진다.

"거기 좀 비키소. 곡이사 상석 때나 하고."

떼밀어 낸다.

"와 사람을 치노."

"일질에 걸거치니께 그렇지."

"말로 하지. 곰배팔가? 사람을 치기는 와 쳐?"

"초상 끝이 좋을라 카믄, 저어기 가서 가만 앉아 있이소."

"초상 끝이 좋을라 카믄? 어디 두고 봅시다."

드물게 양보를 한다. 그리고 물러는 나되,

"흥! 그년 팔자 늘어졌고나."

조그만 목소리로, 그러나 영팔이 들을 수 있게 뇐다.

"저것을 그만!"

영팔이 역시 작은 목소리로 뇌며 분노를 꿀꺽 삼킨다. 어쨌거나 둥그스름하게 무덤은 만들어졌고 일꾼들이 삽으로 흙을 다지면서 장사는 마지막에 이르고 있었다.

《토지 8》(나남출판, 2002)

객식구 본디 식구가 아니면서 묵고 있는 사람.

객줏집 예전에, 길 가는 나그네들에게 술이나 음식을 팔고 손님을 재우는 영업을 하던 집.

곰배팔 팔이 꼬부라져 붙어 펴지 못하거나 팔뚝이 없는 사람을 낮잡아 이르는 말.

구덕 구덩이.

군식구 원래 식구 외에 덧붙어서 얻어먹고 있는 식구.

굴건제복하다 굴건(상주가 상복을 입을 때에 두건 위에 덧쓰는 두건)을 쓰고 제복(제사를 지낼 때 입는 옷)을 입다.

기박하다 팔자, 운수 따위가 사납고 복이 없다.

기찹다 가난하다.

대례청 전통 혼례에서 신랑과 신부가 혼인식을 치르는 장소.

만장 죽은 이를 슬퍼하여 지은 글. 또는 그 글을 비단이나 종이에 적어 깃발처럼 만든 것. 주검을 산소로 옮길 때에 상여 뒤에 들고 따라간다.

망태 물건을 담아 들거나 어깨에 메고 다닐 수 있도록 만든 그릇.

보혈 주사 피를 만들어 내는 작용을 돕는 주사.

부고 사람의 죽음을 알림.

북새통 많은 사람이 야단스럽게 부산을 떨며 법석이는 상황.

사모관대 전통 혼례에서 신랑의 복식을 가리키는 말.

사잣밥 초상난 집에서 죽은 사람의 넋을 부를 때 저승사자에게 대접하는 밥. 밥 세 그릇, 술 석 잔, 벽지 한 권, 명태 세 마리, 짚신 세 켤레, 동전 몇 닢 따위를 차려 담 옆이나 지붕 모퉁이에 놓았다가 발인할 때 치운다.

산판 나무 베기 또는 그러한 일을 하는 곳.

상면 서로 만나서 얼굴을 마주 봄.

상석 무덤 앞에 제사 음식을 차려 놓기 위해 넓적한 도로 만들어 놓은 상.

시정배 시장에서 장사하는 사람의 무리.

신전 예전에, 신발을 파는 가게를 이르던 말.

여한 풀지 못하고 남은 원한.

염 시신을 수의로 갈아입힌 다음, 베나 이불 따위로 싸는 것.

엿도가 예전에, 엿을 만들어 파는 집을 이르던 말.

운신하다 몸을 움직이다.

작인 소작인. 다른 사람의 농지를 빌려 농사를 짓고 그 대가로 사용료를 지급하는 사람.

쪽 시집간 여자가 뒤통수에 땋아서 틀어 올려 비녀를 꽂은 머리털.

찌가다비 일본식 운동화.

특청 특별히 부탁을 함.

하마 벌써.

호롱 석유를 담아 불을 켜는 데에 쓰는 그릇. 사기나 유리 또는 양철 따위로 작은 병 모양으로 만드는데, 아래에는 석유를 담을 수 있도록 둥글게 하고 위 뚜껑에는 심지를 해 박아 불을 켤 수 있도록 작은 구멍을 낸다.

후제 나중에.

1 월선, 용이, 홍이의 관계를 짐작할 수 있는 부분을 찾아보고, 이들이 어떤 관계인지 말해 봅시다.

2 임이네의 행동을 통해 월선과의 관계를 짐작해 보고, 임이네의 심정을 이야기해 봅시다.

3 월선이 죽은 후, 문상 온 사람들의 태도를 통해 사람들과 서희의 관계, 서희와 길상의 관계를 짐작해 봅시다.

4 월선과 용이는 어떻게 사랑해 왔을지 이야기해 봅시다.

| 소설 들여다보기 |

홍이는 암으로 시시각각 죽음의 문턱에 다가가는 어머니의 병석을 지키다가 몇 번이나 뛰어나가 아버지 용이가 오기를 기다린다. 산판까지 찾아가 아버지를 불렀으나 웬일인지 용이는 쉬이 나타나지 않는다. 월선과 홍이는 서로 끔찍이 사랑하는 모자 관계지만 홍이는 월선의 친아들이 아니다.

월선과 용이는 어린 시절 함께 자라고 사랑했으나, 월산이 무당 딸이라는 이유로 혼인을 하지 못했다. 용이는 강청댁과 혼인했지만 곧 사별을 하고, 뜻하지 않게 임이네와 관계하여 아들 홍이를 낳는다. 하지만 용이가 애틋하게 사랑하는 사람은 여전히 월선이다. 간도에서 용이는 월선과 임이네, 홍이와 모두 함께 살지만, 끝없이 월선을 괴롭히는 임이네 때문에 아들 홍이를 월선에게 맡긴 후 임이네를 데리고 산판일을 하러 떠났던 것이다.

죽어 가는 월선에게 얼른 나타나지 않는 용이를 모두를 욕하지만, 월선은 용이가 틀림없이 올 것이라 믿기에 조금도 원망하지 않는다. 드디어 용이가 나타나고 두 사람은 긴 생애에 서로 여한이 없노라고 말한다. 월선과 용이가 맺어 온 그 긴 세월의 굴곡 속에서 둘의 사랑은 고결하게 승화되어 나타난다. 그들의 사랑, 그 바탕에는 끊임없이 이어지는 외적인 장애 속에서도 흔들림 없이 지켜 온 서로에 대한 믿음이 깔려 있다. 평생 함께 산 기간은 얼마 되지 않지만 둘은 절절하게 사랑했고, 그 사랑을 바탕으로 홍이와 임이네, 그 복잡한 가족 관계를 현명하게 풀어 간다. 자신만의 욕망에서 벗어나는 것이 갈등으로 뒤얽힌 인간관계를 풀고 평화의 길로 들어설 수 있는 해법임을 용이와 월선의 관계에서 느낄 수 있다. 그러나 끝없이 이기적인 욕망에 휘둘리는 임이네는 결코 그 사랑과 평화의 길을 보지 못하고 모두에게, 자식에게마저도 배척당한다.

월선은 신분 때문에 사랑하는 사람과 맺어지지 못하고 평생 안타까이 살았으나, 누구와도 비길 수 없는 지극한 사랑을 용이와 나누었으며 주위 사람들에게도 늘 평화와 안식을 주었다. 그래서 길상이는 물론 누구에게나 도도하게 보이는 최 참판댁 서희조차 마음속 어머니로 생각한 듯 그의 죽음에 눈물을 비춘다. 살아서 외로이 보였으나 월선만큼 사람들을 사랑하고 배려하며 또한 사랑을 받은 사람도 드물다.

육례 갖추어 부부의 연을 맺은 사람도 없고, 자기 몸으로 낳은 자식도 없었지만 용이와 홍이, 그리고 많은 사람들의 애도로 월선의 장례식은 풍성하고 훈훈하다. 한 사람의 삶의 진정한 의미는 죽음 앞에서 비로소 드러나는 것인지도 모르겠다.

외딴 방
신경숙

오늘 나는 편지 한 통을 받았다. 정확히 말하자면 받은 게 아니라 찾아내었다. 내 현관문엔 먼젓번 주인이 배달해 마시던 우유 회사에서 매달아 놓은 주머니가 아직도 매달려 있다. 오후에 슈퍼마켓에 가려고 열쇠를 채우고 열쇠를 주머니에 넣었다가 잃어버릴지도 모르겠다 싶어 문에 매달려 있는 우유 주머니에 넣었다. 계단을 내려오다가 주머니를 쳐다보며 열쇠를 너무 허투루 다루는 게 아닌가 싶어 다시 꺼내 올까 생각했지만 삼십 분 안에, 늦어도 한 시간 안에 돌아와야지, 하면서 그냥 갔다.

돌아와서 열쇠를 꺼내려고 주머니에 손을 집어넣었을 때 열쇠와 함께 봉투가 손에 잡혔다. 꺼내 보니 우표가 840원어치 붙은 빠른우편으로 온 편지였다. 아마도 내가 부재중이었을 때 우체부가 와서 초인종을 눌러도 사람이 나오질 않으니 우유 주머니에 넣고 간 모양이었다. 우체부는 내가 여기에 살고 있다는 걸 분명히 알고 있으므로. 보내는 사람은 빠른우편으로 보냈지만 나는 열쇠를 주머니에 넣지 않았다면 그 속에 편지가 담겨져 있었던 걸 아직도 모르고 있을 것이었다. 그런데 누가 내게 빠른우편으로 전할 소식이 있었나? '서울시 영등포구 신길동 영등포여자고등학교 교사 한경신'이라고 써 있다.

안녕하세요. 저는 영등포여고에서 산업체 야간 학생들을 가르치는 교사입니다. 일전에 신문에서 선생님에 대한 기사를 읽고 이 편지를 쓰게 되었습니다.

선생님께 부탁드리려 하는 것은 혹시 저희 학생들에게 작가로서, 그리고 선배로서 함께 대화하는 시간을 가져 주실 수 있는가 해서입니다. 신문 기사를 보고 나서 혹시 신 선생님께서 아직 그럴 마음의 준비가 안 되어 있을지도 모른다는 생각이 들기도 했습니다. 하지만 동시에 어쩌면 신 선생님은 아직도 야간 학급이 존속하고 있는지 모를 수도 있고 그래서 기쁜 마음으로 응해 줄지도 모른다는 생각이 들기도 했습니다.

제가 학생들에게 신 선생님이 너희들 선배라고 했더니 모두들 깊은 관심을 보이며 선생님의 자전적 소설이 나오면 읽어 보겠다고들 하더군요. 우리 학생들은 신 선생님의 후배들인 동시에 구체적인 독자들이기도 합니다. 아마 신 선생님께서 오신다면 저나 우리 교사 독자들도 학생들 못지않게 좋아할 겁니다.

저는 올해 2월에 학생들의 졸업식 모습을 보고 중앙일보에 기고를 했던 적이 있습니다. 그 기사를 읽어 주니까 학생들이 아주 좋아하더군요. 얼마 전 한 학생이 제게 "선생님 이제 신문에 뭐 안 쓰세요? 우리들의 이야기를 쓰면 좋을 텐데." 하더군요.

나는 무슨 기습이라도 받은 것처럼 잠시 서 있었다.

아직도 산업체 특별 학급이 운영되고 있었다니. 나는 몰랐다. 나는 내가 떠나온 이후로 단 한 번도 그 근처를 얼씬거리지 않았다. 나의 무의식은 될 수 있으면 그 시간과 그 공간으로부터 멀리 떠나고 싶어 했는지도 모른다. 내게 묻어 있는 공단의 냄새를 나는 샅샅이 털어 내고자 했는지도.

그런데 갑자기, 이 90년대 중반에 갑자기, 내 귀에 들려오는 컨베이어 돌아가는 소리.

헤겔을 읽는 아이가 있다. 급장이며 내 오른편으로 짝이 되는 미서. 그 애는 등교를 해서도 헤겔을 펼쳐 들고, 쉬는 시간에도 책상 밑에 넣어 두었던 헤겔을 책상 위에 올려놓고 읽는다. 열일곱의 나, 미서가 교무실에 갔을 때 그 애가 읽던 페이지를 펼쳐 본다. 그 애가 연필로 줄을 그어 놓은 부분을 읽는다. 이해가 되질 않아 한 번 더 읽는다. 그래도 나는 그 뜻을 모르겠다. 교무실에서 돌아온 미서, 내게서 헤겔을 빼앗아 책상 밑에 넣으며 성을 낸다.

"내 책이야."

나는 그 앨 빤히 본다. 가져간 것도 아니고 잠깐 꺼내 봤다고 저렇게 성을 낼까? 하교할 무렵에 나, 미서에게 묻는다.

"너, 말야. 아까 그 책에 써져 있는 말들 다 이해하니?"

"…… 그건 왜?"

"어려운 책 같아서."

"나도 몰라."

"……?"

"왜 그렇게 쳐다봐?"

"무슨 말인지 모른다면서 어떻게 그렇게 열심히 읽을 수가 있어?"

미서는 책상 밑에서 헤겔을 꺼내 책가방에 넣는다.

"상관 마."

미서는 별일이라는 듯 책가방을 들고 휙 나가 버린다.

오랜 후, 열일곱의 나와 친해진 미서가 헤겔에 대해서 말한다.

"이 책을 읽고 있을 때만 내가 너희들하고 다른 것 같아. 나는 너희들이 싫어."

90년대. 지금 그 교실에서도 누군가 헤겔을 읽고 있을까.

음악 시간이 있다. 해 질 무렵 등교하면서 보면 음악 선생은 자동차를 닦고 있다. 멀리서도 그의 자동차는 지는 햇빛을 받아 반짝반짝 빛이 난다. 그는 성악가가 꿈이었나 보다. 누군가 선생님 목소리는 엄정행 닮았다고 하자 그는 유쾌하게 웃는다. 그가 찬란한 문화의 전통을 이어받고 유유한 푸른 줄기 한강을 굽어보며……로 이어지는 교가 다음으로 우리에게 부르게 한 노래는 〈망향〉이다. 꽃 피는 봄 사월 돌아오면 이 마음은 푸른 산 저 너머 그 어느 산모퉁 길에 어여쁜 임 날 기다리는 듯…… 음악 시험은 그의 피아노 반주에 맞춰 〈망향〉을 부르는 일이었으므로, 음악실에서 돌아오는 때면 앞뒤에서 노랫소리가 이어진다. 철 따라 핀 진달래 산을 덮고 머언 부엉이 울음

끊이잖는 나의 옛 고향은 그 어디런가. 나의 사랑은 그 어드멘가…… 음악실은 본관을 지나 별관의 일 층에 있다. 본관엔 대학 입시를 앞둔 주간 3학년생들이 밤공부를 하고 있다. 그 본관 라일락 나무 곁을 지나야 우리들의 교실이 나온다. 날 사랑한다고 말해 주오 내 맘속에 사는 이 그대여. 그대가 있길래 봄도 있고…… 갑자기 본관 교실의 창이 드르륵 열리고 입시 공부를 하고 있던 주간생들이 소리를 버럭 지른다.

"야, 조용히들 해."

노래를 부르던 누군가가 맞대꾸를 한다.

"누가 떠들었다고 그래?"

"우리 공부한단 말야."

"누가 공부하지 말라고 했냐?"

"너희들이 떠들어서 집중이 안 된단 말야. 조용히 지나가란 말야!"

"노래도 못 부르냐?"

"거지 같은 것들!"

일순 조용해진다. 팽팽하게 이어지던 말꼬리 잡기는 거지 같은 것들, 이란 한마디에 침묵 속으로 빠진다. 나직이 이어지던 노랫말도 뚝 끊긴다. 거지 같은 것들, 이라 해 놓고 저들도 놀랐을까. 이편이 침묵을 지키자 그편도 가만히 창문을 닫는다. 이편과 그편 사이엔 라일락 나무만 서 있다. 그렇게 우두커니 서 있다가 누군가 먼저 교실 쪽으로 걸음을 뗀다. 조용조용한 발걸음들이 라일락 나무를 스쳐 간다. 온종일 생산 현장에서 물질을 만들어 내느라 서성대던 종아리들이

불 켜져 있는 그편 창문 밑을 소리 죽이며 걸어간다.

우리는 이후 음악실에서 나오면 노래를 부르지 않는다. 그래서 지금 내 가슴에 선연히 남아 있는 노래, 꽃 피는 봄 사월 돌아오면 이 마음도 푸른 산 저 너머…….

어느 날 밤, 다락으로 올라가는 문을 열다가 열일곱의 나, 기겁을 한다. 문 안쪽에서 뭔가 발밑으로 툭 떨어졌는데 시커멓다. 너무 놀라 이미 비명을 지른 탓에 큰오빠가 나를 쳐다본다. 발밑으로 떨어진 건 뜻밖의 가발이다.

"가시내가 왜 그렇게 호들갑이냐?"

큰오빠는 가발을 주워서 다락문 안쪽에 건다. 다락문 안쪽에 못질을 하고 걸어 두었는데 내가 문을 너무 세게 잡아당겨 떨어진 모양이다.

"이게 뭐야? 오빠?"

큰오빠는 대답하지 않는다. 다시 내가 오빠에게 이게 뭐냐고 묻는 소리를 지나가는 전철의 소음이 잘라먹는다. 셋째 오빠가 아직 돌아오지 않은 잠자리에서 큰오빠가 말한다.

"내일 새벽부터 나 안양 학원에서 학생들 가르친다."

"……."

"여섯 시까지 가야 되니까 너희들까지 일어나서 부산 떨 거 없어."

"……."

"학원 마치고 돌아와서 옷 갈아입고 갈 거니까 도시락만 싸 놓아 줘."

외사촌이 묻는다.

"뭘 가르쳐?"

"영어."

새벽에 큰오빠가 조심스럽게 불을 켜는 소리에 눈이 떠진다. 큰오빠는 잠을 깬 나를 보더니 그냥 자라는 눈짓을 한다. 일어나 보아야 좁은 방이 어수선해질 뿐이다. 다시 자는 척 눈을 감았다가 실눈을 뜨고 큰오빠의 움직임을 본다. 큰오빠는 소리 안 나게 다락문을 열고 전철역이 보이는 창문 쪽으로 걸어 놓은 거울 앞에서 검은 가발을 민머리에 쓰고 있다. 뭐가 잘 안 됐는지 다시 벗었다가 쓴다. 이렇게도 써 보고 저렇게도 써 본다. 오빠가 책상 위의 가방을 집으려고 돌아섰을 때 가발을 쓴 오빠의 얼굴을 보게 된 내가 그만 킥, 웃음을 터뜨리고 만다. 가운데 가르마가 타 진 가발은 누가 봐도 가발인지 다 알게 엉성하게 생겼다.

"우습냐?"

오빠는 앞머리를 쓸어 넘긴다. 그러나 가발이므로, 앞머리가 그렇게 앞으로 내려오기로 되어 있었으므로, 오빠 손길은 소용없이 가발의 앞머리는 금세 다시 앞으로 쏟아진다. 다시 거울을 들여다보며 큰오빠는 이불 속의 내게 묻는다.

"너무 이상하냐?"

"오빠가 아닌 거 같어."

"내가 아닌 거 같어?"

오빠는 거울 앞에서 심각해진다.

"그럼 누구 같어?"

"……."

"서울대 학생 같냐?"

열일곱의 나, 이불 속에서 호옷, 웃는다.

"서울대 학생이라고 했거든. 방위라고 하면 수강생이 한 명이라도 있겠냐."

큰오빠는, 우리가 잠든 사이에 돌아와서 벽 쪽으로 얼굴을 대고 자고 있는 셋째 오빠 발을 밟지 않으려고 조심하면서 방의 불을 끈다.

"좀 더 자거라."

오빠가 열고 나가는 방문 틈으로 바깥의 어둠이 보인다. 오빠는 어둠 속 선반에서 신발을 끌어내려 신고 뚜벅뚜벅 소리를 내며 계단을 내려간다.

계단을 다 내려간 오빠가 화장실 나무 문을 여는 소리, 화장실을 나온 오빠가 대문을 밀고 나가는 소리, 골목에 나선 오빠가 전철역을 향해 뛰는 소리.

…… 새벽 다섯 시. 전철 속의 그는 빈속. 새벽 전철 빈칸이 그의 빈 내장과 닮았다. 그는 수업을 마치고 새벽에 나간 길을 고스란히 되돌아와 가발을 벗어 다락문 안쪽에 걸고 양복을 벗어 비키니 옷장

에 넣고 빈방에 차려져 있는 상 위의 배춧국에 밥을 말아 먹고 도시락을 들고 동사무소 방위 근무지로 간다. 그는 어느 날 환한 얼굴로 저녁 반 수업도 맡아 하게 됐다고 한다. 이제 그는 순환선. 새벽에 가발 쓰고 양복 입고 학원으로 가서 수업을 마치고 돌아와, 밥을 먹고 방위복을 입고 도시락을 들고 나갔다가 다시 집으로 와 양복 입고 가발 쓰고 학원으로 간다.

내부의 진흙 뻘 속에서 무엇이 힘겹게 고개를 들며 소리친다. 뭘 하려는 게야? 고만고만한 세부 사항이나 찾아내서 뭘 어쩌겠다는 거지? 제발 연대순으로 줄 맞춰 요점 정리하려고 들지 마. 그건 점점 더 부자연스러워질 뿐이라구. 설마 삶을 영화로 착각하고 있는 건 아니겠지? 삶이 직선으로 줄거리를 가질 수 있다고 생각하는 건 아니겠지?

그가 아버지가 돌아가신 후, 라고 말했다. 세면장에서 이를 닦을 때였어요. 아버진 칫솔질을 하시는 도중에 험험, 헛기침을 하셨는데 아버지가 돌아가신 후 제가 이를 닦다가 험험, 하고 있는 것이었어요. 순간 칫솔질을 멈추었죠. 내가 낸 소리라고 생각을 못하고 아버지를 찾았습니다. 뒤늦게야 아, 참, 했습니다. 아, 참, 아버진 돌아가셨지. 다시 칫솔질을 하는데 기분이 묘하더군요. 처음으로 아버지의 부재를 실감했던 순간이기도 했습니다. 부재의 느낌은 그렇게 엉뚱한 곳에서 오는 것 같아요. 특히 죽음으로 인한 부재는 처음엔 실감이 안 나죠. 점차 일상 속에서 그 사람이 없다, 다시 만날 수 없다, 라는 걸 깨달아 가는 것 같아요. 생전에 그 사람이 즐겨 앉았으나 이젠 텅 비어 있는 의자나, 세숫비누를 놓는 위치, 양말을 신는 스타일, 그런 것으로 말이죠. 그런 건 역사 속에선 제외되죠. 연대 속에서도요.

셋째 오빤 점점 더 수척해진다. 그의 주머니에 그 몰래 삼천 원을 넣어 두었는데, 외사촌이 연탄이 떨어졌다고 한다.

"어떡하냐 생활비가 똑 떨어졌는데."

열일곱의 나, 도로 셋째 오빠의 주머니에서 삼천 원을 꺼내 외사촌에게 준다.

그는 점점 더 수척해진다. 그의 가방에서 도시락을 꺼낼 때 독재타도 유신 철폐라고 씌어진 유인물이 따라 나온다. 그는 밤늦게 돌아와서 최루탄 냄새가 물씬 배어 있는 옷을 가만히 벗고 큰오빠 곁에 누워 잔다. 이렇다 저렇다 말이 없다. 시장에 들르지 않아도 되는 어느 날이다. 버스에서 내려 공장들 사이로 나 있는 가로수 길을 걸어오는데 외사촌이 셋째 오빠네! 그런다. 가로수 밑 벤치에 셋째 오빠가 가방을 베고 자고 있다. 그를 흔들어 깨운다.

"오빠, 왜 여기서 자?"

"잠깐 누워 있는다는 게 잠들었구나."

그가 부스스 일어난다. 어느 날 아침 그의 도시락을 싸려고 보니 도시락이 없다.

"오빠 도시락 꺼내 줘."

그래도 도시락이 나오지 않는다. 방문을 열고 도시락을 내 달라고 한다.

"잃어버렸어."

"도시락을?"

"어제 거기 벤치에서 잤는데 누가 가방을 쑥 빼 갔지 뭐냐?"

"그러니까 왜 거기서 자, 방에 와서 자지?"

오빠는 쑥스럽게 웃는다.

"방도 좁은데 내가 일찍 와 있으면 너희들 옷 벗기도 그렇고 세수하기도 그렇고."

큰오빠가 인형같이 생긴 여자를 외딴 방으로 데리고 온다.

"얘가 내 동생이고 얘는 외사촌."

인형같이 생긴 여자의 이름은 미영. 눈이 몹시 크다. 눈썹이 길고 몸집이 작고 긴 목에 노란 금 목걸이가 찰랑거린다. 손가락은 섬세하고 높은 구두를 신고 짧은 치마를 입었다. 여자는 가만히 방에 앉아 있다 간다.

"누구야, 오빠?"

"……."

"애인이야?"

"……."

"여길 뭐하러 데리고 왔어?"

"왜 니 맘에 안 드냐?"

"내가 문젠가, 뭐."

"그럼?"

"바깥에서만 만나지, 바보같이 여길 데리고 와. 내가 오빠 애인이라면 도망가겠다."

"왜 말이냐?"

"몰라. 그런 생각이 들어."

오빠는 요게, 하면서 웃는다. 오빠가 그럴 사람이 아니라고 하는데도 열일곱의 나는 언젠가는 그 여자가 오빠에게 슬픔을 안겨다 줄 것만 같아 불안해진다.

어느 날 학교에 가니 주간 학생이 기다리고 있다.

"혹시 저 사물함에서 내 체육복 꺼내 갔어요?"

나는 고갤 젓는다.

"그럼 체육복이 어디 갔지?"

56번. 그 애와 나는 책상과 사물함이 같다. 그 앤 사물함을 쾅 닫곤 책가방을 들고 쾅쾅 걸어 나간다.

"빨리 이 학년이 되었으면 좋겠어."

이 학년이 되면 그 앤 우리와 교실을 함께 안 써도 된다. 그 앤 본관으로 갈 것이다. 학급 수가 적은 우린 삼 학년이 되어도 본관으론 가지 않을 것이다. 그 앤 돌아와서 내게 팩 쏜다.

"사물함 손대지 말았으면 좋겠어요."

그 애가 가고 거울 앞으로 가 본다. 내 눈이 멀끔하다. 미서가 다가와서 왜 그러냐고 묻는다.

"체육복이 없어졌나 봐."

"너보고 가져갔대?"

"……."

"넌 왜 가만있니, 애믄 소릴 듣고서?"

"나, 지금 가만있는 거 아니야. 지금, 굉장히 화났어, 나."

제약 회사에 다니는 미서는 내 퉁명스런 말투에 다시 헤겔 책을 꺼내 읽는다.

나, 학교가 싫어진다. 주산 놓기도 싫고 부기 책을 꺼내는 것도 싫다. 외사촌에게 학교에 다니지 않겠다고 말한다.

"무슨 소리야?"

"학교 다니기 싫어."

"니가?"

외사촌이 믿기지 않는다는 듯이 웃는다.

"난 오늘부터 학교 안 갈 거야. 언니 혼자 가."

농담을 듣고 있는 듯 그냥 웃기만 하던 외사촌, 다섯 시에 내가 버스 정류장으로가 아니라 외딴 방으로 가는 공단 길로 몸을 돌리자 내 팔을 잡아당긴다.

"너, 왜 그래?"

"……."

"너, 정말 학교 안 다닐 거야?"

열일곱의 나, 고갤 끄덕인다.

"장난치지 말고 어서 가자, 늦겠다."

"정말이야. 나 안 가."

"오빠한테 너 얼마나 혼날려고 그러니?"

"언니만 말 안 하면 오빠가 어떻게 알어?"

"갑자기 왜 그래?"

"싫어졌어."

"뭐가 그렇게 싫어?"

"주산 놓기도 싫고 부기도 싫어. 다 싫어. 언니 학교 갔다 와. 내가 시장 봐다 놓고 청소도 다 해 놓고 그럴 테니."

"그러다가 오빠가 일찍 들어오면 어쩔려고 그래?"

외사촌과 헤어져 천천히 공단 길을 걸어 외딴 방으로 돌아온다. 방금 큰오빠가 방위복을 벗어 놓고 가발을 쓰고 양복을 입고 나간 흔적이 있다. 방위복을 못에 걸고 방 안에서 빈둥거린다. 언제나 비좁던 방에 나 혼자 있다는 게 실감이 안 나서 괜히 앉아 있다가 서 있다가 누워 있어 본다. 엎드려서 창이 선물로 준 《사반의 십자가》를 몇 페이지 읽다가 그 방 천장을 보고 누워 있다가 엎드려서 창에게 보낼 편지를 쓴다. 모든 것을 참아야 한다는 것이 싫어졌어. 내가 학교에 가서 하고 싶었던 건 주산을 놓는 것도 타자를 치는 것도 아니었어. 나는 책을 읽고 싶었고 무언가를 쓰고 싶었단다. 그러기 위해선 학교에 가야만 한다고 생각했지. 그런데 지금 학교는 그런 것하곤 아무래도 상관없는 것 같아. 편지를 쓰다가 창을 열고 전철역을 내다본다.

전철이 멎을 때마다 수많은 사람들의 머리가 불쑥 솟았다가 순식간에 사라진다. 부엌으로 나가 찬장 맨 밑 칸에서 소주를 꺼내 조금 따라 마신다. 돌아와서 편지를 이어 쓴다.

…… 모두들 끔찍한 사람들뿐이야.

전철역에 나가 쭈그리고 앉아 큰오빠를 기다린다. 열두 시가 다 되어서 저기서 큰오빠가 걸어나온다.

"오빠!"

피곤에 겨워 깊게 들어갔던 큰오빠의 눈이 휘둥그레진다. 오빠가 가발을 쓴 모습을 바깥에서 보니까 내 가족 같지가 않다. 그저 우스꽝스러운 사람을 만난 듯 웃음이 쿡, 터진다. 오빠도 우스운지 골목에서 가발을 벗어 손에 든다.

"왜 나와 있었냐?"

"……"

"응?"

"심심해서."

"심심할 틈이 있냐?"

앞서 가던 큰오빠가 갑자기 공허하게 웃는다.

다음 날, 학교에서 돌아온 희재 언니가 삼 층으로 올라와 내 방문을 열어 본다. 제 방문은 아직 따지도 않은 채인지 책가방을 들고 서 있다. 뭔가가 빵빵이 들어 있는 흰 봉투를 다른 손에 들고 있다. 왜 학교에 안 나왔느냐고 묻지도 않는다. 희재 언닌 봉투를 방바닥에 내려놓고 그저 희미하게 웃어 보이더니 다시 내려간다. 일 층으로 또각 또각 내려가던 희재 언니의 발짝 소리. 봉투 안을 들여다보니 아직 따뜻한 국화빵이 들어 있다.

학교에 안 나간 지 일주일쯤 된 날이다. 학교에서 돌아온 외사촌이 방문을 열며 나를 조심스럽게 부른다.

"니 담임 선생이 왔어."

열일곱의 나, 멍청히 외사촌을 바라본다.

"가정 방문하시겠다고 해서 모시고 왔어."

나는 큰오빠와 선생님이 마주칠까 봐 걱정이 되는데, 선생님은 천천히 방을 들여다본다. 선생님은 나를 보고 버스 정류장까지 좀 걷자고 한다. 양말을 신고 웃옷을 걸치고 선생님을 따라 나간다. 골목길에서 선생님은 내 어깨를 툭툭 다독거린다.

"어떻게 된 거냐?"

"……"

"내 보기에 너는 책도 읽는 것 같고 학교 다니는 일을 즐거워하는 것 같더니 왜 갑자기 학교를 안 나오는 거냐?"

"……"

"내가 잘못 봤냐?"

"……"

"학교 규칙상 학교에 안 나오면 회사로 통보하게 되어 있다."

그럴 것이다. 반대로 회사를 그만두면 학교로 통보가 가게 되어 있을 것이다. 학교에 다닐 자격은 회사에 다녀야만 생긴다. 학교에 나가지 않으면 나는 다섯 시에 컨베이어 앞을 떠날 수 없을 것이다. 선생님은 버스 정류장에서 내일은 꼭 학교에 나오라고 한다.

"우선 학교에 나와서 얘기하자."

버스에 올라탄 선생님이 나를 향해 손을 흔든다. 선생님의 손 뒤로 공장 굴뚝이 울뚝울뚝하다. 처음으로 공장 속에서 사람을 만난 것 같다. 버스가 떠난 자리에 열일곱의 나, 우두커니 서 있다. 선생님의 손길이 남아 있는 내 어깨를 내 손으로 만져 보며.

다음 날 교무실로 나를 부른 선생님은 내게 반성문을 써 오라 한다.

"하고 싶은 말 다 써서 사흘 후에 가져와 봐."

반성문을 쓰기 위해 학교 앞 문방구에서 대학 노트를 한 권 산다. 지난날, 노조 지부장에게 왜 외사촌과 내가 학교에 가야만 하는가를 뭐라구 뭐라구 적었듯이 이젠 선생님에게 학교 가기 싫은 이유를 뭐라구 뭐라구 적는데 어느 참에서 마음속의 이야기들이 왈칵 쏟아져 나온다. 열일곱의 나, 쓴다. 내가 생각한 도시 생활이란 이런 것이 아니었으며, 내가 생각한 학교생활도 이런 것이 아니었다고. 나는 주산 놓기도 싫고 부기 책도 싫으며 지금은 오로지 마음속에 남동생 생각뿐으로 다시 그곳으로 돌아가서 그 애와 함께 살고 싶다고. 반성문은 노트 삼분의 일은 되게 길어진다.

반성문을 다 읽은 선생님이 말한다.

"너 소설을 써 보는 게 어떻겠냐?"

내게 떨어진 '소설'이라는 말. 그때 처음 들었다. 소설을 써 보라는 말.

그는 다시 말한다.

"주산 놓기 싫으면 안 놓아도 좋다. 학교에만 나와. 내가 다른 선생들에게 다 말해 놓겠어. 뭘 하든 니가 하고 싶은 걸 하거라. 대신 학교는 빠지지 말아야 돼."

그는 내게 한 권의 책을 건네준다.

"내가 요즘 최고로 잘 읽은 소설이다."

표지에 '난장이가 쏘아 올린 작은 공'이라고 씌어 있다. 교실로 돌아와 책을 펼쳐 본다.

뫼비우스의 띠

수학 담당 교사가 교실로 들어갔다. 학생들은 그의 손에 책이 들려 있지 않은 것을 보았다. 학생들은 교사를 신뢰했다. 이 학교에서 학생들이 신뢰하는 유일한 교사였다.

최홍이 선생님. 이후 나는 그 선생님을 보러 학교에 간다. 어색한 이향으로 마음에 가둬졌던 그리움들이 최홍이 선생님을 향해 방향을 돌린다. 열일곱의 나, 늘 《난장이가 쏘아 올린 작은 공》을 가지고 다닌다. 어디서나 《난장이가 쏘아 올린 작은 공》을 읽는다. 다 외울 지경이다. 희재 언니가 무슨 책이냐고 묻는다.

"소설책."

소설책? 한번 반문해 볼 뿐 관심 없다는 듯이 희재 언니가 고갤 떨군다. 최홍이 선생님이 마음 안으로 가득 들어찬다. 정말 주산을 놓지 않아도 주산 선생님은 그냥 지나간다. 부기 노트에 대차대조표를 그리지 않아도 부기 선생은 탓하지 않는다.

주산 시간에 국어 노트 뒷장을 펴고 《난장이가 쏘아 올린 작은 공》을 옮겨 본다.

…… 사람들은 아버지를 난장이라고 불렀다. 사람들은 옳게 보았다. 아버지는 난장이였다. 불행하게도 사람들은 아버지를 보는 것 하나만 옳았다. 그 밖의 것들은 하나도 옳지 않았다. 나는 아버지, 어머니, 영호, 영희, 그리고 나를 포함한 다섯 식구의 모든 것을 걸고 그들이 옳지 않다는 것을 언제나 말할 수 있다. 나의 '모든 것'이라는 표현에는 '다섯 식구의 목숨'이 포함되어 있다.

…… 이제 열일곱의 나는 컨베이어 위에서도 《난장이가 쏘아 올린 작은 공》을 노트에 옮기고 있다. 천국에 사는 사람들은 지옥을 생각할 필요가 없다, 고. 그러나 우리 다섯 식구는 지옥에 살면서 천국을 생각했다, 고. 단 하루라도 천국을 생각해 보지 않은 날이 없다, 고. 하루하루의 생활이 지겨웠기 때문이다, 고. 우리의 생활은 전쟁과도

같았다, 고. 우리는 그 전쟁에서 날마다 지기만 했다, 고. 그런데도 어머니는 모든 것을 잘 참았다, 고.

최홍이 선생이 소설을 써 보는 게 어떻겠느냐는 말 대신 시를 써 보는 게 어떻겠느냐고 했으면 나는 시인을 꿈꾸었을 것이다. 그랬었다. 나는 꿈이 필요했었다. 내가 학교에 가기 위해서, 큰오빠의 가발을 담담하게 빗질하기 위해서, 공장 굴뚝의 연기를 참아 낼 수 있기 위해서, 살아가기 위해서.

소설은 그렇게 내게로 왔다.

《외딴 방》(문학동네, 1995)

대차대조표 기업이 결산 때에 재정 상태를 한눈에 볼 수 있게 도식화한 표. 기업의 자산을 부채와 자본으로 비교할 수 있도록 양쪽으로 나뉘어 있다.

부기 자산, 자본, 부채의 수지, 증감 따위를 밝혀서 장부에 적는 방법.

부산 급하게 서두르거나 시끄럽게 떠들어 어수선함.

비키니 옷장 쇠막대 따위로 뼈대를 세우고 아래위와 둘레에 천이나 비닐 따위를 씌워 지퍼로 여닫게 한 간단한 옷장.

사반의 십자가 김동리가 쓴 장편 소설. 이 소설에 나오는 주인공 사반은 예수와 같은 시대에 살았던 유대인으로서, 유대를 로마의 지배로부터 해방시키기 위해 무장투쟁을 벌이는 게릴라 집단의 지도자이다. 그는 자신의 투쟁이 승리를 거두려면 메시아와 손을 잡아야만 한다는 판단에서 그 당시 메시아로 등장한 예수에게 접근하나, '하늘의 왕국'을 주장하는 예수의 노선과 '땅의 왕국'을 주장하는 사반의 노선은 평행선을 그릴 따름이었다. 이에 사반은 예수에 대한 기대를 버리고 예전대로의 투쟁을 계속하다가 체포되어 처형당한다.

유신 유신 체제. 1972년 10월 17일, 당시 대통령 박정희에 의해 행해진 초헌법적 비상조치.

이향 고향을 떠남.

최루탄 눈물샘을 자극하여 눈물을 흘리게 하는 약이나 물질은 넣은 탄환.

컨베이어 물건을 연속적으로 이동, 운반하는 띠 모양의 운반 장치.

허투루 아무렇게나 되는대로.

1 '나'가 살아온 환경은 어떠했는지 이야기해 봅시다.

2 의미도 모른 채 헤겔을 읽는 미서의 심정을 짐작해 봅시다.

3 '나'가 선생님이 주신 《난장이가 쏘아 올린 작은 공》을 옮겨 쓰는 이유는 무엇일지 말해 봅시다.

4 '나'에게 글을 쓴다는 것은 어떤 의미였을지 이야기해 봅시다.

5 이 소설은 과거와 현재가 뒤섞이며 이야기가 서술되고 있습니다. 이런 서술 방식의 효과에 대해 이야기해 봅시다.

어느 날 갑작스레 날아온 편지 때문에 '나'는 그렇게도 잊고 싶었던 공단의 냄새를 다시 맡게 된다.
'나'는 외딴 방에서 큰오빠, 셋째 오빠, 외사촌과 함께 힘겹게 하루하루를 견뎌 가고 있었다. 방위병으로 군 복무 중인 큰오빠는 출근하기 전 시간을 이용하여 새벽에 학원으로 강의하러 나가면서 자는 동생들을 깨우지 않기 위해 조심하고, 대학생이며 학생 운동을 하는 셋째 오빠는 여동생들이 불편할까 봐 공단 벤치에서 낮잠을 자다 도시락을 도둑맞기도 한다. 그런 속에는 '나'는 안간힘을 쓰며 산업체 야간 학교에 다니지만 점점 지쳐 간다. 학교생활은 '나'가 생각했던 것과 달랐고, 학교에서 배우는 주산 놓기나 부기 책도 싫었으며, 주간반 학생들이 주는 인간적인 모멸감은 더욱 견디기 힘들었다.
'나'의 짝이며 급장인 미서는 시간이 날 때마다 밑금까지 그어 가면서 헤겔을 읽는다. 미서는 헤겔을 읽고 있을 때만 자신이 다른 아이들하고 다른 것 같다고 말한다. 현실이 힘들고 싫었던 것은 '나'만이 아니라 미서도 그랬고, 학급의 다른 모든 친구들이 그랬던 것 같다. 어느 날부터 '나'는 학교에 나가지 않는다. 일주일 후 담임 선생님이 가정 방문을 오셨는데, '나'는 담임 선생님을 보내며 공장 속에서 처음으로 '사람'을 만난 기분을 느낀다. 다시 학교에 갔을 때 담임 선생님은 하고 싶은 이야기를 다 담아서 반성문을 써 오라고 한다. 반성문을 쓰다 보니 마음속의 이야기들의 왈칵 쏟아져 나온다. 반성문을 읽은 선생님은 '나'에게 소설을 써 보라고 하면서 책 한 권을 건넨다.
'나'는 최홍이 선생님이 주신 소설 《난장이가 쏘아 올린 작은 공》을 국어 노트 뒷장에 옮겨 쓴다. 그 소설에 나오는 '우리 다섯 식구는 지옥에 살면서 천국을 생각했다'는 내용은 어쩌면 바로 '나'의 삶이었는지도 모른다. 하루 종일 다리가 붓도록 일하고 밤에 학교에 나가 공부를 하는 열일곱의 여학생에게 소설 속의 문장들은 소설이 아니라 바로 자신의 삶으로 다가왔을 것이다.

그러나 굳이 내용 때문이 아니라도 '나'에게 글을 쓰는 일은 유일한 희망의 통로였던 듯하다. 최홍이 선생임이 시를 써 보는 게 어떻겠느냐고 했다면 시인이 되었을 거라고 말한 것에서 알 수 있듯이, '나'에게는 무엇보다 꿈이 필요했던 것이다.

한편 서술자는 자기 체험을 이야기하는 듯한 이러한 내용을 과거와 현재를 뒤섞어 풀어내면서 새김질하듯 곱씹고 있다. 이렇게 서술한 것은 그 체험들은 매끄럽게 요약 정리될 성질의 것이 아니라 자신의 삶에 마디마디 새겨져 있기 때문이 아닐까.

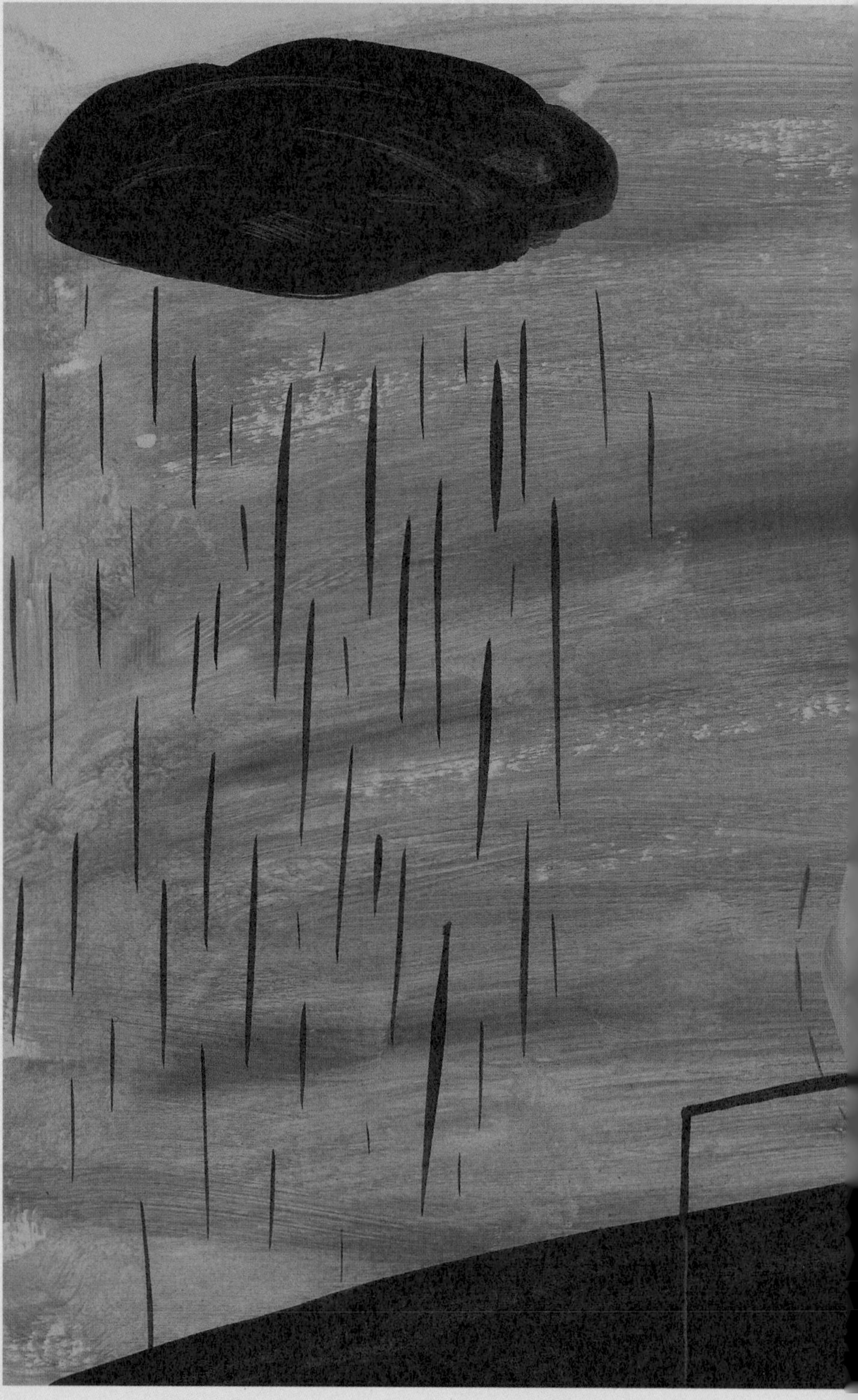

호밀밭의
파수꾼
J. D. 샐린저
공경희 옮김

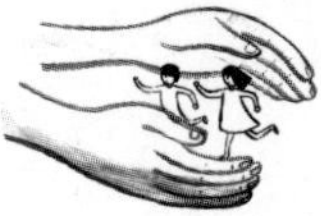

"오빠, 왜 수요일에 집에 오지 않았어?"

"뭐라고?"

이거 원! 피비에겐 잠시라도 방심할 수 없다. 그 애를 영리하지 않다고 생각하는 사람은 정신 나간 놈이나 마찬가지다.

"왜 수요일에 오지 않고 오늘 왔어?"

피비가 내게 물었다.

"설마 퇴학 같은 거 당한 거 아냐?"

"학교 전체가 일찍 방학했어. 그렇게 말했잖아."

"쫓겨난 거야! 그렇지?"

피비는 그렇게 말하더니 주먹으로 내 다리를 쳤다. 피비는 치고 싶으면 바로 주먹질을 한다.

"말해 봐, 그렇지? 오빠."

이렇게 말하고 손을 입에 갖다 댔다. 피비는 흥분을 잘한다.

"누가 퇴학당했다는 거야? 아무도……."

"틀림없어. 퇴학을 당한 거야."

피비는 다시 그 말을 반복하면서 주먹으로 나를 때렸다. 아프지 않을 거라고 생각하면 큰 오산이다.

"아빠는 오빠를 죽이고 말 거야."

피비는 이렇게 말하고는 침대 위에 엎드려 버렸다. 그러고는 베개를 머리 위로 끌어당겼다. 자주 하는 짓이었다. 피비는 진짜로 미칠 때가 있다.

"이제 그만 둬."

하고 내가 말했다.

"날 죽일 사람은 없어. 누구도 나를……. 피비야, 그런 생각은 버려. 아무도 날 죽이지 않을 테니까."

그러나 피비는 베개를 머리에서 치우려 하지 않았다. 그 애는 자기가 하기 싫은 일은 누가 뭐래도 하지 않는다. 그러고는 "아빠는 오빠를 죽이려 들 거야." 하고 계속 말했다. 그렇게 베개를 머리 위에 눌러 얹고 있는 피비는 아무래도 이해할 수가 없었다.

"누구도 날 죽이지 않을 거야. 머리를 써. 우선 나는 여기 있지 않을 거다. 어떻게 하느냐 하면, 얼마 동안 농장 같은 데서 일할 거야. 친구가 하나 있는데 그 애 할아버지가 콜로라도에서 농장을 하셔. 거기에 가면 일자리를 얻을 수 있을 거야."

하고 내가 말을 이었다.

"내가 그곳에 가더라도 너하고는 늘 연락을 할 거다. 자, 그걸 머리에서 치워. 자, 피비, 제발."

피비는 베개를 치우려 하지 않았다. 나는 베개를 빼내려고 했지만 그 앤 완강했다. 피비와 싸우면 싸우는 우리 쪽이 언제나 지쳐 버린

다. 그 애가 머리에 베개를 얹은 채 있고 싶어 하면, 그것은 어쩔 수 없는 일이다.

"피비, 자, 얼굴을 보여 줘."

나는 몇 번이고 되풀이했다.

"자, 어서. 웨드필드. 자, 얼굴을 보여 달라니까."

그러나 피비는 얼굴을 내놓으려 하지 않았다. 아무리 타일러도 통하지 않는 때가 있다. 하는 수 없이 나는 일어서서 거실로 갔다. 테이블 위의 담배 상자에서 담배 몇 개비를 꺼내 주머니에 넣었다.

내가 돌아왔을 때 피비는 베개를 치우고 있었다. 그럴 줄 알고 있었지만 그래도 고개는 여전히 내 쪽으로 돌리지 않았다. 이제 침대에 등을 대고 반듯이 누워 있으면서도 나를 쳐다보지 않았다. 내가 침대 가에 가서 앉자, 피비는 얼굴을 반대편으로 돌렸다. 나를 탄핵하고 있는 것이다. 내가 칼 따위를 모조리 지하철에 놓고 내렸을 때 펜시의 펜싱 팀 자식들이 하던 것과 똑같았다.

"그 헤이즐 웨더필드는 어떻게 됐니?"

하고 내가 말했다.

"그 애에 대해 무슨 새로운 이야기라도 썼니? 네가 보내 준 것은 여행 가방 안에 있어. 역에 두고 왔지만 정말 잘 썼더구나."

"아빠는 오빠를 죽일 거야."

젠장! 피비는 무슨 생각을 했다 하면 거기서 벗어나질 않는다.

"그럴 리 없어. 기껏해야 뭐라고 나무랄 거고 그놈의 사관 학교 같은 데에 보내는 게 고작일 거야. 기껏해야 그 정도일 거야. 무엇보다 나는 이곳에 있지 않는다니까. 딴 곳으로 갈 거야. 아마…… 콜로라도의 그 농장으로 가게 될 거야."

"웃기지 마. 말도 탈 줄 모르면서."

"누가 못 탄대? 난 말을 잘 탈 수 있어. 자신 있어. 2분만 배우면 탈 수 있을 거야."

하고 내가 말했다.

"그건 떼지 마."

피비는 팔꿈치에 붙인 반창고를 떼고 있었다.

"머리를 누가 잘라 주었니?"

하고 내가 물었다. 누구의 솜씨인지, 바보 같은 머리 모양을 하고 있는 것을 그때야 알았던 것이다. 그 애의 머리는 너무 짧았다.

"참견하지 마."

하고 피비가 말했다. 피비는 때로 심술궂었다. 정말 심술이 대단했다.

"오빠는 또 전 과목에 낙제했지?"

하고 쏘아붙이는 것이었다. 이건 정말 심술궂다. 그러나 어느 면에서는 우습기도 했다. 때로 그 애는 학교 선생 같은 말투로 말한다. 머리에 피도 마르지 않은 것이…….

"그럴 리가 있겠니?"

하고 내가 말했다.

"영어 과목은 합격했어."

이렇게 말하고 나는 별 이유 없이 피비의 엉덩이를 꼬집었다. 저쪽을 향한 채 누워 있었기 때문에 엉덩이가 이쪽을 향하고 있었다. 그

다지 세게 꼬집지 않았는데도 피비는 내 손을 때리려 했다. 그러나 나는 맞지 않았다.

"오빠는 왜 그런 꼴이 됐지?"

하고 피비가 갑자기 물었다. 왜 또 퇴학당했느냐는 얘기였다. 그 말에 좀 서글픈 생각이 들었다.

"오, 피비, 제발 묻지 마. 다들 그렇게 묻는 통에 나도 죽을 지경이다."

하고 나는 말했다.

"이유야 많단다. 그 학교는 내가 다닌 학교 중에 제일 똥통 학교야. 바보들이 우글거리는 학교라고. 게다가 더러운 자식들이 많아. 넌 그런 지저분한 놈들은 보지 못했을 거야. 예를 들면, 누구의 방에서 우스운 대화를 하고 있는 경우를 생각해 봐. 그때 누군가 들어오려고 하는데, 그놈이 멍청하고 여드름투성이라면 아무도 넣어 주려 하지 않는단 말이야. 누가 들어오려고 하면 문에 자물쇠를 채우고 말지. 그리고 내가 너무 겁쟁이라 가입을 거절하지 못한 비밀 동지회라는 것이 있는데, 로버트 애클리라는 여드름투성이인 지루한 자식이 거기에 가입하려 했거든. 몇 번이고 들어오려 했지만 넣어 주지 않았어. 단지 지루하고 여드름이 많다는 이유로 거절한 거야. 정말 말하기도 싫구나. 여하튼 지독한 냄새를 풍기는 학교야. 이건 진짜야."

피비는 아무 말도 없었다. 그러나 내 말에 귀를 기울이고 있었다. 그 애의 목을 보면 경청하고 있다는 것을 알 수 있었다. 그 앤 누가 이야기를 하면 열심히 듣는 아이였다. 재미있는 것은 절반 정도는 상대가 무슨 말을 하는지 알면서 귀를 기울인다는 것이다. 이건 정말이다.

나는 펜시에 대해 계속 이야기했다. 공연히 지껄이고 싶었기 때문이다.

"좋은 선생이 두 분 계셨는데 그분들도 엉터리였어."
하고 나는 말을 이었다.

"스펜서라는 늙은 선생이 있었거든. 그 부인은 늘 핫초콜릿 같은 것을 대접해 주었어. 두 분 다 좋은 분이야. 그런데 교장이 역사 시간에 교실에 들어와서 뒷자리에 앉을 때면 스펜서 선생의 얼굴은 가관이야. 교장은 교실에 들어와서는 한 삼십 분가량 교실 뒤에 앉아 있곤 하지. 자기가 무슨 암행어사라도 되는 듯 말이야. 그러고는 스펜서 선생의 수업에 참견하면서 너절한 농담을 늘어놓는 거야. 스펜서 선생은 서머 교장이 개똥 같은 왕자라도 되는 듯 계속 웃고만 있었거든, 씨……."

"그런 쌍스런 말 좀 하지 마."

"너도 보면 구역질 날 거다. 맹세코. 또 동창의 날이라는 게 있는데, 그날엔 아주 오래전 펜시를 졸업한 선배들이 애들과 아내를 거느리고 와서 학교를 돌아다니지. 그중에 쉰 살쯤 된 사람이 있었는데 정말 너한테 보여 주고 싶다. 그 사람이 우리 방에 들어와서 문을 노크하더니 세면장을 사용해도 되겠느냐고 묻는 거야. 세면장은 복도 끝에 있는데 왜 우리에게 묻는지 모르겠어. 그 사람이 뭐라고 말했는지 아니? 자기 이름 석 자가 아직도 화장실 문에 남아 있는지 한 번 보고 싶다는 거야. 90년은 되었을 법한 먼 옛날 어느 화장실 문에다가 자신의 어리석고 슬픈 이름을 새겨 두었다는 거야. 그게 아직도 있는지 보고 싶다는 거지. 그래서 나하고 방을 같이 쓰는 친구, 둘이서 세면장까지 안내했어.

그 사람이 자기 이름을 찾아 화장실 문을 모조리 조사하는 동안 우리는 내내 거기 서 있어야 했어. 그러는 동안 그 사람은 우리 들으라고 계속 지껄였지. 펜시에 다닐 때가 자기 생애에서 가장 행복한 시기였다느니 뭐니 하면서 말야. 그리고 우리의 장래에 대해 여러 가지 충고를 하더군. 정말 따분했어. 그 사람이 나쁜 사람이라는 뜻은 아냐. 사실 나쁜 인간은 아닐 테니까. 하지만 반드시 나쁜 사람만이 사람을 우울하게 만드는 것은 아니야. 착한 사람도 우울하게 할 수 있지. 우리를 우울하게 하는 데 필요한 것은 어느 화장실 문에 새긴 자기 이름을 찾으면서 계속 엉터리 같은 충고를 잔뜩 늘어놓는 거야. 그렇게만 하면 되는 거야. 글쎄, 그렇게 숨을 가쁘게 쉬지만 않았어도 그렇게 지겹지는 않았을지도 모르지. 그자는 계단을 올라오면서도 숨을 헐떡이고 있었어. 자기 이름을 찾는 동안에도 내내 헐떡이고 있었단다. 게다가 스트라드레이터와 나한테 펜시에서 얻을 수 있는 모든 것을 얻으라고 충고하는 동안에도 그 우습고 슬픈 콧구멍으로 가쁘게 숨을 쉬고 있더군. 원 참! 피비야, 잘 설명할 수 없구나. 펜시에서 일어난 일은 무엇이건 덮어놓고 싫은 거야. 도저히 설명할 수가 없어."

그때 피비가 뭐라고 말했다. 그러나 나는 알아듣지 못했다. 그 애가 입언저리를 베개 위에 붙이고 있었기 때문에 도무지 무슨 말을 하는지 알아들을 수 없었다.

"뭐라고?"

하고 내가 말했다.

"입을 떼야지. 입을 그렇게 하고 있으니 들을 수가 없잖아."

"오빠는 세상에서 일어나는 일이 다 싫다는 거야?"

그 애가 그런 말을 했기 때문에 나는 더욱더 우울했다.

"아냐. 그건 아냐. 그렇게 말하지 마. 왜 그런 말을 하니?"

"좋아하지 않으니까 그렇지. 오빠는 어느 학교든 다 싫어해. 오빠가 싫어하는 것은 백만 가지는 될 거야. 그냥 싫어하고 있어."

"아냐. 그게 바로 네가 잘못 생각하고 있는 점이야. 바로 그거야. 도대체 왜 그런 말을 하지?"

젠장! 피비가 나를 우울하게 하고 있었다.

"그러니까 그렇다는 거지."

하고 피비가 말했다.

"좋아하는 것이 있으면 한 가지만 말해 봐."

"한 가지? 내가 좋아하는 것 말야? 좋아, 말하지."

그런데 문제는 내가 도무지 정신을 집중할 수 없었다는 것이다. 나는 때로 정신 집중이 곤란할 때가 있다.

"내가 지독히 좋아하는 것 말야?"

내가 피비에게 다시 물었다.

그러나 피비는 대답하지 않았다. 침대 저쪽 끝에서 새침한 표정을 짖고 있었다. 1천 마일쯤 떨어져 있는 것 같았다.

"대답해 볼까. 내가 지독히 좋아하는 것을 말하라는 거니? 아니면 그저 좋아하는 것을 말하라는 거니?"

"지독히 좋아하는 것."

"알았어."

하고 말했으나 정신을 집중할 수가 없었다. 내가 생각해 낼 수 있었던 것은 낡은 짚 바구니에다 성금을 모으며 돌아다니던 두 수녀뿐이었다. 특히 철테 안경을 쓴 수녀가 더욱 그랬다.

또한 엘크턴 힐스에서 알게 된 바로 그 아이가 생각났다. 이름이 제임스 캐슬이었는데, 그 아이는 필 스태빌이라는 아주 거만한 자식에 대해 이야기한 것을 끝내 취소하지 않았다. 그런데 스테빌의 치사한 친구 하나가 그에게 가서 고자질을 했다. 그러자 스태빌은 더러운 자식들 여섯 명을 데리고 제임스 캐슬 방으로 몰려가 안에서 문을 잠그고는 그 애에게 그 말을 취소하라고 위협했다. 그러나 캐슬은 취소하려 하지 않았다. 놈들은 캐슬을 때리기 시작했다. 어떤 짓을 했는지는 말하기조차 싫다. 너무나 구역질 나는 일이다. 캐슬은 끝내 그 말을 취소하지 않았다.

그 제임스 캐슬이라는 아이, 정말 보여 주고 싶다. 제임스 캐슬, 여위고 몸집이 작고 약골에다 손목은 연필 굵기 정도밖에 되지 않았다. 결국 그 애는 자기가 한 말을 취소하지 않고 창문 밖으로 뛰어내렸다. 그때 나는 샤워를 하고 있었는데, 땅바닥에 떨어지는 소리가 내게도 들렸다. 나는 창에서 무엇이 떨어진 모양이라고 생각했다. 라디오나 책상 같은 것 말이다. 설마 사람이 떨어졌으리라고는 생각조차 못했다.

다음 순간 모두가 복도를 달려 계단을 뛰어 내려가는 소리가 들렸다. 그래서 나도 목욕 가운을 입고 계단을 뛰어 내려갔다. 돌계단 위에 제임스 캐슬이 쓰러져 있는 것이 보였다. 그는 이미 숨져 있었고 이빨과 피가 사방에 흩어져 있었다. 아무도 시체에 접근하려 하지 않았다. 그는 내가 빌려 준 터틀넥 스웨터를 입고 있었다. 그의 방을 침범한 놈들에게 학교 당국이 취한 조치는 단지 그들을 퇴학시킨 것뿐이다. 그 자식들은 형무소에 가지 않았다.

내가 그때 생각해 낼 수 있었던 것은 그런 것뿐이었다. 아침 식사를 할 때 만났던 두 명의 수녀와 엘크턴 힐스에서 알게 된 제임스 캐슬이라는 애뿐이었다. 우스운 일이지만, 사실 나는 제임스 캐슬과 그다지 잘 아는 사이가 아니었다. 그 애는 말이 없었다. 수학 시간엔 같은 반에서 공부했는데, 그 애는 교실 한쪽 구석에 앉아 있을 뿐 일어서서 대답하거나 칠판에 나가 문제를 푸는 일이 거의 없었다. 어느 학교에든 일어서서 대답하거나 칠판에 나가 문제를 푸는 일이 거의 없는 학생은 있는 법이다.

내가 그 애와 이야기한 것은 단 한 번뿐이었다. 그 애가 내게 내 터틀넥 스웨터를 빌려 줄 수 있겠느냐고 물어 왔던 때였다. 그 애가 말을 걸었을 때 나는 하마터면 졸도할 뻔했다. 그만큼 놀랐던 것이다. 그때 나는 이를 닦고 있었던 것 같다. 터틀넥 스웨터를 가지고 있다는 사실을 그 애가 알 줄은 몰랐다. 내가 그 애에 대해 아는 것이라고는 출석부에 그 애의 이름이 내 이름 바로 앞에 적혀 있다는 것뿐이었다. R. 케이블, W. 케이블, 캐슬, 콜필드…… 이런 순서였다. 지금도 기억할 수 있다. 사실 나는 스웨터를 빌려 주지 않으려 했다. 그다지 잘 아는 아이가 아니었으니까.

"뭐라고?"

나는 피비에게 말했다. 피비가 나한테 뭐라고 말했는데 내가 잘 듣지 못했기 때문이다.

"오빠는 한 가지도 생각하지 못하잖아?"

"아냐, 할 수 있어. 할 수 있어."

"그럼 해 봐."

"난 앨리가 좋아."

하고 나는 이야기를 시작했다.

"그리고 내가 지금 하고 있는 것을 좋아해. 지금처럼 너하고 앉아서 이야기하고 이것저것 생각하고, 그리고……."

"앨리는 죽었어. 오빠는 늘 그 말만 한다니까! 누가 죽거나 해서 천국에 가면 그것은 실제로……."

"앨리가 죽은 건 나도 알아. 내가 그것도 모르는 것 같니? 그래도 좋아할 순 있잖아? 누가 죽었다고 해서 좋아하던 것까지 그만둘 순 없지 않니? 특히 우리가 알고 있는, 살아 있는 사람보다 천 배나 좋은 사람이라면 더욱 그렇지."

피비는 아무 말도 하지 않았다. 그 애는 할 말이 생각나지 않으면 한마디도 하지 않는 아이다.

"하여튼 나는 지금 같은 상태를 좋아해."

하고 내가 말했다.

"지금 이 시간 같은 상태. 너하고 여기 앉아서 잡담하고……."

"그건 실제가 아니야."

"아냐. 실제적인 거야. 이건 확실한 거야. 왜 그렇지 않다는 거지? 사람들은 실제적인 것을 실제적인 것으로 여기지 않거든. 그게 나를 구역질 나게 해."

"지저분한 말씨 좀 쓰지 마. 좋아, 그럼 다른 것을 말해 봐. 장차 되고 싶은 것 말야. 이를테면 과학자라든가 변호사 같은 거."

"그럼 변호사는? 아빠처럼……."

"변호사라면 괜찮지만 내겐 역시 매력이 없어. 내 말은 항상 죄 없는 사람의 생명을 구해 준다든가 한다면야 변호사도 좋아. 하지만 막상 변호사가 되면 그런 일은 하지 않거든. 그들이 하는 일이란 돈을 모으든지 골프를 치든지 브리지를 하든지 차를 사든지 마티니를 마시든지 명사인 체하든지, 뭐 그런 짓이나 하게 된다 이 말이야. 가령 사람의 생명을 구하는 일을 실제로 한다 해도 그것이 정말 사람의 생명을 살려 주고 싶어서 그랬는지, 아니면 굉장한 변호사가 되겠다는 소망에서 그랬는지 모른단 말야. 다시 말해서 재판이 끝나면 법정에서 신문 기자나 다른 여러 사람들에게서 치사한 영화 장면처럼 칭찬을 받고 사람들이 등을 어루만져 주고 하는 그런 으리으리한 변호사가 되겠다는 야망에서 한 것인지 모른다 이 말이야. 자기가 엉터리가 아닌지 어떻게 알 수 있겠니? 그게 문제야."

피비가 내 말을 알아들었는지 의심스럽다. 아직 어린애였기 때문이다. 그러나 적어도 귀는 기울이고 있었다. 귀를 기울이는 사람이 있으면 그다지 나쁘지 않으니까.

"아빠는 오빠를 죽이고 말 거야."
하고 피비가 말했다.

그러나 나는 듣고 있지 않았다. 다른 것을 생각하고 있었다. 미치광이 같은 것을.

"내가 뭐가 되고 싶은지 말해 줄까?"
하고 내가 입을 열었다.

"내가 뭐가 되고 싶은지 말해 줘? 만일 내게 그 지랄 같은 선택권이 있다면 말야."

"뭔데? 욕 좀 하지 말고 말해 봐."

"너 그 노래 알고 있지? '호밀밭을 걸어오는 사람을 붙잡는다면' 하는 노래 말야. 바로 내가 되고 싶은 것은……."

"그건 〈호밀밭을 걸어오는 누군가를 만나면〉이라는 노래야."
하고 피비가 말했다.

"그건 시야. 로버트 번스가 쓴."

"알고 있어. 로버트 번스의 시라는 것은."

피비의 말이 옳았다. 〈호밀밭을 걸어오는 누군가를 만나면〉이라고 해야 옳았다. 사실 그때는 그 시를 잘 몰랐다.

"'만나면'을 '붙잡는다면'으로 잘못 알고 있었어."
하고 말했다.

"어쨌거나 나는 넓은 호밀밭 같은 데서 조그만 어린애들이 어떤 놀이를 하고 있는 것을 항상 눈앞에 그려 본단 말야. 몇 천 명의 아이들이 있을 뿐 주위에 어른이라곤 나밖엔 아무도 없어. 나는 아득한 낭떠러지 옆에 서 있는 거야. 내가 하는 일은 누구든지 낭떠러지에서 떨어질 것 같으면 얼른 가서 붙잡아 주는 거지. 애들이란 달릴 때는 저희가 어디로 달리고 있는지 모르잖아? 그런 때 내가 어딘가에서 나타나 그 애를 붙잡아야 하는 거야. 하루 종일 그 일만 하면 돼. 이를테면 호밀밭의 파수꾼이 되는 거야. 바보 같은 짓인 줄은 알고 있어. 하지만 내가 정말 되고 싶은 것은 그것밖에 없어. 바보 같은 짓인 줄은 알고 있지만 말야."

피비는 오랫동안 말이 없었다. 그러다가 무슨 말을 하나 했더니 또 "아빠는 오빠를 죽일 거야."라고 말하는 것이었다.

"죽여도 좋아."

나는 그렇게 말하면서 침대에서 일어났다. 그때 엘크턴 힐스에서 영어를 가르치던 앤톨리니 선생에게 전화를 걸어 볼까 생각했기 때문이다. 그 당시 선생은 뉴욕에 살고 있었다. 앤톨리니 선생은 엘크턴 힐스 고등학교를 그만두고 지금은 뉴욕 대학의 영어 교수로 일하고 있었다.

"전화를 걸어야겠다."

하고 나는 피비에게 말했다.

"곧 돌아올게. 자지 말고 있어."

내가 거실에 가 있는 동안 피비가 잠들어 버리는 건 원치 않았다.

자지 않으리라는 것을 뻔히 알았지만 그래도 확실히 하기 위해 그렇게 일렀다.

문을 향해 걸어가는데, 피비가 "오빠!" 하고 불렀다. 나는 뒤돌아보았다. 피비는 침대 위에 일어나 앉아 있었다. 정말 귀여웠다.

"나, 필리스 마굴리스라는 아이한테서 트림하는 법을 배우는 중이야. 들어 봐."

피비가 말했다.

귀를 기울였다. 무슨 소리를 들은 것 같기도 했지만 분명하지 않았다. "잘하는데." 하고 말하고 나는 거실로 들어가서 앤톨리니 선생에게 전화를 했다.

전화는 간단히 끝냈다. 전화하는 동안에 아버지나 엄마가 들어오지 않을까 겁이 나서였다. 다행히 우리 부모는 들이닥치지 않았다. 앤톨리니 선생은 매우 친절했다. 오고 싶으면 와도 좋다는 것이었다. 선생 내외는 자고 있었는데, 내가 깨운 모양이었다. 왜냐하면 꽤 한참 만에 전화를 받았기 때문이다. 그가 제일 먼저 물은 것은 무슨 일이 생겼느냐는 것이었다. 나는 그렇지 않다고 했다. 펜시에서 퇴학당했다는 말만은 했다. 선생에게 그 말을 해 두는 것이 좋을 것 같았다. 그러자 선생은 "그게 정말이야?" 하고 말했다. 그분은 굉장히 유머가 풍부한 사람이었다. 그러고는 오고 싶으면 당장 오라는 것이었다.

앤톨리니 선생은 내가 만난 선생 중에서 제일 좋은 선생이라고 생각한다. 아직 젊고 형 D. B.보다 나이가 그다지 많지 않았다. 함께 농담을 주고받아도 이쪽에서 존경하게 되는 사람이었다. 아까 말한 제임스 캐슬, 그러니까 창문에서 떨어진 그 애를 안아 올린 사람도 바로 이 선생이었다. 앤톨리니 선생은 제임스 캐슬의 맥을 짚어 보고는 자신의 옷을 벗어 그 애를 덮고 양호실까지 줄곧 안고 갔던 것이다. 옷이 피투성이가 되었지만 조금도 상관하지 않았다.

D. B.의 방으로 되돌아가자 피비는 라디오를 틀어 놓고 있었다. 댄스 음악이 흘러나오고 있었다. 가정부에게 들키지 않으려고 소리를 작게 해 두었지만 그때 피비의 모습은 정말 보여 주고 싶다. 이불을 걷어치운 침대 한가운데에 마치 요가 수도자처럼 다리를 꼬고 똑바로 앉아 흘러나오는 음악에 귀를 기울이고 있었다. 사람 죽이는 장면이었다.

"너 춤추고 싶니?"

하고 물었다. 나는 피비가 더 어렸을 때 그 애에게 춤을 가르쳐 주었다. 그 애는 춤을 참 잘 춘다. 내가 가르친 것은 몇 가지 되지 않았고, 대부분은 혼자서 배운 것이었다. 진짜 춤은 가르칠 수 없다.

"오빠는 신을 신고 있잖아."

하고 피비가 말했다.

"그럼 벗을게. 자, 시작하자."

피비는 침대에서 뛰어내려 내가 신을 벗는 동안 기다리고 있었다. 그러고 나서 나는 잠시 춤을 추었다. 피비는 정말 춤을 잘 추었다. 나는 어린애와 춤추는 어른은 싫다. 대개는 보기 흉하다. 레스토랑 같은 곳에서 나이 먹은 사람이 조그만 어린애를 댄스 플로어로 끌어내는 것을 종종 본다. 그때 어른은 자신도 모르게 어린애 옷의 등 부분을 치켜 올린다. 그렇지 않아도 어린애는 춤을 출 수 없는데, 그 꼴이 되면 더 이상 눈 뜨고 볼 수 없다.

피비와 나는 사람들 앞에서 그런 짓은 하지 않는다. 집에서 장난삼아 할 뿐이다. 어쨌든 피비의 경우는 다르다. 그 앤 정말 춤을 잘 추니까. 이쪽에서 무엇을 하든 그 앤 잘 따라온다. 꼭 껴안고 추면 다리가 길어도 문제가 안 된다. 내 동작에 잘 따라오기 때문이다. 크로스 오버를 하건, 시시한 디프를 하건, 지르박을 섞어서 하건 곧잘 따라온다. 탱고까지도 춘다니까.

우리는 네 가지 곡에 따라 춤을 추었다. 그런데 한 곡이 끝나고 다른 곡이 시작되는 사이에 피비는 우스꽝스런 짓을 했다. 춤을 추다 정지한 자세로 그대로 꼼짝 않고 서 있었다. 입도 벌리지 않았다 둘 다 그 자세로 가만히 서서는 오케스트라가 다음 연주를 시작할 때까지 기다리고 있어야 했다. 여기에 난 손 들고 말았다. 웃거나 해서도 안 되었다.

우리는 네 곡가량 춤을 춘 다음 라디오를 껐다. 피비는 침대 위로 뛰어올라 이불 안으로 들어갔다.

"어때, 잘 추지?"

하고 그 애는 물었다.

"정말이야."

하고 대답하고는 그 애 옆에 앉았다. 숨이 좀 가빴다. 워낙 담배를 많이 피웠기 때문에 숨이 더 가빴던 것이다. 그런데 피비는 아무렇지도 않았다.

"내 이마를 짚어 봐."

하고 피비가 갑자기 말했다.

"왜?"

"만져 봐. 한 번만 만져 봐."

나는 손을 대어 보았다. 그러나 아무렇지도 않았다.

"열이 대단하지?"

하고 피비가 말했다.

"아니, 열이 있는 것 같니?"

"응. 지금 내가 열이 나게끔 하고 있잖아. 자, 다시 만져 봐."

나는 다시 만져 보았다. 여전히 아무렇지도 않았다. 그러나 "이번엔 열이 좀 있는 것 같은데." 하고 말했다. 그 애가 열등감을 갖는 것이 싫었기 때문이다.

피비는 고개를 끄덕였다.

"체온계로 잴 수 없을 만큼 뜨겁게 할 수도 있어."

"체온계? 누가 그러든?"

"앨리스 홈보그가 가르쳐 주었어. 다리를 꼬고 숨을 죽이고 앉아서 굉장히 더운 것을 생각하면 돼. 라디에이터 같은 것 말야. 그러면 이마가 굉장히 뜨겁게 돼서 손을 델 지경이 된대."

이 말에 난 손 들었다. 나는 어떤 지독한 위험에 빠진 것처럼 그 애의 이마에서 손을 뗐다.

"말해 줘서 고맙구나."

하고 내가 말했다.

"어머, 오빠의 손은 태우지 않을 거야. 너무 뜨거워지기 전에 멈출 테니까……. 쉬, 쉬!"

하고 피비는 재빨리 침대 위에 일어나 앉았다.

피비가 그렇게 하는 바람에 나는 깜짝 놀랐다.

"왜 그래?"

"앞문!"

피비는 목소리를 죽이고 말했다.

"아빠와 엄마야!"

나는 얼른 일어나 뛰어가서 책상의 불을 껐다. 그리고 담배를 구두로 비벼 끄고는 주머니에 집어넣었다. 그리고 담배 연기를 없애려고 공중에다 손으로 부채질을 했다. 담배를 피우지 말았어야 했는데, 다음 순간 나는 구두를 움켜쥐고 옷장 안에 들어가 문을 닫았다. 아이쿠, 내 심장이 지랄같이 뛰고 있었다.

엄마가 방 안으로 들어오는 소리가 들렸다.

"피비, 시치미 떼지 마라. 불빛을 보았단다. 이 아가씨야."

"안녕히 다녀오셨어요?"

피비의 목소리가 들렸다.

"잠이 오지 않았어요. 재미있었어요?"

"응, 재미있었단다."

하고 엄마가 말했다. 그러나 그 말은 진심이 아니라는 것이 역력했다. 엄마는 집을 떠나 다른 곳에서는 그다지 즐거워하지 못했다.

"왜 벌써 깼지? 춥지 않았니?"

"춥지 않았어요. 그냥 잠이 오지 않았어요."

"피비야, 너 여기서 담배 피웠니? 사실대로 말해 봐."

"뭐라구요?"

"내 말이 들리지 않니?"

"한 개비 잠깐 태웠을 뿐이에요. 한 모금 피워 보고 창밖으로 던져 버렸어요."

"왜 그런 짓을 했지?"

"잠이 오지 않아서……."

"난 그런 짓 싫어해. 피비야. 그런 짓은 질색이야."
하고 엄마가 말했다.

"담요 한 장 더 줄까?"

"괜찮아요. 안녕히 주무세요."

피비가 엄마에게서 벗어나기 위해 애쓰는 모습을 눈에 그려 볼 수 있었다.

"영화는 어땠니?"
하고 엄마가 물었다.

"재미있었어요. 앨리스의 엄마가 영화 보는 동안 내내 몸을 내 쪽으로 기울이며 앨리스에게 춥지 않느냐고 묻던 것만 빼고, 우리는 택시로 돌아왔어요."

"네 이마 좀 짚어 봐야겠다."

"감기 같은 건 안 걸렸어요. 앨리스도 감기 걸리지 않았어요. 감기 걸린 건 그 애 엄마였어요."

"그럼 잘 자라. 저녁 식사는 어땠니?"

"형편없었어요."

"또 그런 말버릇이구나. 아빠가 뭐라고 하셨는지 기억하지? 뭐가 형편없다는 거니? 맛있는 양고기 요리를 먹고서. 엄마는 그것 때문에 일부러 렉싱턴 가를 돌아다녔는데……."

"양고기는 좋았지만 찰린은 무엇이든 내려놓을 때마다 숨을 내뿜었어요. 음식에고 어디고 온통 입김을 뿜는다니까요. 찰린은 모든 것 위에 입김을 뿜어 댄다구요."

"그래, 잘 자라. 엄마에게 뽀뽀하고. 기도는 올렸니?"

"목욕탕에 들어가서 했어요. 안녕히 주무세요."

"그래. 얼른 자도록 해라. 골치가 아프구나."

엄마는 걸핏하면 골치가 아팠다. 사실이 그랬다.

"아스피린 몇 알만 드세요."

하고 피비가 말했다.

"오빠는 수요일에 돌아오지요?"

"그렇게 알고 있다. 자, 이불 속으로 들어가거라. 더 깊이."

엄마가 나가고 문이 닫히는 소리가 들렸다. 나는 2, 3분 더 있다가 옷장에서 나왔다. 나오자마자 피비와 부딪혔다. 캄캄한 데다 피비는 침대에서 나와 내게로 오고 있었기 때문이다.

"다쳤니?"

하고 내가 물었다. 부모님이 돌아왔기 때문에 가만가만 속삭이지 않으면 안 되었다.

"난 이제 가야겠다."

어둠 속에서 침대 가를 더듬어 찾아서 그곳에 앉아 구두를 신기 시작했다. 나는 몹시 초조했다. 그건 인정하지 않을 수 없다.

"지금 가면 안 돼."

하고 피비가 작은 소리로 속삭였다.

"엄마가 잠들 때까지 기다려야 해."

"아냐, 지금이 제일 좋은 기회야."

하고 내가 말했다.

"엄마는 목욕을 할 거고 아빠는 라디오 뉴스 같은 걸 듣고 있을 거야. 지금이 제일 좋은 기회야."

나는 구두끈을 제대로 맬 수가 없었다. 그만큼 나는 초조했다. 그렇다고 집에 있다가 붙잡히면 죽임을 당한다든가 할 거라고 생각한 것은 아니다. 단지 붙잡히면 극히 불쾌한 일이 생길 거라고 생각했을 뿐이다.

"너 어디에 있니?"

하고 피비에게 물었다. 너무 어두워서 피비가 어디에 있는지 알 수 없었다.

"여기."

피비는 바로 내 옆에 있었다. 그래도 보이지 않았다.

"짐은 역에 맡겨 두었어."

하고 나는 말했다.

"이봐, 너 돈 좀 있니? 난 지금 한 푼도 없거든."

"크리스마스 용돈뿐이야. 선물을 살 돈이야. 아직 하나도 사지 않았거든."

"그러니?"

크리스마스 용돈이라면 받고 싶지 않았다.

"좀 줄까?"

하고 피비가 말했다.

"크리스마스에 쓸 용돈은 받고 싶지 않은데."

"조금은 빌려 줄 수 있어."

하더니 피비는 D. B.의 책상으로 가서 서랍을 열었다. 손으로 그 속을 더듬는 소리가 났다. 방 안은 칠흑처럼 캄캄했다.

"가 버리고 나면 내 연극은 보지 못하겠네."

하고 피비가 말했다. 그렇게 말하는 피비의 목소리가 우스꽝스럽게 들렸다.

"아니야, 보러 갈게. 그것을 보기 전엔 다른 데로 가지 않을 거야. 내가 네 연극을 놓치기야 하겠니?"

하고 내가 말했다.

"아마 화요일까진 앤톨리니 선생 댁에 있을 거야. 그런 다음에 집에 돌아오겠어. 기회가 있으면 전화 걸게."

"여기, 받아."

하고 피비가 말했다. 피비는 내게 돈을 주려 했지만 내 손이 어디 있는지 찾을 수가 없었다.

"어디?"

피비는 내 손에 돈을 쥐어 주었다.

"이렇게 많이 필요하지 않아."

하고 내가 말했다.

"2달러만 주면 돼. 정말이야. 자아……."

나는 돈을 돌려주려 했지만 피비는 받으려 하지 않았다.

"다 가져가도 좋아. 나중에 갚아 줘. 연극할 때 가져와."

"도대체 얼마냐?"

"8달러 85센트야. 아니 65센트야. 좀 썼으니까."

나는 갑자기 울음을 터뜨렸다. 어찌할 수가 없었다. 아무도 듣지 못하게 울었지만 운 것은 사실이다. 내가 울자 피비는 깜짝 놀랐다. 피비는 내게로 와서 울음을 그치게 하려고 노력했지만 일단 울기 시작하면 그렇게 간단히 그쳐지지가 않았다. 나는 여전히 침대 가에 앉아서 울고 있었다.

피비는 내 목에 팔을 감았고, 나도 비피를 안고 있었다. 나는 오랫동안 울음을 그칠 수 없었다. 나는 이대로 숨이 막혀 죽는 것이 아닌가 생각했다. 정말 피비를 겁에 질리게 했던 것이다. 창문 하나가 열려 있어서 피비의 몸이 떨리는 것을 느낄 수 있었다. 피비는 파자마만 걸치고 있었던 것이다. 피비를 침대 속으로 돌려보내려 했지만 그 애는 도무지 말을 듣지 않았다. 결국 나는 울음을 그쳤지만 그러기 위해서는 굉장히 오랜 시간이 걸렸다.

나는 외투의 단추를 채웠다. 피비에게 연락하겠다고 했다. 피비는 원한다면 같이 자도 좋다고 말했지만 나는 가는 것이 좋겠다고 했다. 앤톨리니 선생이 기다리고 있기 때문에 가야 한다고. 그런 다음 빨간 사냥 모자를 외투 주머니에서 꺼내어 피비에게 주었다.

피비는 그런 이상한 모자를 좋아했다. 피비는 받으려 하지 않았지만 억지로 받도록 했다. 그 애는 틀림없이 그것을 쓰고 잤을 것이다. 그 애는 정말 그런 종류의 모자를 좋아했다. 나는 기회가 닿으면 전화하겠다는 말을 다시 하고 그곳을 떠났다.

웬일인지 모르지만 나갈 때가 들어올 때보다 더 쉬웠다. 이제 붙잡힌다 해도 아무렇지 않다는 생각이 들었기 때문일 것이다. 정말 아무렇지도 않았다. 붙잡을 테면 붙잡으라지, 하는 생각이 들었다. 어떤 의미에서는 붙잡아 주기를 바랄 정도였다.

나는 엘리베이터를 타지 않고 아래층까지 계단으로 내려갔다. 뒷계단으로 내려갔다. 쓰레기통이 1천만 개나 있어서 그것에 걸려 모가지를 부러뜨릴 뻔했다. 그러나 무사히 빠져나왔다. 엘리베이터 보이에게도 들키지 않았다. 그놈은 내가 아직도 딕스타인 댁에 있는 줄 알고 있을 것이다.

《호밀밭의 파수꾼》(민음사, 2001)

1 홀든은 왜 계속해서 학교를 떠난 것일까요? 홀든에게 학교는 어떤 곳이었는지 이야기해 봅시다.

2 피비는 홀든에게 어떤 의미를 지닌 존재인지 이야기해 봅시다.

3 홀든이 좋아하는 사람과 싫어하는 사람은 각각 어떤 사람인지 정리해 봅시다.

4 홀든이 '호밀밭의 파수꾼'이 되고 싶다고 말한 의미를 이야기해 봅시다.

5 자신의 학교생활을 떠올려 보고, 홀든처럼 학교를 떠나고 싶게 하는 것이 있다면 어떤 것들인지 이야기해 봅시다.

〈호밀밭의 파순꾼〉은 열여섯 살의 주인공 홀든이 크리스마스를 며칠 앞두고 고등학교에서 퇴학당한 뒤 추위 속에 이곳저곳을 헤매고 다니다가 건강에 이상이 생겨 요양소에 입원하기까지를 회상하는 내용이다. 홀든은 자신이 다닌 네 번째 고등학교에서 퇴학을 당했다. 앞의 세 학교들에서도 퇴학당하거나 엉터리 같은 인간들이 우글거려서 그만두었다. 홀든이 말하는 엉터리 같은 인간은 허위로 가득 찬 사람들을 말하는 것이며, 홀든은 그런 인간을 보면 참지 못한다.

학교를 빠져나와 기차를 타고 뉴욕에 온 홀든은 호텔에 숙소를 정한 뒤, 나이트클럽에 가서 촌스러운 여자들과 춤을 추기도 하고, 어린아이에게도 술을 파는 클럽에 가서 혼자 술을 마셨으며, 호텔 엘리베이터 보이의 소개로 매춘부를 불렀다가 돈만 주고 그냥 돌려보내기도 했다. 다음 날 아침을 먹으러 샌드위치 바에 갔다가 모금 바구니를 들고 수녀원 교사로 부임하는 두 사람의 수녀를 만나 10달러를 기부하기도 했다. 공원에서 여자 친구 샐리를 만나 이곳을 떠나 어디 오두막 같은 곳에 가서 결혼하자고 했으나 샐리는 화가 나서 가 버렸다. 수중에 돈은 거의 남아 있지 않았다.

사랑하는 동생 피비를 만나야겠다는 생각에 홀든은 몰래 집으로 들어갔다. 자고 있는 피비를 깨워 자신은 서부로 갈 계획이라는 이야기를 해 주고 피비에게 돈을 빌렸다. 피비가 크리스마스 용돈을 모두 털어서 빌려 주자 홀든은 울음을 터뜨렸다. 외출에서 돌아온 부모님에게 들키지 않고 집을 빠져나온 홀든은 앤톨리니 선생 집으로 갔다가 다시 나와 버렸다. 역 대합실로 가서 잠시 잠을 잔 홀든은 피비가 다니는 학교로 갔다. 떠나기 전에 잠깐 만나자는 간단한 편지를 써서 피비에게 전해 달라고 했다. 그런데 피비는 여행용 가방을 들고 나타나서 홀든이 가는 곳에 자신도 따라가겠다고 했다. 그런 피비와 다투던 홀든은 화가 난 피비를 달래기 위해 회전목마를 태워주고 화가 풀어진 피비에게 홀든은 서부로 가지 않겠다고 약속한다.

이 책에 실린 부분은 홀든이 피비와 작별 인사를 하기 위해 몰래 집으로 들어갔다가 나오는 장면이다. 피비는 홀든이 모든 걸 좋아하지 않는다고 하면서 좋아하는 것 한 가지만 얘기해 보라고 한다. 그 순간 홀든은 짚바구니에 성금을 모으면서 다니던 수녀들과 제임스 캐슬이라는 아이가 생각났다. 캐슬은 연약한 아이였는데 어떤 아이에게 거만하다고 했다가 취소하라는 요구를 거절하고 창문 밖으로 뛰어내려 죽은 아이였다.
피비는 다시 장차 되고 싶은 것이 무엇이냐고 물었고, 홀든은 넓은 호밀밭에서 수많은 아이들이 놀고 있을 때 낭떠러지 부근을 지키고 있다가 위험에 빠진 아이들을 잡아 주는 호밀밭의 파수꾼이 될 것이라고 말한다.
피비의 말처럼 홀든은 모든 것이 못마땅하고 모든 사람에게 불만이 있는 듯하다. 기성세대의 모든 것들은 허위와 위선으로 가득 차 있는 것처럼 보이는데, 홀든은 거기에 적응할 생각이 조금도 없다. 다른 사람들이 명문 고등학교로 알아주는 학교지만 홀든이 볼 때는 허위로 가득 차 있는 곳이어서 미련 없이 학교를 나와 세상 끝을 향해 치닫는 것처럼 방황을 한다. 그리고 허위로 가득 찬 이곳을 떠나야겠다고 마음먹는다. 그러나 홀든에게 긍정적인 사람들이 없었던 것은 아니다. 기부금을 모으러 다니던 수녀들, 힘에 굴복하지 않고 창문으로 뛰어내린 캐슬, 누구보다도 순수한 동생 피비가 있었다.
홀든은 허위가 주류가 된 기성세대에 적응해 가는 것이 아니라 완강하게 저항하면서 방황할 수밖에 없었다. 그리고 그가 현실에서 완전히 이탈하지 않도록 한 인물은 그가 가장 사랑하는 동생 피비였다.

허삼관
매혈기
위화
최용만 옮김

허옥란이 허삼관에게 시집을 온 지도 벌써 10년이 지났다. 이 10년 동안 허옥란은 매일매일 날짜를 세어 왔고, 침대 밑에 작은 항아리를 숨겨 두고서 쌀을 조금씩 모아 왔다. 주방에도 조금 더 큰 항아리가 있었는데, 허옥란은 매일 밥을 할 때마다 먼저 그 주방 쌀독에서 식구 수대로 쌀을 퍼 솥에 부은 뒤, 다시 한 줌 정도의 쌀을 침대 밑의 독에 따로 부었다.

"모두가 다 많이 먹으면 많이 먹는지도 모르게 되고, 전부 적게 먹으면 아무도 적은 줄 모르거든요."

그녀는 허삼관에게 매일 두 숟가락을 덜 먹도록 했고, 아이들이 태어난 후로는 그들에게조차 두 숟가락을 적게 먹도록 시켰다. 자기 스스로도 매일 두 숟가락 이상을 덜 먹고는 했다. 이렇게 절약해서 남은 쌀을 침대 밑의 작은 항아리에 모아 두었다. 원래는 작은 독 하나였으나, 가득 찬 후로 하나를 더 사 와서 다시 모으기 시작했다. 그리고 반년이 채 되지 않아 그것 역시 가득 차서 또 하나를 사려 했으나, 허삼관이 그냥 내버려 두질 않았다.

"우리가 무슨 쌀집을 열 것도 아닌데, 그렇게 쌀을 많이 모아서 뭐 하려고 그래? 여름까지 다 못 먹으면 쌀벌레 생긴단 말이야."

허옥란 생각에도 일리가 있어서 그냥 쌀독 두 개로 만족하고는 다른 생각은 안 하기로 했다. 쌀을 오랫동안 모아 두자 정말 벌레가 생겨서 쌀독에서 먹고, 마시고, 싸고, 자고 난리였다. 쌀은 삭아서 밀가루처럼 변했고, 벌레들이 싼 똥도 빛깔이 약간 누르스름할 뿐이지 밀가루처럼 생겨서 분간하기 어려울 정도였다.

그리하여 침대 밑의 항아리가 가득 찬 후로 허옥란은 그 쌀을 주방에 있는 항아리에 부어 버리고, 침대에 앉아서 작은 독에 모았던 쌀이 몇 근이나 될지, 값은 또 얼마나 나갈지를 따져 그만큼의 돈을 잘 접어 상자 안에 넣어 두었다. 그러면서 이 돈은 절대로 쓰지 않겠다고 다짐하였다.

"다들 잘 못 느끼겠지만, 이 돈은 우리들 입에서 조금씩 덜어서 모은 돈이라구요. 그러니까 평상시엔 절대로 써서는 안 된다구요. 아주 긴박한 상황이 아니면 말이에요."

하지만 허삼관은 그렇게 생각하지 않았다.

"당신은 바지 벗고 방귀 뀌나? 유난스럽기는……."

"그런 말이 어디 있어요. 사람이 한평생 살다 보면 뜻하지 않은 병이나 재난을 만나게 되는 법이라구요. 재수 없는 일을 만났을 때를 대비해서…… 유비무환이란 말도 있잖아요. 똑똑한 사람은 일을 할 때 항상 퇴로를 남겨 두지요. 다시 말해서, 집에다 내가 절약한 돈을 보태는 거다 이 말이라구요……."

허옥란은 틈이 나는 대로 말했다.

"경기가 안 좋을 때가 있는 거라구요. 인생을 살다 보면 몇 번은 꼭 그런 상황을 만나게 되는데, 피하고 싶어도 피할 수 없는 거라구요."

한번은 삼락이가 여덟 살, 이락이가 열 살, 일락이가 열한 살 되었을 때 온 성이 물에 잠긴 적이 있었다. 깊은 곳은 1미터가 넘었고, 제일 얕은 곳이 무릎까지 찰 정도였다. 이때 허삼관의 집이 일주일간 연못처럼 변해 버린 적이 있었는데, 물이 집 안으로 들어왔다 나갔다 해서 잘 때까지도 찰랑대는 소리를 들을 수 있을 정도였다.

수재가 지나고 나니 이번엔 가뭄이 덮여 왔다. 가뭄이 막 시작됐을 때 허삼관 부부는 그 사실을 전혀 알지 못했다. 그저 시골의 논에 벼들이 대부분 말라 가고 있다는 이야기만 전해 들었을 뿐이어서, 허삼관은 속으로 할아버지와 넷째 삼촌이 돌아가셔서 다행이라고, 그렇지 않고 살아 계셨다면 어떻게 되었을까 하는 생각만 했다. 다른 세 삼촌은 아직 다 살아 계셨지만, 평소에 허삼관에게 잘해 주질 않았기 때문에 별 신경을 쓰지 않았다.

성안으로 들어와서 걸식하는 사람이 갈수록 늘어났다. 허삼관과 허옥란은 그제야 가뭄이 왔음을 실감했다. 매일 새벽 문을 열면 골목에서 자며 밥을 구걸하는 사람들을 볼 수 있었고, 그나마 매일 보게 되는 얼굴조차 늘상 그대로이지 못하고 나날이 야위어 갔다.

성안의 쌀집도 가끔씩만 문을 열 뿐, 자주 문을 닫았다. 매번 문을 닫고 열 때마다 쌀값은 천정부지로 뛰어올랐고, 얼마 지나지 않아 이전에 쌀 열 근을 살 수 있었던 돈으로 겨우 고구마 두 근을 살 수 있을 정도였다. 생사 공장도 문을 닫았다. 누에가 없기 때문이었다. 허옥란도 꽈배기를 튀길 필요가 없었다. 왜냐하면 밀가루도 기름도 없었기 때문이었다. 학교도 수업을 하지 않았고 시내의 많은 상점들이 문을 닫아걸었다. 20여 곳이 넘던 반점도 모두 문을 닫고 겨우 승리반점 한 곳만 영업을 계속했다.

"가뭄이 하필이면 지금 와 가지고 말이야. 좀 일찍 왔더라면 그래도 좀 나았을 텐데. 좀 늦게 왔더라도 지금보다는 나았을 거고 말이야. 하필이면 우리 집이 제일 바닥났을 때 오냔 말이야."

"당신, 생각 좀 해 보라구. 우선 솥하고 밥그릇, 쌀, 소금, 간장, 기름, 식초까지 가져가고 부뚜막까지 부숴 버렸으니, 대식당이 평생 먹여 줄 거라고 생각하지 않았느냐 말이야. 1년도 못 갈 거라고 누가 생각이나 했겠느냐구. 1년 후에 다시 알아서 밥해 먹으라니……. 부뚜막 고치는 데도 돈 들지, 솥도 밥그릇도, 심지어 접시와 국자까지도 다시 사야 할 판에 쌀, 소금, 간장, 기름, 식초 사는 데까지 돈을 써야 하니 당신이 옛날에 한 푼씩 모아 두었던 돈을 지금 쓰자구. 돈 쓰는 게 걱정이 아니고, 그저 평안하게 몇 년 살았으면 해서 말이야. 그럼 집안 재산도 자연히 좀 더 모을 수 있고. 하지만 요즘 2년 동안 어쨌냔 말이야? 일락이 일만 해도 그래. 아닌 밤중의 홍두깨 격으로 내 아들이 아니었잖아. 그건 또 그렇다 치고, 그 아이가 사고까지 저질러 가지고서는 방 철장에게 35원이나 물어주고 말이야. 요 2년간은 내 맘대로 되는 일이 하나도 없었다구. 게다가 가뭄까지 겹치고 그런데 다행히 침대 밑에 쌀이 남았으니……."

"주방에도 아직 쌀이 좀 남았으니, 침대 밑의 쌀은 건드리면 안 돼요. 오늘부터 찰진 밥을 먹어서는 안 된다구요. 가만 계산해 보니 가뭄이 지나려면 아직 반년이나 남았다구요. 내년 봄에 작물이 자라야 가뭄이 지나간 거라구요. 지금 집에 남은 양식이라야 평소 한 달 치뿐인데, 매일 멀건 죽만 마신다고 해도 넉 달 조금 넘게 견딜 수밖에 없으니 남은 한 달 반은 어떻게 살겠어요? 한 달 반을 꼬박 안 먹고 안 마실 수는 없잖아요. 그러니 이 한 달 반을 넉 달 속에 끼워 넣어서 살아야 한다 이 말이지요. 겨울이 아직 오지 않았으니 성 밖으로 가서 나물이나 풀들을 뜯어 와야 해요. 주방의 쌀이야 며칠 못 가서 바닥이 날 테니까, 빈 항아리에 산나물을 넣고 소금을 뿌려 두면 나물이 시들지 않거든요. 아마 4, 5개월은 시들지 않을 거예요. 그리고 돈도 좀 있구요. 반찬 살 때 깎아서 모아 둔 걸 당신 몰래 요 밑에다 숨겨 둔 19원 67전이 있어요. 여기서 우선 13원을 가져다가 옥수수를 백 근 정도는 사 올 수 있을 거예요. 그러고 나서 우리가 직접 옥수수 껍질을 벗겨서 가루로 만들면 서른 근 정도는 될 거예요. 옥수수 가루를 멀건 죽에 넣고 같이 끓이면 걸쭉해지는데, 그걸 먹으면 그래도 허기는 느끼지 않을 거예요."

허삼관이 아들들에게 말했다.

"우리가 한 달 동안 머얼건 죽만 마셨더니 얼굴에 핏기가 쫙 빠졌구나. 몸에 살도 쪽 빠지고 갈수록 맥이 없어지는구나. 말도 없고……. 배고프다는 말만 빼고 말이다. 그래도 목숨이라도 붙어 있으니 다행이다. 지금 성안 사람 모두 어렵게 살고 있으니 어쩔 수 없는 일 아니냐. 옆집에 가 봐라. 너희 친구 집에도 말이야. 머얼건 죽만 먹을 수 있어도 잘사는 집인 셈이다. 이 고통을 잘 참고 견뎌야 한다. 너희들, 나물이 질린다 질린다 하지만 먹어야 한다구. 찰진 밥 한 그릇, 옥수수 가루 넣지 않은 밥 한 끼 먹고 싶겠지만, 너희 엄마하고 상의해 봤는데 지금은 안 된단다. 나중에 해 주마. 지금은 쌀독 속의 나물을 먹고 옥수수 죽을 마셔야만 한다. 너희들이 그나마 죽도 갈수록 묽어진다고 하는데…… 사실이다. 가뭄이 아직 끝나지 않았고, 끝나려면 아직 멀었으니, 어머니 아버지도 별다른 방법이 없구나. 우선은 너희들 목숨부터 부지하고 봐야지. 다른 건 생각할 틈이 없다. '푸르고 무성한 산이 있는 한 땔나무 걱정은 없다'라는 말이 있다. 목숨만 부지하고 이 고통을 잘 참고 견디면 다시 좋은 날이 올 거다. 갈수록 묽어지기는 하지만 옥수수 죽을 마셔야 한다. 너희들, 오줌 한 번 갈기면 배 속의 죽이 쏙 빠진다고 그랬다며. 누가 그랬냐? 일락이가 그랬냐? 내 네가 그럴 줄 알았다. 너 이놈의 자식……. 너희들, 온종일 "배고파, 배고파" 소리만 하는데, 너희 같은 꼬마들이 나보다 죽도 많이 마시면서 계속 "배고파, 배고파" 소리만 질러 대면 배 안 고플 리가 있겠냐? 그리고 그렇게 매일 나가 노는데, 죽 먹기가 무섭게 슬그머니 빠져나가니, 불러도 소용없고……. 삼락이 이 자식은 아직도 밖에서 악을 쓰고 노니, 요새 밖에서 악을 쓰고 노는 애들이 너희 말고 또 누가 있냐? 요즘은 다 말할 때 조용조용 속삭이듯 하는 것 못 봤냐? 배 속에서 꼬르륵꼬르륵 소리가 고동을 치니까 말이야. 배도 안 부른데, 소리 지르고 고래고래 악악대면 배 속의 그 빌어먹을 죽 한 그릇이 남아나겠냐 말이야? 빌어먹을, 눈 깜짝할 새 소화가 돼 버리지. 오늘부터 삼락이, 이락이, 그리고 일락이 모두 죽 마시고 침대에 누워 있어. 꼼짝 말고. 움직이면 배고파진다구. 너희들 다 조용히 누워 있으라구. 나하구 엄마하구도 침대에 누워 있을 테니까……. 다시 말 시키지 마. 배고파서 힘이 하나도 없으니까. 방금 마신 죽이 벌써 다 내려갔네."

허삼관네 가족은 이날부터 새벽에 한 번, 저녁에 한 번 옥수수 죽을 마시고 남는 시간 모두를 말도 않고 움직이지도 않은 채 침대에 누워서 보냈다. 움직이면 바로 배에서 '꼬르륵' 소리가 나고 배가 고파졌기 때문에, 말없이 꼼짝 않고 침대에 누워서 잠만 자며 세월을 보냈다. 그리하여 허삼관네 가족들은 한낮부터 밤까지, 또 밤부터 한낮까지 잠만 자며 그해의 12월 7일을 맞았다.

그날 밤, 허옥란은 옥수수 죽을 끓일 때 평소보다 한 그릇을 더 끓였고, 또 훨씬 걸쭉하게 끓였다. 그녀는 침대에 누워 있는 남편과 아이들을 부르고는 웃으며 말했다.

"오늘은 맛있는 거예요."

허삼관과 일락, 이락, 삼락이 모두 식탁에 앉아 목을 빼고 허옥란이 들고 오는 것을 바라보았다. 하지만 손 위에 받쳐 든 것이 여전히 옥수수 죽인 것을 확인하고는 일락이가 실망이 가득하여 볼멘소리를 했다.

"뭐 옥수수 죽이네."

이락이와 삼락이도 똑같이 실망에 찬 목소리로 따라 외쳤다.

그러자 허삼관이 아이들에게 말했다.

"너희들 잘 봐라. 이 옥수수 죽은 어제보다, 그제보다, 이전 것들보다 훨씬 걸쭉하잖니."

허옥란이 말했다.

"한 모금 마셔 보면 알 거야."

세 아들은 모두 한 모금씩 마셔 보고는 한동안 눈만 깜빡거릴 뿐 도무지 무슨 맛인지 가늠하지 못했다. 허삼관도 따라서 한 모금을 마시자 허옥란이 물었다.

"죽에다 뭘 넣었는지 알겠어요?"

세 아들은 고개를 가로저은 후 사발을 받쳐 들고 후후 불며 마시기 시작했다. 그때 허삼관이 아이들에게 말했다.

"너희들, 정말 갈수록 바보가 돼 가는구나. 단맛도 모르니 말이다."

이때, 일락이가 죽에 뭘 넣었는지 알아차리고는 갑자기 소리쳤다.

"설탕이다. 죽 속에 설탕을 넣었네요?"

이락이와 삼락이가 그 탄성을 듣고는 고개를 끄덕인 후 사발에서 아예 입을 떼지 않고 키득대며 웃었다. 허삼관도 따라 웃으며 아들들처럼 후루룩 소리를 내면서 죽을 마셨다.

허옥란이 남편에게 말했다.

"오늘 특별히 춘절에 남겨 두었던 설탕을 꺼냈어요. 그리고 걸쭉한 죽을 당신께 드리려고 한 그릇 더 끓였다구요. 왠지 아세요? 오늘이 당신 생일이기 때문이에요.

허삼관이 이 말을 듣고, 다 마신 죽사발을 내려놓고는 머리를 탁 치며 소리쳤다.

"아아, 오늘이 바로 우리 엄마가 날 낳으신 날이었구나. 그래서 죽에다 설탕을 넣었구나. 전보다 훨씬 걸쭉하게 말이야. 나를 위해서 한 그릇 더 끓였다니 생일상으로 알고 그럼 마셔야지."

허삼관이 사발을 받아 들고 막 마시려 할 즈음, 때가 이미 늦었음을 느꼈다. 아이들의 빈 죽사발이 그의 면전에 줄을 서서 허옥란의 가슴께를 막아서자 그가 손을 내저었다.

"애들 주라구."

"그럴 수 없어요. 이건 당신을 위해서 끓인 거라구요."

"누가 마시면 어때. 전부 똥으로 변하기는 마찬가진데. 애들 똥이나 더 싸게 하라구. 애들 마시게 해."

허삼관은 세 아들이 그릇을 받쳐 들고 설탕이 든 옥수수 죽을 꿀떡꿀떡 마시는 광경을 지켜보았다.

"다 마시고 나서 너희들 모두 내게 절을 하거라. 내 생일 선물로 치게 말이다."

이렇게 말하고 나니 좀 낯뜨거운 생각이 들어 둘러대듯 한마디 덧붙였다.

"이 고생이 언제쯤 끝이 나나? 자식들이 불쌍하게 단맛도 잃어버리고, 단것을 먹고도 설탕인지도 모르니 말이야."

세 아들은 옥수수 죽을 다 마시고도 혀를 내밀어 죽사발을 핥았다. 혀가 무슨 손바닥이나 되는 양 짝짝 소리를 내며 죽사발에 달라

붙었다. 깨끗이 핥아먹고 나서 일락이가 죽사발을 내려놓으며 먼저 말했다.

"아버지, 지금 절을 할까요?"

"너희들 다 마셨느냐?"

허삼관은 아이들을 다시 한 번 훑어보았다.

"죽을 다 마셨으면, 내게 절을 올려라."

일락이가 물었다.

"하나씩 돌아가며 절을 할까요. 아니면 같이 할까요?"

"하나씩 올려라. 큰놈부터 작은놈 순으로. 일락이 너부터 해라."

"몇 번 해요?"

"세 번."

일락이가 절을 세 번 올리자 이락이와 삼락이도 따라서 절을 세 번 올렸으나, 머리가 땅에 닿지 않은 것을 보고는 허삼관이 한탄하듯 혼잣말로 중얼거렸다.

"다른 집 아이들은 아버지께 절을 올릴 때 바닥에서 소리가 나도록 머리를 처박는다는데, 이놈의 자식들 머리는 바닥에 닿지도 않네……."

허삼관의 말이 끝나자 일락이가 말했다.

"방금 한 건 치지 마세요. 다시 절을 올릴 테니까요."

일락이가 무릎을 꿇고 머리를 바닥에다 세 번 박자, 이락이와 삼락이도 일락이처럼 똑같이 박았다. 허삼관은 바닥에서 울리는 쿵쿵 소리를 확실히 듣고는 비로소 껄껄대며 웃었다.

"들었다. 눈으로 절하는 모습도 보았고 귀로도 들었으니 됐다. 생일 선물을 받았으니……."

이락이가 말했다.

"아버지, 우리가 다 같이 절을 올릴게요."

허삼관이 손을 가로저었다.

"됐다. 그럴 필요 없다……."

그러나 세 아이가 일렬로 줄을 서서 무릎을 꿇고 머리로 바닥에 노크를 하기 시작했다. 그들이 킥킥대고 웃으며 바닥에서 쿵쿵 소리가 나도록 이마를 박자, 허삼관이 다급하게 쫓아가서 세 아들을 하나씩 일으켜 세우고는 이마를 살펴보며 타일렀다.

"그만 하라니깐. 이건 엉덩이가 아니라 머리야. 아무 데나 박아도 되는 게 아니라구. 아무 데나 박아서 바보가 되면 피곤한 건 또 나라구."

허삼관은 다시 의자에 앉아서 세 아이들을 자기 앞에 일렬로 세우고는 말 끈을 풀기 시작했다.

"다른 사람들은 생일 때 선물이 산처럼 쌓인다는데……. 다른 건 관두더라도 복숭아가 백 개 정도는 쌓이고, 그리고 또 먹을 거, 입을 거, 쓸 거 등등 다 있다는데……. 너희들 봐라, 아무것도 없잖니. 그저 바닥에 머리 박는 소리 몇 번 빼고는 말이다."

세 아이가 서로 번갈아 쳐다보는 것을 보고 허삼관이 말을 이었다.

"뭘 보냐? 너희 세 놈 전부 피골이 상접해 가지고, 너희들이 지금 뭘 선물할 수 있겠냐? 소리가 나도록 머리나 박을 수밖에……. 그거면 됐다."

이날 밤, 식구들이 모두 침대에 누워 있을 때 허삼관이 아들들에게 말했다.

"너희들이 지금 제일 하고 싶은 게 먹는 거라는 거 나도 안다. 밥에다 기름에 볶은 반찬…… 고기며 생선이며 하는 것들이 먹고 싶겠지. 오늘이 내 생일이니까 너희들도 같이 즐거워야겠지, 설탕을 먹었어도 뭔가 또 먹고 싶다는 거 내 안다. 뭐가 또 먹고 싶으냐? 까짓 내 생일인데 내가 조금 봉사하지. 내가 말로 각자에게 요리 한 접시씩을 만들어 줄 테니 너희들 잘 들어라. 절대 말을 하거나 입을 열면 안 된다. 입을 열면 방귀도 못 먹는다구. 자 다들 귀를 쫑긋이 세우고. 그럼 요리를 시작하지. 뭘 먹고 싶은지 주문부터 해야지. 하나씩 하나씩, 삼락이부터 시작해라. 삼락아, 뭘 먹고 싶니?"

"옥수수 죽은 다시는 마시고 싶지 않아요. 밥을 먹고 싶어요."

"밥은 있는 걸로 하고, 요리 말이다."

"고기요."

"삼락이는 고기가 먹고 싶단 말이지. 자 그러면 삼락이에게는 홍소육(紅燒肉) 한 접시다. 고기에는 비계하고 살코기가 있는데, 홍소육이면 반반 섞인 게 제일 적당하지. 껍데기째로 말이야. 먼저 고기를 썰어서 손가락만큼 굵게, 손바닥 반만큼 크게……. 삼락이에게는 세 조각을… …."

"아버지, 네 개 주세요."

"그럼 삼락이에게는 고기를 네 조각 썰어서……."

"아버지, 하나만 더 썰어 주세요."

"넌 네 개만 먹어도 배가 꽉 찰 거야. 너 같은 꼬마가 다섯 개를 먹으면 배 터져 죽는다구. 자 우선 고기를 끓는 물 속에 넣고 익히는데, 이때 너무 익히면 안 돼요. 고기가 익으면 꺼내서 식힌 다음 기름에 한 번 볶아서 간장을 넣고, 오향을 뿌리고, 황주를 살짝 넣고, 다시 물을 넣은 다음 약한 불로 천천히 곤다 이거야. 두 시간 정도 고아서 물이 거의 졸았을 때쯤……. 자 홍소육이 다 됐습니다……."

허삼관은 아이들의 침이 꼴깍 넘어가는 소리를 들었다.

"뚜껑을 여니 고기 냄새가 코를 찌르는구나. 자 젓가락을 들고 고기 한 점 집어 입에 넣고……."

허삼관은 침 삼키는 소리가 갈수록 선명해지는 것을 느꼈다.

"삼락이 혼자 삼키는 소린가? 내 귀에는 아주 크게 들리는 것이 일락이, 이락이도 침을 삼키는 것 같은데? 당신도 침을 삼키는구먼. 잘 들으라구. 이 요리는 삼락이한테만 주는 거라구. 삼락이만 침을 삼키는 것을 허락하겠어. 만약 다른 사람이 침을 삼키면 그건 삼락이의 홍소육을 훔쳐 먹는 거라구. 다른 사람들 요리는 나중에 만들어 줄 테니까 그러지들 말라구. 먼저 삼락이가 먹게 하고, 나머지 사람들 요리는 따로 만들어 줄게. 삼락이 잘 들어라……. 한 점을 입에 넣고 씹으니까 맛이 어떠니? 비계는 기름지지만 느끼하지 않고, 살코기는 보들보들한 것이……. 내가 왜 약한 불로 곤 건지 아니? 맛이 완전히 스며들게 하기 위해서야. 삼락이의 홍소육은……. 삼락아, 천천히 먹도록 해라. 자 다음은 이락이. 넌 뭘 먹고 싶니?"

"저도 홍소육요. 전 다섯 개 썰어 주세요."

"좋았어. 이락이에게는 다섯 점을 썰어서 살코기와 비계를 반반으로, 물에 넣고 삶은 다음, 식혀서 다시……."

"아버지, 형하고 삼락이가 침 삼켜요."

"일락아."

허삼관이 꾸짖었다.

"아직 네가 침 삼킬 차례가 아니잖아."

그러고는 요리를 계속했다.

"이락이 고기 다섯 점을 기름에 볶아서, 간장을 뿌리고, 오향을……."

"아버지, 삼락이가 아직도 침 삼켜요."

"삼락이가 침 삼키는 건 자기 고기를 먹는 거야. 네 고기가 아니잖아. 네 고기는 아직 다 안 됐잖니……."

허삼관은 이락이의 홍소육을 만들어 준 다음 일락이에게도 같은 질문을 했다.

"일락이는 뭘 먹을래?"

"홍소육요."

허삼관은 기분이 약간 상했다.

"세 놈이 죄다 홍소육을 먹겠다니……. 왜 좀 더 일찍 말하지 않고. 일찍 말했으면 한꺼번에 만들잖아. 그러면 한 번에 끝나고……. 자, 그럼 일락이에게 고기 다섯 점을 썰어서……."

"전 여섯 점 주세요."

"일락이에게 여섯 점을 썰어서, 고기와 비계를 반반으로……."

"고기는 빼 주세요. 전부 비계로 해 주세요."

"반반으로 해야 맛있는 거야."

"전 비계만 먹고 싶어요. 고기에 살이 하나도 없는 걸로 먹고 싶어요."

이락이와 삼락이도 함께 소리쳤다.

"우리도 비계를 먹고 싶어요."

허삼관은 일락이에게 비계로 된 홍소육을 만들어 준 뒤 허옥란에게 붕어찜을 요리해 주었다. 붕어에다 훈제 고기, 생강, 버섯을 함께 넣어 소금을 살짝 바르고 황주를 뿌린 뒤 잘게 썬 파를 얹어서 한 시간 정도 익힌 후에 뚜껑을 여니 맑은 향기가 방 안에 가득히…….

허삼관이 눈에 선하게 만들어 낸 붕어찜은 방 안 가득히 침 넘어가는 소리를 자아냈다. 그러자 허삼관이 아들들을 꾸짖었다.

"이건 너희 엄마를 위해서 만든 건데, 너희들은 침을 왜 삼켜? 고기를 그렇게 많이 먹었으면 이젠 자도록 해라."

마지막으로 허삼관은 자기가 먹을 돼지 간 볶음을 만들었다.

"돼지 간을 먼저 작게 썰어서, 아주 작게 썰어 가지고 사발에 우선 담은 다음, 소금을 뿌리고 얼레짓가루를 입힌다고. 얼레짓가루가 돼지 간을 신선하게 유지시켜 주거든. 그 다음에 황주 반 잔을 뿌리는데, 황주는 돼지 간 냄새를 없애 준다고. 그리고 파를 잘게 썰어 얹고 나서 솥의 기름이 충분히 데워져 김이 날 때까지 기다렸다가 돼지

간을 기름에 넣고 한 번, 두 번, 세 번 뒤집어……."

"네 번, 다섯 번, 여섯 번……."

일락, 이락, 삼락이가 허삼관을 따라서 계속 볶아 대자 허삼관이 아들들을 말렸다.

"안 돼. 세 번만 뒤집으면 된다구. 네 번부터는 굳어진단 말이야. 다섯 번부터는 질겨져서 여섯 번까지 볶으면 이젠 씹을 수조차 없게 된다구. 세 번만에 간을 끄집어내서 천천히 먹기 시작한단 말씀이야. 황주 두 냥을 따라서 먼저 한 모금 마시면, 술이 목구멍을 타고 내려갈 때 뜨거운 기운이 확 느껴지는 게 마치 뜨거운 수건으로 얼굴을 씻을 때처럼 후끈하단 말씀이야. 에에, 이 황주는 또 장을 깨끗이 씻어 주는 구실을 하지. 그러고 나서 젓가락을 들어 돼지 간 한 점을 집어다가 입에 넣고……. 카, 이게 바로 신선놀음이로구나……."

방 안은 군침 도는 소리로 가득했다.

"이 돼지 간 볶음은 내 요리다. 일락이, 이락이, 삼락이, 그리고 당신까지 다들 내 요리를 훔쳐 먹고 있는 거라구."

허삼관이 기분 좋게 큰소리로 웃어 댔다.

"그래, 오늘은 내 생일이니까……. 자, 다들 내 돼지 간 볶음 맛을 보라구."

다음 날, 허삼관이 손을 꼽아 세어 보았더니 가족들이 옥수수 죽만 마셔 댄 날이 무려 57일이나 되었다.

그는 혼잣말로 중얼거렸다.

"피를 팔아야지. 식구들에게 맛있는 밥 한 끼를 먹게 해 줘야지."

그리하여, 허삼관은 병원에 왔다. 그는 이 혈두 얼굴만 보고는 속으로 생각했다.

'성 사람들 전부 얼굴이 누렇게 떴는데 이 혈두 얼굴만 아직도 핏기가 도네. 성 사람들 모두 얼굴에 살이 쪽 빠졌는데 이 혈두만 그대로군. 성 사람들 모두가 고된 얼굴인데 이 혈두만 여전히 웃는 낯이로구만.'

이 혈두는 실실거리는 낯으로 허삼관을 맞았다.

"내 자네를 알지. 예전에도 피를 팔아 봤지? 옛날에는 손에 뭔가 들고 오곤 했는데 말이야. 오늘은 어째 빈손인가?"

"우리 다섯 식구는 지난 57일간 옥수수 죽만 마셨더랬습니다. 전 지금 몸속의 피 말고는 아무것도 가진 것이 없다구요. 제발 제 몸속의 피 두 사발만 가져가 주십사 부탁드리려고 왔습니다. 그래서 돈이 생기면 그 돈을 가지고 돌아가서 식구들에게 오랜만에 맛있는 밥 한 끼 사 주려고요. 도와주십시오. 나중에 반드시 보답하겠습니다."

"어떻게 보답할 텐가?"

"지금은 아무것도 가진 것이 없다구요. 전에 계란도 드린 적이 있고, 고기도 드렸구요, 백설탕도 드린 적 있었지만 받지 않으셨잖아요. 받지 않으셨을 뿐만 아니라 야단까지 치셨잖아요. 이젠 공산당원이라 인민의 것은 털끝 한 올도 받지 않는다고 하셔 놓고는 지금은 뭘 또 달라고 하시는지. 전 아무것도 준비해 온 것이 없어서…… 어떻게 보답을 해야 할지……."

"지금은 나로서도 별 방법이 없네. 이런 가뭄을 만나서까지 먹을 것 안 받고, 마실 것 안 받으면 이 천하의 이 혈두도 굶어 죽을 판이라고. 상황이 다시 좋아지면 난 여전히 인민의 한 방울 땀도 받지 않는 그런 사람이 될 거네. 하지만 지금은 날 공산당원으로 생각하지 말고, 예전의 은인이라 생각하게. 이런 말도 있지 않은가. 떨어지는 낙숫물처럼 받은 은혜를 샘솟듯 갚으라는 말 말일세. 하지만 난 샘솟듯 갚으라는 말은 안 하겠네. 자네가 알아서 낙숫물 떨어지듯 갚게. 피 판 돈 중에서 몇 원, 큰돈은 말고 떨어지는 자투리 돈을 날 주게. 큰돈은 자네가 갖고 말이야."

허삼관은 피를 팔고서 이 혈두에게 5원을 주고 남은 30원을 들고 집으로 왔다. 그는 돈을 우선 허옥란에게 쥐어 주며 그것이 피를 판 돈이라고 알려 주었고, 이 혈두에게 5원을 준 사실도 이야기했다. 그야말로 샘솟듯 은혜를 갚았다고 말이다. 그리고 식구 모두 57일간이나 죽을 먹었으니 앞으로는 가끔씩이나마 좀 다른 것을 먹자고, 도저히 매일매일 죽만 먹을 수는 없다고 말했다. 그리고 나서 피를 팔아 돈이 생겼으니 돈이 떨어지면 다시 피를 팔러 가겠다고, 몸속의 피는 우물물과 같아서 매일 써도 이렇게 새로 생기니 그리 많이 남겨 둘 필요 없다고 말하면서 마지막으로 덧붙였다.

"저녁엔 옥수수 죽 먹지 말고 우리 승리 반점에 가서 맛있는 것 좀 먹자구. 난 지금 힘이 하나도 없어. 목소리도 기어 들어가는 거 들리지? 내 말 들어 봐. 오늘은 피를 팔고서 황주도 안 마시고, 볶은 돼지간도 안 먹었다구. 그래서 힘이 없는 거라구……. 내가 못 먹은 게 아쉬워서 그러는 게 아니구, 승리 반점에 갔었는데 거기에도 아무것도 없는 거야. 딱 하나 양춘면만 있더라고. 승리 반점에도 가뭄이 닥친 게야. 전에는 육수를 썼었는데 지금은 그냥 멀건 물에 간장만 쪼금 타 가지고는, 하다못해 파도 안 썰어 넣었더라구. 이런 국수를 한 그릇에 1원 70전을 받더라구. 전에는 단돈 9전 받던 걸 말이야. 아, 난 지금 힘이 하나도 없어. 피 팔고 돼지 간 볶음도 못 먹었으니, 배가 텅 비었지. 속담에 배가 안 부르면 잠으로 보충하랬다구, 나 가서 잘래."

이렇게 말하고 허삼관은 침대에 가서 팔다리를 쭉 뻗고 눈을 감으면서 허옥란에게 말했다.

"난 지금 눈이 침침해지고 가슴이 뛰는 게 영 힘이 없다구. 위가 스멀스멀한 게 꼭 토할 것 같구. 좀 누워야겠어. 서너 시간 지나도 안 일어나면 그냥 놔둬. 하지만 일고여덟 시간 동안이나 잤는데도 안 일어나면 사람을 불러서 병원에 데리고 가야 돼. 알았지?"

허삼관이 잠든 후 허옥란은 손에 30원을 꼭 쥐고 문간에 앉아서 텅 빈 골목을 바라다보았다. 바람이 불어 먼지를 일으켰다. 허옥란은 희뿌연 담벼락을 응시한 채 혼잣말을 되뇌었다.

"일락이가 방 철장의 아들 머리를 박살 냈을 때 피를 팔러 갔었지. 그 임 뚱땡이 다리가 부러졌을 때도 피를 팔았었고. 그런 뚱뚱한 여자를 위해서조차 흔쾌히 피를 팔다니. 피가 땀처럼 더우면 솟아나는 것도 아닌데……. 식구들이 57일간 죽을 마신다고 또 피를 팔았고, 앞으로 또 팔겠다는데……. 하지만 그렇게 하지 않으면 이 고생을 어떻게 견디나……. 이 고생은 언제야 끝이 나나."

이렇게 혼자 되뇌며 허옥란은 눈물을 흘렸다. 그녀는 돈을 잘 접어서 주머니에 넣고는 눈물을 닦았다. 그녀는 먼저 손바닥으로 양 볼의 눈물을 훔치고 나서 손가락으로 눈가의 눈물을 닦아 냈다.

저녁이 되어 허삼관 일가는 승리 반점으로 맛있는 식사를 하러 가기로 했다.

"오늘은 우리 한번 춘절처럼 지내는 거다."

그는 허옥란이 정방으로 짠 면실 옷에 카키색 목면 바지를 입었으면 했고, 그 옆은 남색 바탕에 짙푸른색의 자잘한 무늬가 박혀 있는 저고리까지 걸쳤으면 했다. 허옥란은 허삼관의 말을 듣고 그대로 입었다. 허삼관이 다시 그녀가 목에 스카프까지 맸으면 하자 허옥란은 상자 안에서 스카프를 찾아서 목에 둘렀다. 그러고 나서 허삼관은 또 허옥란에게 얼굴을 다시 씻고서 설화 크림을 바르라 했고, 허옥란은 또 그대로 따랐다. 하지만 허삼관이 길모퉁이의 왕 털보네 구멍가게에 가서 일락이에게 군고구마를 사 주라고 했을 땐, 허옥란이 꼼짝도 않고 그 자리에 선 채 말대꾸를 했다.

"당신, 지금 속으로 무슨 생각하고 있는지 다 알아요. 당신, 일락이를 음식점에 데려가고 싶지 않은 거지요? 당신은 피 판 돈을 일락이에게 쓰고 싶지 않은 거예요. 일락이는 당신 자식이 아니니까요. 일락이가 당신 아들이 아니기 때문에 데리고 가지 않는다면 저도 할 말 없어요. 누구라도 남한테 자기 돈 쓰고 싶지 않을 테니까 말이에요. 하지만 임 뚱보한테는 왜 돈을 썼지요? 그 여자가 당신 여자도 아니고 당신에게 아들을 낳아 준 적도 없고, 옷도 빨아 준 적이 없고, 밥도 지어 준 적이 없는데. 도대체 그 여자에겐 왜 그렇게 많은 물건들을 사 줬냐구요?"

허옥란은 정말이지 일락이에게 고구마로 저녁을 때우게 하고 싶지 않았다. 허삼관은 하는 수 없이 일락이를 불러서 왼쪽 팔뚝의 주삿바늘 자국을 보여 주며 물었다.

"이게 무슨 자국인지 알겠니?"

"피 뽑은 자리잖아요."

허삼관은 고개를 끄덕이며 말을 이었다.

"맞다. 이게 주삿바늘을 꽂은 자리다. 오늘 피를 팔러 갔었지. 왜 피를 팔았느냐? 너희들에게 맛있는 밥 한 끼를 사 주기 위해서다 이거야. 나하고 너희 엄마, 그리고 이락이와 삼락이는 식당에 가서 국수를 먹을 테니까 넌 이 50전을 가지고 왕 털보네 가게에 가서 군고구마를 사 먹도록 해라."

일락이는 허삼관에게 50전을 받아들고는 허삼관에게 말했다.

"아버지, 저 방금 아버지하고 엄마하고 이야기하는 거 다 들었어요. 저한테는 50전짜리 군고구마 사 먹게 하고 다른 사람들은 1원 70전짜리 국수 먹으러 간다는 거요. 아버지, 저도 제가 아버지 친아들이 아니라는 거 다 알아요. 이락이하고 삼락이만 친아들이구요. 그치만 아버지, 나 오늘 딱 하루만 아버지 친아들 시켜 주면 안 돼요? 나도 국수 먹게 해 주세요, 네?"

허삼관은 고개를 저으며 일락이를 타이르기 시작했다.

"일락아, 내가 평소에 언제 너를 홀대한 적 있었니? 이락이, 삼락이가 먹는 거면 너도 같이 먹었잖니. 하지만 오늘 이 돈은 내가 피를 팔아 번 돈이라구. 이 돈은 쉽게 번 돈이 아니에요. 내 목숨하고 바꾼 돈이라구. 내가 만약 피를 팔아서 너에게 국수를 사 먹인다면 그 천하에 죽일 놈 하소용이를 너무 봐주는 게 되잖니."

일락이는 허삼관의 말을 듣고 알아듣겠다는 듯 고개를 끄덕이고는 문가로 걸어갔다. 문간을 넘어서자마자 다시 돌아서서 허삼관에게 물었다.

"아버지, 만약에 내가 아버지 친아들이었으면, 국수 먹으러 데리고 가는 거였죠. 그죠?"

"만약에 네가 내 아들이었으면 널 제일 좋아했을 거다."

일락이는 이 말을 듣자, 입을 쫙 벌리며 활짝 웃고는 왕 털보네 가게로 갔다.

왕 털보는 목탄 화로에 고구마를 굽고 있었고, 몇 개의 군고구마가 대나무 바구니에 담겨 있었다. 왕 털보의 부인과 그들의 네 아이는 화로에 둘러앉아 죽을 마시고 있었다. 일락이가 들어갔을 무렵, 다섯 개의 입이 "쭈르륵 쩝쩝, 쭈르륵 쩝쩝" 소리를 내며 죽을 마시느라 정신이 없었다. 일락이는 50전을 왕 털보에게 건네주고, 소쿠리 속의 제일 큰 고구마를 가리켰다.

"저걸로 주세요."

왕 털보가 돈을 받아 들고는 작은 것 하나를 건네주자 일락이는 고개를 가로저으며 받지 않으려 했다.

"이건 먹어도 배가 안 부르다구요."

왕 털보는 작은 고구마를 일락이의 손에 쥐어 주며 설득하기 시작했다.

"제일 큰 건 어른이 먹어야지. 너같이 어린 애는 제일 작은 걸 먹어야 하는 거야."

일락이는 빨간 고구마를 손에 들고 잠시 쳐다본 뒤, 왕 털보에게 말했다.

"이 고구마는 내 손보다도 작은데, 무슨 배가 부르겠어요?"

"넌 먹어 보지도 않고 배가 안 부를지 어떻게 아니?"

일락이는 왕 털보의 말을 듣고 일리가 있는 것도 같아 고개를 끄덕이며 고구마를 들고 집으로 돌아갔다.

일락이가 집에 도착했을 때 허삼관 일행은 이미 집을 나선 뒤라, 혼자 의자에 앉아 아직은 온기가 남아 있는 고구마를 탁자 위에 올려놓고 조심스럽게 껍질을 까기 시작했다. 껍질을 다 벗기고 나자 햇빛과도 같은 등황색 속살이 드러났다. 잘 익은 향긋한 고구마 향이 코끝을 찔렀다. 향기 속에는 벌써 단맛이 넘쳐흘렀으며, 한입 베어 물자 향과 단맛이 입 안에 가득히 퍼졌다.

고구마는 일락이가 네 입을 먹자 그만 없어지고 말았다. 하지만 그 후에도 일락이는 줄곧 그곳에 앉아 고구마 향과 단맛이 사라질 때까지, 입술이 침으로 범벅이 될 때까지 입 주위를 핥아 댔다. 일락이는 벌써 고구마를 다 먹었다는 사실을 알았지만 여전히 더 먹고 싶은 생각이 남았기 때문에 눈이 자연스레 껍질로 향하였다. 눌어붙은 껍질한 조각을 입에 넣자 여전히 향과 단맛이 느껴졌다. 그래서 일락이는 껍데기까지 다 먹어 치워 버렸다.

껍데기까지 먹어 치운 뒤에도 식욕이 가라앉지 않고 전혀 배가 부르지 않자 그는 벌떡 일어나 문밖을 나서서 왕 털보네 구멍가게로 갔다. 이때는 이미 왕 털보네 식구가 죽을 다 마시고, 눈을 동그랗게 뜬 채 혀로 죽 그릇을 핥고 있을 때였다.

"배가 하나도 안 불러요. 고구마 하나 더 주세요."

왕 털보가 대답했다.

"넌 네가 배가 안 부른지 어떻게 아니?"

"다 먹었는데도 더 먹고 싶으니까요."

"고구마가 맛있더냐?"

"네."

"아주 맛있든, 아니면 조금 맛있든?"

"아주 맛있었어요."

"그렇지?"

왕 털보가 말했다.

"맛있는 건 원래 먹고 나서도 또 더 먹고 싶은 거야."

일락이는 왕 털보의 말이 맞다 싶어 고개를 끄덕였다. 왕 털보가 일락이에게 말했다.

"돌아가거라. 넌 벌써 배가 부른 거다."

그리하여 일락이는 집으로 돌아와 다시 탁자 앞에 앉아서 텅 빈 탁자를 바라보았다. 마음속으로는 여전히 먹고 싶은 생각이 튀어 올랐다. 이때 아버지를 따라 식당에 간 식구들 생각이 났다. 그들이 식당에 앉아서 커다란 그릇에 담긴 국수를 후후 불어 식혀 가면서 먹는 장면이 머리에 떠오른 데다가, 자기는 고작 손바닥만도 못한 고구마 한 개만 먹었다는 생각이 들자 그만 울음을 터뜨리고 말았다. 처음에는 소리 없는 눈물이 흘러내렸지만 급기야는 탁자에 엎드려 대성통곡을 하기 시작했다.

한참을 울어도 식구들이 식당에 앉아서 뜨끈뜨끈한 국수를 먹고 있다는 생각이 그치질 않자 즉시 울음을 멈추었다. 그리고 식당으로 그들을 찾으러 가야겠다고, 자기도 뜨거운 국수를 먹어야겠다고 마음을 먹고는 대문을 나섰다.

이때 하늘은 이미 어둑해졌고, 가로등은 전력 부족으로 촛불마냥 가냘프게 깜박였다. 일락이는 가쁜 숨을 몰아쉬면서 거리를 걷는 동안 자기 자신을 재촉했다.

'빨리 가자. 빨리 가자. 빨리 가야 한다구.'

그는 감히 달릴 생각을 하지 못했다. 밥 먹은 후에 뛰면 배가 금방 고파진다는 아버지 말씀이 귓가에서 뱅뱅 돌았기 때문이었다. 그는 재차 스스로에게 다짐했다.

'뛰면 안 돼. 뛰면 안 돼. 뛰면 안 된다구.'

그가 고개를 숙이고 시선을 발끝에 고정시킨 채 서쪽을 향해 길을 걷다 보니, 사거리 부근에 해방 반점이라는 식당이 나타났다.

그는 머리를 낮춘 채 걸음을 재촉하느라 사거리를 지난 것조차 깨닫지 못했다. 한참을 걸어 길이 끝나는 곳까지 가서야 더 가면 골목으로 접어든다는 것을 깨닫게 된 그는 그 자리에 멈추어 서서 잠시 두리번거리고 나서야 이미 해방 반점을 지나친 것을 알게 되었다. 그래서 다시 발걸음을 돌렸다. 이젠 더 이상 발끝을 바라볼 틈조차 없었다. 그렇게 발걸음을 옮겨 다시 사거리에 이르렀지만 해방 반점의 창문과 문은 잠겨 있었고, 아무런 불빛도 보이질 않았다. 이미 문을 닫은 것 같았다. 식구들이 벌써 국수를 먹고 가 버린 것이다. 일락이는 전봇대에 서서 엉엉 울기 시작했다. 이때 지나가던 사람 둘이 저들끼리 이야기를 나누었다.

"뉘 집 애가 저리 구슬피 우나?"

"허삼관네 아이인데."

"허삼관이 누군데?"

"그 생사 공장에서 일하는 허삼관이 말이야."

그중 한 사람이 일락이에게 다가왔다.

"꼬마야, 이렇게 늦은 시각에 집에 안 가고 뭐 하는 거냐. 빨리 집에 가거라."

"우리 어머니 아버지를 찾는단 말이에요. 식구들이 다 식당에 가서 국수를 먹는단 말이에요."

"너희 어머니 아버지가 식당엘? 그럼 승리 반점엘 가야지. 여기 해방 반점은 문 닫은 지 벌써 두 달이 넘었다구."

일락이는 그 사람들의 말을 듣고 즉시 북쪽을 향해 걷기 시작했다. 일락이는 승리 반점이 승리교 근방에 있다는 걸 알고 있었다. 그는 다시 고개를 숙인 채 앞을 향해 걸었다. 왜냐하면 이렇게 걸어야

빨리 걸을 수 있기 때문이었다. 길 끝에서 골목으로 접어들었고, 그 골목을 벗어나자 다시 다른 큰길이 나타났다. 성을 가로지르는 강도 보였다. 일락이는 강을 따라 걸어서 승리교에 이르렀다.

승리 반점의 불빛은 밤에도 밝게 빛나고 있었다. 밝은 불빛은 일락이에게 기쁨과 행복감을 전해 주었고, 벌써 국수를 먹기 시작한 듯한 기분을 맛보게 해 주었다. 이때부터 일락이는 뛰기 시작했다. 일락이가 승리교를 냅다 건너 승리 반점에 이르렀지만 허삼관과 허옥란, 이락이와 삼락이는 보이지 않았다. 식당 안에는 점원 둘이 대 빗자루로 바닥을 쓸고 있었다.

문 앞에 서 있던 일락이는 점원이 쓰레기들을 자기 발 앞까지 쓸어 오자 그에게 물었다.

"허삼관네 식구들이 와서 국수를 먹었나요?"

"저리 비켜라."

일락이는 재빨리 한쪽으로 물러서서 그들이 쓰레기를 쓸어 내는 것을 보고는 재차 물었다.

"허삼관네 식구들이 와서 국수를 먹었냐구요? 생사 공장에서 일하는 허삼관 말이에요."

"벌써 갔다. 국수 먹으러 온 사람들은 다 갔단 말이다."

일락이는 이 말을 듣고는 고개를 푹 떨구고 큰 나무 밑둥으로 걸어갔다. 그곳에서 고개를 들지 못한 채 한참을 섰다가, 바닥에 주저앉아 두 손으로 감싸 안은 무릎에 고개를 파묻고 울기 시작했다. 일락이의 울음소리가 점차 높아졌다. 바람 소리, 나뭇잎이 흔들리는 소리, 식당의 걸상을 치우는 소리도 들리지 않는 가운데 자신의 울음 소리만 이 밤을 울리고 있었다.

한참을 울고 나니 이제 피곤해지기 시작했다. 눈물을 닦아 낼 때 점원이 식당 문을 닫는 소리가 들렸다.

그들은 문을 닫으면서 일락이가 여태껏 앉아 있는 것을 발견하고는 물었다.

"집에 안 가니?"

"집에 갈 거예요."

"집에 간다는 애가 아직도 안 가고 여기 앉아서 뭐 하는 거냐?"

"지금 쉬고 있어요. 방금 전까지 계속 걸었기 때문에 피곤해서 쉬는 거예요."

그들은 떠났다. 일락이는 그들이 앞으로 쭉 가다가 갈림길에 이르자 둘 중의 하나는 방향을 틀고, 나머지 하나는 계속 앞을 향해 걸어가는 것을 지켜보았다. 일락이는 그렇게 그가 보이지 않을 때까지 바라보고 있었다.

잠시 후 일락이도 자리에서 일어서서 집을 향해 걷기 시작했다. 거리에는 일락이 한 사람뿐이었고, 일락이의 발걸음 소리만 울려 퍼졌다. 일락이는 점점 배고픔을 느꼈다. 마치 군고구마조차 먹지 않은 것처럼 느껴졌다. 온몸에서 힘이 점점 빠져 갔다.

그가 집에 돌아왔을 때, 식구들은 모두 침대에 누워 자고 있었다. 허삼관은 코를 골아 댔고, 이락이가 몸을 뒤척이며 잠꼬대를 했다. 그런 와중에 허옥란만이 일락이가 문을 열고 들어오는 소리를 알아차렸다.

"일락아."

"배고파요."

일락이가 문가에 서서 잠시 동안 기다리자 허옥란이 물었다.

"어디 갔었니?"

"배고파요."

약간의 시간이 또 흐른 뒤 허옥란이 말했다.

"빨리 자거라. 잠들면 배도 고프지 않을 거야."

일락이는 여전히 그곳에 서 있었고, 허옥란도 아무 말이 없었다. 일락이는 엄마가 잠들었다는 것도, 그녀가 그에게 해 줄 별다른 말이 없다는 것도 알고 있었다. 그는 더듬더듬 침대까지 가서는 옷을 벗고 누웠다.

일락이가 곧바로 잠들지 못하고 방 안의 어둠을 응시하고 있는 가운데 허삼관의 코 고는 소리가 들려왔다.

일락이는 생각했다.

'바로 이 사람이야. 지금 코를 골고 있는 이 사람. 국수 먹으러 갈 때 나를 데리고 가지 않은 것도 이 사람이고, 주린 배 그대로 잠자게 한 것도 바로 이 사람이야. 늘 내가 자기 친아들이 아니라고 말했지.'

그리고 일락이는 허삼관의 코 고는 소리에 대고 나직이 말했다.

"그래, 난 당신 친아들이 아니야. 당신 역시 내 친아버지가 아니라구."

이튿날 아침, 일락이는 옥수수 죽을 다 마시고는 문간을 나섰다. 이때 허삼관과 허옥란은 아직 방 안에 있었고, 이락이와 삼락이는 문간에 앉아 있었다. 그들은 일락이의 다리가 문간을 훌쩍 뛰어넘는 것을 보았다.

뒤도 안 돌아보고 앞만 보고 걷는 그를 향해 이락이가 소리쳤다.

"일락이 형, 어디 가?"

"아버지 찾으러 간다."

이락이는 형의 대답을 듣고는 고개를 돌려 방 안을 쳐다보았다. 방 안에서 허삼관이 혓바닥을 내밀어 죽 그릇을 핥고 있는 모습을 보고는 참 이상하다는 생각이 들어서 괜히 히죽히죽 웃으며 삼락이에게 말했다.

"아버지는 방 안에 있는데, 형은 밖에 가서 아버지를 찾는대."

삼락이도 이락이 형이 한 말을 듣고는 따라서 히죽히죽 웃으며 말했다.

"일락이 형은 아버지를 못 봤나 봐."

이날 아침 일락이는 하소용의 집을 향해 갔다. 자신의 친아버지를 찾으러 간 것이다. 그래서 친아버지 하소용에게 자기는 다시는 허삼관의 집으로 가지 않을 것이며, 설령 매일 승리 반점으로 데리고 가서 국수를 사 준다고 하더라도 돌아가지 않겠다는 사실을 전하려 했다. 앞으로는 하소용의 집에서 살 것이고, 자기에게는 앞으로 남동생이 없이 오직 하소영과 하소홍이라는 여동생 둘만 있는 것이고, 자신의 이름도 허일락이 아닌 하일락이라고 바꿔 부를 것이고, 앞으로 하소용을 보면 바로 아버지라고 부를 것이라고 말이다.

일락이가 하소용의 집에 도착하자 허삼관의 집을 떠날 때 이락이와 삼락이가 문간에 앉아 있었던 것처럼 소영과 소홍 자매가 문간에 나란히 앉아 있었다. 자매는 일락이가 걸어오는 것을 보고는 고개를 돌려 집 안쪽을 쳐다보았다. 일락이가 그들에게 일렀다.

"너희들 오빠 왔다."

그러자 자매가 다시 고개를 돌려 일락이를 바라보았다. 일락이는 방 안에 있는 하소용을 향해 소리쳤다.

"아버지, 저 돌아왔어요."

하소용이 방 안에서 튀어나와 손가락으로 일락이를 가리키며 물었다.

"누가 네 아버지란 말이냐?"

그리고 손을 휘저으며 소리쳤다.

"저리 가라."

일락이는 꿈쩍 않고 서서 말했다.

"아버지, 오늘 제가 온 건 지난번하곤 다르단 말이에요. 지난번에는 내키지도 않는 걸 어머니가 가라고 해서 온 거였지만, 오늘은 제 발로 온 거라구요. 어머니도 모르고 허삼관도 모른다구요. 아버지, 전 안 돌아갈 거예요. 아버지, 저 여기서 살래요."

"누가 네 아버지냐구?"

"아버지가 제 아버지잖아요."

"너 다시 한 번 날 아버지라고 부르면 엉덩이를 걷어차 줄 테다. 흠씬 두들겨 패 줄 거라구."

일락이는 고개를 가로저으며 대꾸했다.

"못 그러실 거예요."

하소용의 이웃들이 모두 문가에 서서 이 광경을 지켜보고 서 있었고, 그중 몇몇은 다가와서 하소용에게 타일렀다.

"소용이, 저 아이가 자네 아이건 아니건 저 아이에게 이렇게 하면 못쓰네."

일락이가 이웃들에게 말했다.

"전 아들이 맞아요."

이때 하소용의 부인이 나와서 일락이를 가리키며 이웃들에게 소리쳤다.

"또 그 허옥란이구만, 그 음탕한 것이 저 아이를 보낸 거라구요. 그 음탕한 것이 여기저기서 씨를 얻어다 잡종을 낳아 놓고는, 아무 상관도 없는 집에 밀어 넣어 남의 돈을 가지고 잡종의 자식을 키우려는 속셈이라구요. 다들 살기 어려운 이때에……. 우리 식구는 며칠 동안 아무것도 먹지 못했고, 한 달 넘게 굶다시피 해서 뱃가죽이 엉덩이 살하고 딱 붙어 버렸다구요……."

일락이는 하소용의 부인을 줄곧 쳐다보며 그녀의 말이 끝나기를 기다렸다가 고개를 돌려 하소용에게 말했다.

"아버지, 제 친아버지니까 절 데리고 승리 반점에 가서 국수 좀 사 주세요."

"다들 들었지요?"

하소용의 부인이 이웃들에게 소리쳤다.

"저 아이가 글쎄 국수가 먹고 싶다잖아요. 우리 식구는 두 달이나 끼니를 거르다시피 했는데, 오자마자 국수가 먹고 싶다니. 뭐 승리 반점?"

"아버지, 지금 돈이 없는 거 알아요. 병원에 가서 피를 파세요. 피를 팔아서 번 돈으로 승리 반점에 데리고 가서 국수 좀 사 주세요."

"아이고!"

하소용의 부인이 악을 쓰기 시작했다.

"저 아이가 이제는 내 남편 피까지 팔라고 하네. 내 남편 목숨까지 내놓으라고 한다구요. 하소용을 죽이려고 작정을 한 아이라구요. 당신 뭐 해요, 빨리 안 내쫓고."

하소용이 일락이에게 호통을 치기 시작했다.

"빨리 꺼져."

일락이는 꼼짝도 하지 않았다.

"아버지, 안 갈래요."

하소용은 일락이의 멱살을 잡고 몇 발짝 움직이다 더 이상 들지 못하겠는지 내려놓고는 질질 끌고 가기 시작했다.

일락이는 자신의 옷깃을 사력을 다해 움켜잡은 채 이를 악물고 씩씩거렸다. 하소용은 일락이를 골목 어귀에까지 끌고 가서 벽에 밀어 붙여 놓고는 일락이의 코끝에 손가락을 들이대면서 말했다.

"다시 또 여기 오면 널 죽여 버리겠다. 알았냐?"

말을 마치고 하소용은 돌아서서 가 버렸다. 일락이는 벽에 붙어

선 채 하소용이가 집으로 들어서는 모습을 보고 있었다. 하소용이 집 안으로 사라지자 일락이는 비로소 큰길로 걸어나와 양쪽을 잠시 동안 살피다가 고개를 숙인 채 서쪽을 향해 걷기 시작했다.

허삼관을 아는 몇몇 사람들은, 열한두 살 먹은 아이 혼자 고개를 떨군 채 눈물을 쏟으며 서쪽을 향해 걷는 모습을 보고는 '이 아이가 뉘 집 아이일까? 무슨 일로 저리 슬피 우는 걸까?' 생각하다가, 가까이 다가가 보고서야 허삼관이네 아들 일락이인 것을 알게 되었다.

제일 먼저 알아본 사람은 방 철장이었다.

"일락아, 일락아, 왜 우니?"

"허삼관도 제 친아버지가 아니고, 하소용도 제 친아버지가 아니래요. 전 친아버지가 없는 거잖아요."

"왜 서쪽을 향해 걷는 거냐? 너희 집은 동쪽인데."

"집에는 안 가요."

"일락아, 차라리 집으로 돌아가거라."

"방씨 아저씨, 저한테 국수 한 그릇만 사 주세요! 제가 아저씨 국수를 먹으면 그때부터 아저씨가 제 친아버지가 되시는 거예요."

"너 지금 무슨 소릴 하는 거냐? 내가 너한테 국수 열 그릇을 사 줘도 네 아버지가 될 수는 없단다."

다른 사람들도 일락이에게 말했다.

"일락아, 왜 우는 거냐? 왜 혼자서 서쪽으로 가는 거냐구? 너희 집은 동쪽인데……. 차라리 집으로 돌아가거라."

"집에 안 가요. 가서 허삼관한테 말해 주세요. 일락이는 집에 안 들어간다구요."

"집으로 안 돌아가면 어딜 간다는 거냐?"

"저도 몰라요. 어쨌든 집에는 안 갈 거예요……. 누가 국수 한 그릇만 사 주세요. 그럼 제가 친아들 노릇을 할게요. 누가 국수 좀 사 주세요. 네?"

"삼관이, 일락이가 엉엉 울면서 서쪽으로 가더군. 자네가 자기 아버지가 아니라고 하면서, 사람만 보면 국수를 사 달라고 조르더라구. 국수를 사 주면 자기 아버지라는 거야. 밥 달라는 것마냥 아버지를 구하니, 이렇게 누워 있지만 말고 어서 가서 일락이를 데려오라구."

허삼관은 등나무 평상에서 벌떡 일어나며 소리쳤다.

"이놈의 자식이 갈수록 등신이 돼 가는구먼. 친아비를 찾으려면 하소용이를 찾아가야지, 왜 넘한테 가서 찾아. 서쪽으로 가면 자기 친아비 집은 점점 멀어지기만 하는데."

허삼관이 이렇게 말하고 다시 누워 버리자 사람들이 허삼관을 설득했다.

"자네 왜 또 눕나. 빨리 가서 애를 찾아오지 않고."

"아니 자기 친아버지 찾겠다는 애를 내가 무슨 수로 잡나?"

사람들은 허삼관의 말이 일리가 있다고 생각하여 더는 말을 못 붙이고 하나씩 하나씩 돌아갔다.

몇 시간 후 또다시 다른 몇 사람이 허삼관을 찾아왔다.

"삼관이, 자네 아나? 오늘 아침에 일락이가 하소용이를 찾아가서는 친아버지 찾으러 왔다고 했는데, 글쎄 이 불쌍한 것이 하소용이 여편네한테 손가락질을 당하고 욕까지 먹었다네. 그 여편네가 자네 부인 욕까지 해 대는데, 정말이지 못 들어 주겠더군. 그 불쌍한 일락이 녀석이 하소용이한테 골목 밖까지 질질 끌려 나왔다구."

"하소용이 마누라가 내 욕도 했나?"

"자네 욕은 안 했지, 아마."

"그럼 됐지 뭐. 어떻게 세상 일 다 신경 쓰고 사나?"

그날 한낮이 지나도록 일락이가 돌아오지 않자 허옥란은 차츰 불안해져서 허삼관을 닦달하기 시작했다.

"일락이를 봤다는 사람들은 한결같이 걔가 서쪽으로 갔다고들 하잖아요. 빨리 가 봐요. 벌써 성 밖을 나섰을 거라구요. 그렇게 계속 서쪽으로 가면 집으로 돌아오는 길도 잃어버릴 텐데. 열한 살밖에 안 된 아이잖아요. 여보, 빨리 좀 가 봐요."

"난 안 가. 일락이 이놈의 자식, 먹여 주고 입혀 주고 가르쳐 주었더니 나한테 이렇게 해? 날 배신하고 무슨 놈의 친아버지를 찾아간다고. 그 개놈의 자식 하소용이가 욕하고 때리고 골목 밖까지 질질 끌어냈다는 거야. 그런데도 친아버지라고? 이제야 알겠다구. 자기 친자식이 아니면 아무리 키워 봐야 친자식만 못한 게야."

허옥란은 할 수 없이 혼자 일락이를 찾으러 나섰다.

"당신은 일락이의 친아버지가 아니지만 난 그 아이 친어미니까 나라도 찾으러 가야겠어요."

그렇게 집을 나선 그녀는 반나절이 지나서 황혼이 내릴 무렵에야 집에 돌아왔다.

"일락이 돌아왔어요?"

"아니. 줄곧 여기 누워서 누가 오나 봤지만, 이락이와 삼락이만 들락날락거렸고 일락이 돌아오는 건 못 봤는데."

허옥란은 이 말을 듣고는 눈물을 흘리며 허삼관에게 말했다.

"나가자마자 서쪽으로만 걸어갔어요. 만나는 사람마다 일락이를 보았느냐고 물었더니 다들 지나갔다는 거예요. 그래서 성을 벗어나서 또 물어봤는데, 일락이를 봤다는 사람이 하나도 없었어요. 성 밖으로 또 한참을 걸어가 보니까 사람이라곤 보이지를 않더라고요. 누구한테 물어볼 수조차 없었다니까요. 이 아이가 도대체 어딜 갔는지."

허옥란은 이렇게 말하면서 일락이를 찾으러 다시 나갔다. 허옥란이 이렇게 나가고 난 뒤에는 허삼관도 가만히 앉아 있을 수가 없었다. 문밖에 나서서 하늘을 보니 날이 벌써 어두워지고 있었다. 허삼관은 차츰 일락이에게 무슨 일이 생겼는지 걱정되기 시작했다. 어둠이 점점 내려앉아 초조해진 허삼관은 이락이와 삼락이에게 일렀다.

"너희들 꼼짝 말고 집에 있거라. 절대 나가지 말고. 일락이가 돌아오면 엄마하고 내가 찾으러 나갔다고 얘기해 주고."

허삼관은 아이들에게 다짐을 받고는 집을 나서서 서쪽을 향해 걷기 시작했는데, 몇 발자국도 옮기기 전에 근처에서 울음소리가 들려 고개를 숙여 내려다보니 일락이가 울고 있었다. 일락이는 이웃집 대문 모서리에 앉아 어깨를 들썩이면서 허삼관을 바라보았다. 허삼관은 황망히 무릎을 굽히고서 다그쳐 물었다.

"일락아, 일락이 아니냐?"

허삼관은 일락이인 것을 확인하고는 욕을 해 대기 시작했다.

"이런 제길, 네 엄마 초죽음을 만들어 놓고……. 나도 얼마나 놀랐는지 아니? 그래 잘 한다, 남의 집 대문 앞에 앉아서."

"아버지, 배고파요. 배고파서 힘이 하나도 없어요."

"그래, 굶어 죽어도 싸지. 이 자식아, 누가 나가랬어? 안 들어오기는 뭘 안 들어온다고……."

일락이는 손으로 얼굴의 눈물을 훔치면서 말했다.

"원래는 안 들어오려고 했는데……. 아버지가 친자식으로 쳐 주질 않으니까 하소용을 찾아간 건데, 하소용도 싫다길래 안 돌아오려고……."

허삼관은 일락이의 말을 싹둑 잘라 버렸다.

"그런데 왜 돌아왔어? 지금이라도 다시 나가. 지금 다시 나가도 된다구. 나가서 아주 안 돌아오면 딱 좋겠다."

일락이는 이 말을 듣고 더욱 격하게 울어 댔다.

"배고프고, 졸려요. 뭘 좀 먹고 자고 싶어요. 절 친자식으로 생각하지는 않아도 하소용보다는 절 아껴 주실 것 같아서요. 그래서 돌아온 거예요."

이렇게 말하며 일락이는 벽을 짚고 일어나 다시 서쪽을 향해 걷기 시작했다.

"너 거기 안 서! 이 쪼그만 자식이 정말 가려구 그러나……."

일락이가 걸음을 멈추었다. 축 처진 어깨에 고개를 푹 떨군 채 온

몸이 들썩거렸다. 허삼관이 그 모습을 보고 일락이 앞에 쪼그려 앉은 다음 무뚝뚝한 목소리로 말했다.

"자, 업혀라."

허삼관은 일락이를 업고 동쪽을 향해 걸어갔다. 골목을 지나고 큰길을 걸어 강 근처로 갔다. 허삼관의 입은 그 와중에도 쉴 새 없이 일락이에게 욕을 퍼부었다.

"이 쪼그만 자식, 개 같은 자식, 밥통 같은 자식……. 오늘 완전히 날 미쳐 죽게 만들어 놓고는……. 가고 싶으면 가, 이 자식아. 사람들이 보면 내가 널 업신여기고, 맨날 욕하고, 두들겨 패고 그런 줄 알거 아냐. 널 11년이나 키워 줬는데, 난 고작 계부밖에는 안 되는 것 아니냐. 그 개 같은 놈의 하소용은 단돈 1원도 안 들이고 네 친아비인데 말이야. 나만큼 재수 옴 붙은 놈도 없을 거다. 내세에는 내 죽어도 네 아비 노릇은 안 할란다. 나중에는 네가 내 계부 노릇 좀 해라. 너 꼭 기다려라. 내세에는 내가 널 죽을 때까지 고생시킬 테니……."

일락이 눈에 승리 반점의 환한 불빛이 들어오자 아주 조심스럽게 허삼관에게 물었다.

"아버지, 우리 지금 국수 먹으러 가는 거예요?"

허삼관은 갑자기 욕을 멈추고 온화한 목소리로 대답해 주었다.

"그래."

《허삼관 매혈기》(푸른숲, 1999)

목탄 숯. 땔감으로 쓰기 위하여 나무를 가마 속에 넣어서 구워 낸 검은 덩어리.

부지하다 상당히 어렵게 보존하거나 유지하여 나가다.

사력 목숨을 아끼지 않고 쓰는 힘.

생사 공장 누에에서 명주실을 뽑는 공장.

양춘면 중국 상하이에서 즐겨 먹는 국수. 고기가 들어 있지 않는 값이 싼 국수다. 맑게 끓여 낸 닭국물에 국수를 삶아 먹으며, 고명은 간단하게 파 몇 조각만 썰어 넣는다.

오향 향기 나는 다섯 가지의 약재를 가루로 만든 것.

자투리 어떤 기준에 미치지 못할 정도로 작거나 적은 조각.

정방 방적(섬유 원료로 실을 뽑아 피륙을 짜 내기까지의 모든 일)의 마지막 공정. 굵기가 일정하고 질기면서 탄력이 있는 실로 만들기 위하여 잡아당겨 늘이면서 꼬임을 준다.

천정부지 하늘 높은 줄 모름. 천장을 알지 못한다는 뜻으로, 물가 따위가 한없이 오르기만 함을 비유적으로 이르는 말.

철장 쇠를 불에 달구어 단단하게 만드는 일을 하는 사람.

춘절 우리의 설날에 해당하는 중국의 명절.

피골 살가죽과 뼈를 통틀어 이르는 말. '피골이 상접하다'는 살가죽과 뼈가 맞붙을 정도로 몹시 말랐다는 말이다.

혈두(血頭) 피를 사고팔아 부를 축적한 매혈 조직의 우두머리.

홍두깨 다듬잇감을 감아서 다듬이질할 때에 쓰는, 단단한 나무로 만든 도구. '아닌 밤중에 홍두깨'는 별안간 엉뚱한 말이나 행동을 함을 비유적으로 이르는 말이다.

홍소육 통삼겹살에 진간장 등의 향신료를 넣고 조리한 상하이 대표 음식 가운데 하나. 홍사육(红烧肉, 빨갛게 구운 고기 음식)은 회증육(回赠肉, 감사한 마음을 담은 고기)이라고도 불리다 오늘날에는 동파육(东坡肉, 소동파가 만들어 먹은 고기)으로 불리고 있다.

황망히 마음이 몹시 급하여 당황하고 허둥지둥하는 면이 있게.

황주 중국 술의 하나. 누룩과 차조 또는 찰수수 따위를 원료로 하여 만든 담갈색 또는 흑갈색의 술.

1 허삼관의 가족이 처해 있는 상황을 말해 봅시다.

2 허삼관이 피를 팔았던 경우를 정리해 보고, 그때 허삼관의 심정이 어떠했을지 생각해 봅시다.

3 허삼관이 일락이에게 국수를 사 주지 않으려고 했던 이유는 무엇인지 이야기해 봅시다.

4 국수를 사 주면 누구든지 아버지라고 부르겠다고 말하는 일락이의 마음은 어떠했을지 짐작해 봅시다.

5 여러분은 가족이나 주위 사람들 가운데 누군가로 인해 마음이 많이 상했거나 혹은 마음의 위안을 받았던 경험이 있나요? 그때의 경험을 떠올려 아래에 적어 봅시다.

- 마음이 상했거나 슬펐던 경우

- 마음의 위안을 받았던 경우, 기뻤던 경우

| 소설 들여다보기 |

허삼관은 결혼을 하기 위해, 병든 자식을 위해 피를 판다. 피를 판다는 것은 건강한 남자의 징표라고 믿는 허삼관은 피를 팔아 인생의 어려운 상황을 해결해 나간다.
온 성이 물에 잠길 정도의 큰 홍수가 진 뒤에 바로 닥쳐온 가뭄으로 흉년이 계속되자 허삼관의 가족은 옥수수 가루를 넣은 죽으로 연명한다. 옥수수 죽만 마신 지 57일이 되었을 때, 허삼관은 가족들에게 맛있는 밥 한 끼를 먹게 해 줘야겠다는 생각으로 피를 판다. 그런데 허삼관은 식구를 데리고 승리 반점에 국수를 먹으로 가면서, 일락이를 빼놓으려 한다. 일락이는 허옥란이 시집오기 전 하소용과 관계해서 낳은 하소용의 아들인데, 목숨과 바꾼 돈으로 하소용의 아들인 일락이에게 국수를 사 먹일 수는 없었기 때문이다.
친아들이었다면 자기를 가장 좋아했을 거라는 허삼관의 말에 일락이는 위안을 얻고 혼자 고구마를 사 먹으러 간다. 그러나 고구마를 먹고 나도 배가 부르지 않고 국수가 너무 먹고 싶었던 일락이는, 하소용을 찾아가서 피를 팔아 국수를 사 달라고 했다가 멱살이 잡혀 끌려 나온다. 하소용에게서도 쫓겨난 일락이는 울면서 국수를 사 주면 누구든지 자기 아버지라며 서쪽으로 계속 걸어간다.
일락이가 울면서 서쪽을 갔다는 말을 들은 허삼관은 마음이 편치 않았다. 결국 허삼관은 일락이를 찾아 나선다. 허삼관은 일락을 다시 찾은 후 욕을 하면서도 일락이를 업고 국수를 먹으로 간다.

이 소설의 인물들이 처해 있는 상황은 눈물겹게 슬프다. 죽으로 연명하며 말도 하지 않고 움직이지도 않으면서 침대에 가만히 누워 있어야 할 정도로 궁핍한 상황이다. 피를 팔아야 연명할 수 있다는 것은 궁핍의 극한 상황이라 할 수 있다. 그럼에도 이 소설의 상황 제시나 인물들의 대응 모습은 우스꽝스럽기까지 하다. 그 웃음은 물론 눈물겨운 웃음을 것이다.

일락이가 자기 자식이 아니라는 사실 때문에 괴롭고 남의 자식을 키우는 것이 자존심 상하지만, 허삼관은 결국 자신의 목숨 같은 피를 팔아서 일락이를 키운다. 허옥란의 말을 통해 알 수 있듯이 일락이가 방 철장 아들의 머리를 박살냈을 때 피를 팔았고, 지금은 결국은 피 판 돈으로 일락이에게 국수를 먹인다. 이러한 과정을 통해 우리는 혈육을 넘어서는 가족의 의미를 생각하게 된다. 국수만 사 주면 누구든지 자기 아버지라고 말하는 일락이도 바로 그런 조건 없는 사랑을 원했던 것일 터이다.

변신

프란츠 카프카
이영석 옮김

어느 날 아침 불안한 꿈에서 깨어난 그레고르 잠자는 자신이 흉측한 벌레로 변해 누워 있는 것을 발견했다. 갑옷처럼 딱딱한 등을 침대에 대고 있었는데, 머리를 조금 들어 올리자 불룩한 갈색의 배가 보였다. 배는 활 모양의 둥근 마디들로 이어져 있었으며, 그 위로 이불이 곧 미끄러져 내릴 듯 간신히 걸쳐져 있었다. 몸통에 비해 안쓰러울 정도로 가는 다리들이 눈앞에서 힘없이 가물거렸다.

'무슨 일이 있었던 거야?' 그는 생각했다. 꿈이 아니었다. 자신의 방, 좀 작긴 하지만 사람이 사는 바로 그 방이 조용하게 익숙한 네 벽 사이에 있었다. 따로따로 포장된 옷감 견본 묶음이 책상 위에 펼쳐져 있었고 – 그레고르 잠자는 외근 사원이었다. – 그 너머 그가 얼마 전 화보집에서 오려 내서 멋진 금박 액자 속에 넣은 그림이 하나 걸려 있었다. 그림은 모피 모자와 모피 목도리 차림으로 꼿꼿이 앉은 채 팔뚝을 덮은 묵직한 모피 머플러를 그림을 보는 사람에게 들어 보이는 어떤 여인의 모습을 그린 것이었다.

그레고르의 눈길은 이제 창문으로 향했다. 흐린 날씨가 – 함석 창틀에 빗방울 떨어지는 소리가 들렸다. – 그를 아주 울적하게 했다.

'좀 더 자면서 이 바보 같은 일들을 잊어버리면 어떻게 될 테지.' 그는 생각했다. 하지만 그렇게 될 수가 없었다. 그는 오른쪽으로 누워서 자는 습관이 들어 있었는데, 지금 상태에서는 그 자세를 잡을 수가 없었기 때문이다. 아무리 애를 써서 오른쪽으로 누워 보려고 해도, 매번 다시 뒤로 누운 자세로 되돌아와 버리는 것이었다. 백 번은 족히 시도해 보았지만 소용이 없었다. 버둥거리는 다리를 보지 않으려고 눈을 감았다. 마침내 몸 옆으로 지금까지 전혀 느끼지 못한 답답한 통증을 느끼기 시작하고는 그만두고 말았다.

'맙소사.' 그는 생각했다. '너무 힘든 직업을 선택했어! 날마다 여행을 가야 하니. 일의 부담은 내근 일과는 비교가 안 될 만큼 큰 데다가, 또 여행의 괴로움까지 더하잖아. 기차 연결 시간 걱정해야지, 불규칙적이고 열악한 식사에다 늘 바뀌어서 지속성도 없고 진정성도 없는 사람들 대해야지. 악마라도 이 모든 걸 좀 거두어 갔으면 좋겠군!' 배 윗부분이 약간 가려웠다. 그는 머리를 좀 더 잘 들 수 있도록 등을 천천히 침대 다리 쪽으로 밀었다. 그로서는 뭐라 말할 수 아주 조그맣고 하얀 점들로 덮여 있는 가려운 부위를 찾아내고는 다리 하나로 그 부위를 건드려 보려고 했다. 하지만 닿자마자 심한 오한이 느껴져 바로 제자리로 옮기고 말았다.

그는 다시 이전의 자리로 미끄러져 돌아왔다. 그는 생각했다. '이렇게 일찍 일어나면 사람이 멍청해진단 말이야. 사람은 잠을 충분히 자야지. 다른 여행자들은 하렘의 여인들처럼 살고 있잖아. 예를 들어 오전 일을 보다가 주문받은 서류를 작성하러 여관으로 돌아와 보면 이 사람들은 그때서야 아침 식사를 하고 있거든. 우리 사장이 있는 데서 내가 그랬다간 바로 그 자리에서 날아가 버리겠지. 그게 나를 위해서는 더 나을지 어떨지 누가 알까마는 말이야. 부모님 때문에 참지 않았으면, 나는 오래전에 일을 그만두었을 거야. 사장 앞에 가서 내 마음속 생각까지 다 말해 버렸겠지. 사장은 책상에서 나자빠지고도 남았을 거야! 독특하게도 그는 책상에 앉아서 위에서 아래로 내려다보면서 직원들과 이야기하는데, 청력이 좋지 않아서 직원들은 아주 가까이 다가가야만 하지. 자, 희망은 아직도 완전히 사라지지 않았어. 부모님이 사장에게 진 빚을 갚으려면 돈을 모아야지. – 한 오륙 년은 더 걸릴 테지. – 하여간 일을 해야 해. 그러면 큰 매듭이 지어질 거야. 당장은 물론 자리에서 일어나야지. 다섯 시에는 기차가 출발하니까.'

그런 다음 그는 서랍장 위에서 재깍거리고 있는 자명종을 올려다보았다. '이런.' 그는 생각했다. 6시 30분, 시곗바늘은 무심히 앞으로만 가서 이제 30분도 지나고 거의 45분에 가까워지고 있었다. 자명종이 울리지 않았던 것일까? 침대에서 보니 4시에 제대로 맞추어져 있는 것이 보였다. 분명히 자명종은 울렸어. 맞아, 그래도 이 가구까지 뒤흔드는 그 소리를 모르고 내쳐 자버릴 수가 있었을까? 글쎄, 그가 편안하게 잠들지는 못했지만 어쩌면 그래서 더 깊이 잤을 수는 있겠지. 그런데 지금 뭘 해야 하지? 다음 기차는 7시에 있고, 그 차를 타려면 정신없이 서둘러야 할 텐데. 견본은 아직 다 포장하지 못했고, 더구나 상쾌한 기분도 아니거니와 움직일 수 있을 것 같지도 않았다.

기차를 잡아탄다고 해도, 사환이 5시 차를 기다리고 있다가 벌써 그의 지각을 보고했을 테니까 사장의 불호령을 면할 수는 없는 일이었다. 사환은 줏대도 이해심도 없는 사장의 앞잡이였다. 아프다고 하면 어떨까? 그것은 아주 고통스럽고 의심을 받을 것이다. 그가 근무한 5년 동안 한 번도 아팠던 적이 없었으니까 말이다. 사장은 분명 의료보험 의사와 함께 찾아와서 부모님께 아들이 게으르다고 비난하고 의사의 설명에 따라 모든 항변을 잘라 버릴 것이다. 의사에게는 온통 아주 건강하지만 일을 싫어하는 사람만이 있을 뿐이니까. 게다가 이런 경우 의사가 아주 틀렸다고만 할 수 있을까? 사실 그레고르는 오래 자고 난 이후의 그 지나친 졸음만 아니라면 아주 기분이 좋았고, 심지어 아주 왕성한 식욕을 느꼈다.

그레고르가 자리에서 일어날 결심도 못하고 다급하게 이런 생각을 하고 있는데 – 자명종이 막 6시 45분을 알렸다. – 누군가 조심스레 침대 머리맡의 문을 두드렸다. "그레고르." 하고 부르는 소리가 났다. 어머니였다. "6시 45분이야. 나가지 않을 거니?" 부드러운 목소리! 그레고르는 대답하는 자기 목소리를 듣고 깜짝 놀랐다. 그것은 분명 이전의 자기 목소리이긴 했지만 저 아래에서 올라오는 듯한 억누를 수 없는 고통스런 찍찍거림이 뒤섞인 그런 소리였다. 단어들은 처음에는 뜻에 맞게 제대로 발음이 되었지만 소리가 계속 울리면서 헝클어져 버려서 사람들이 제대로 알아들었는지 어떤지를 알 수가 없었다. 그레고르는 제대로 대답하고, 모든 것을 설명하려고 했다. 하지만 이런 상황 때문에 그냥 다음과 같이 대답하고 말았다.

"예, 예, 고마워요 어머니, 벌써 일어났어요."

나무 문 덕분에 밖에서는 그레고르의 목소리가 변한 것을 알아차리지 못한 것 같았다. 어머니는 그레고르의 설명에 안심하고 그곳에서 물러갔다. 그러나 이 짧은 대화로 인해 다른 가족들이 그레고르가 뜻밖에 아직도 집에 있다는 사실을 알게 되었고, 아버지는 다른 쪽 문을 부드럽게, 하지만 주먹으로 두드리며 큰 소리로 말했다.

"그레고르, 그레고르, 무슨 일이야? 어디 불편해? 뭐 필요한 것 있어?"

그레고르는 양쪽을 향해 대답했다.

"벌써 준비됐어요."

그는 발음에 무척 주의를 기울였고, 또 단어 사이에 약간 시간을 두어서 목소리가 이상한 것을 덮으려 노력했다. 아버지는 아침 식사를 하러 돌아갔지만, 누이가 남아 말했다.

"오빠, 문 열어 봐, 제발."

하지만 그레고르는 전혀 그럴 생각이 없었다. 오히려 여행에서 얻은 조심성으로 밤이면 집에서도 모든 문을 걸어 두는 것을 다행으로 생각했다.

우선 조용하게 차분히 일어나서 옷을 차려입고, 무엇보다도 아침 식사를 하려고 했다. 다음 일은 그런 다음에 생각해야지 싶었다. 침대에서 이런저런 생각을 해 봐야 제대로 된 결론에 이르지 못하리라는 것을 잘 알아차렸기 때문이다. 그는 전에도 몇 번 이부자리에서 잘못된 자세 때문에 생긴 이런저런 통증을 느꼈지만 자리에서 일어나면 바로 착각이었던 것으로 드러났던 일을 기억했다. 이제 지금의 착각은 어떻게 슬슬 풀어질까 기대가 되었다. 목소리가 변한 것은 외근을 자주 다니는 사람의 직업병이라고 할 수 있는 심한 감기의 전조에 다름 아니리라는 것을 조금도 의심하지 않았다.

이불을 떨쳐 내는 것은 아주 쉬운 일이었다. 약간의 입김을 불자 그냥 떨어져 나갔다. 하지만 여전히 사정은 어려워지고 있었는데, 특히 몸이 너무 펑퍼짐하게 펴져 있는 것이 문제였다. 몸을 일으켜 세우기 위해서 팔과 손이 필요했지만 가진 것은 다리밖에 없었다. 그것도 계속 서로 다른 방향으로 움직였고, 또 어떻게 통제할 수가 없었다. 하나를 구부리려고 하면 먼저 뻗어 버리기 일쑤였고, 마침내 성공을 하더라도 다리 하나가 다른 것에 영향을 주어서 어느새 모든 다리가 제멋대로 몹시 고통스러운 자극을 받아 움직여 댔다. “쓸데없이 침대에 있는 것만이라도 벗어나야지.” 그레고르가 중얼거렸다.

그는 우선 몸의 아랫부분을 사용해서 침대에서 빠져나오려고 했다. 하지만 그가 아직 살펴보지 못해서 제대로 그 모습을 알 수 없는 이 아랫부분은 너무 무거워서 움직일 수조차 없어 보였다. 상황은 그렇게 굼뜨게 흘러갔다. 그는 결국 아주 난폭하게 앞뒤 가리지 않고 온 힘을 다 모아서 앞으로 치고 나갔다. 하지만 방향을 잘못 잡아서 침대 다리 아랫부분에 세게 부딪치고 말았다. 심한 통증을 느꼈고, 이로 인해 그는 이제 몸의 아랫부분이 당장으로서는 아마 가장 예민한 곳이겠구나 생각하게 되었다.

그래서 이번에는 윗몸을 빼내려고 시도했다. 우선 머리를 조심스럽게 침대 가장자리로 돌려 보았다. 쉽게 성공했다. 그런 다음 넓고 무거운 몸통을 천천히 머리 방향으로 돌렸다. 하지만 그가 마침내 머리를 침대 밖 허공에 내놓게 되자 계속해서 앞으로 가 버릴 것 같아 불안해졌다. 그렇게 떨어지게 되면, 기적이 일어나지 않는 한 머리를 다칠 수밖에 없어 보였기 때문이다. 이제는 아무래도 이 걱정을 떨칠 수가 없어서 그는 차라리 그냥 침대에 머물기로 했다.

그러나 그는 한 번 더 애를 써 본 후 다시 한숨을 쉬며 전처럼 누워서 자신의 다리들이 어쩌면 더 심하게 으르렁대며 싸워 대는 것 같은 모습을 보고 마음대로 휴식하며 편안히 있을 수도 없다는 것을 알았다. 그는 다시 혼잣말을 했다. "이제 자리에 누워 있을 수도 없겠군. 침대에서 벗어날 아주 작은 희망이라도 있으면 무엇이라도 희생하는 것이 가장 합리적인 선택일 거야." 그러면서도 그는 이따금 필사적인 결단보다는 조용히, 아주 조용히 생각해 보는 것이 훨씬 낫겠다고 되새기는 것을 잊지 않았다. 그런 순간 그는 눈을 가능한 한 날카롭게 하고 창문을 바라보았다. 유감스럽게도 아침 안개 때문에 좁은 거리의 반대편 모습도 가려져 있어서 당당하고 싱싱한 어떤 것은 거의 얻을 수가 없었다.

"벌써 일곱 시군." 새로운 자명종 소리에 그가 중얼거렸다. "일곱 시인데도 저렇게 안개가 심하다니." 그리고 그는 잠시 동안 숨을 죽이고 누워 있었다. 어쩌면 완전한 정적을 통해 자명한 현실 관계가 다시 돌아오기를 기다리는 것 같았다.

그런 다음 그는 중얼거렸다. "7시 45분이 되기 전에는 어떻게든 자리에서 완전히 일어나야 돼. 아무래도 그때까지는 회사에서 누군가 와서 나에 대해 물을 거야. 회사는 일곱 시 전에 문을 여니까." 그리고 그는 길이로 완벽하게 균형을 맞춘 채로 침대에서 밖으로 그네를 타듯이 몸통을 흔들어 대 보았다. 이런 방법으로 침대에서 떨어지게 되면, 떨어질 때 그가 머리를 꼿꼿이 들어 올려서 다치지 않을 수 있을 것 같았다. 등은 딱딱해 보였는데, 카펫에 떨어지니까 거기에는 아무 일도 생기지 않을 것이었다. 그가 가장 크게 마음을 쓴 것은 자신이 내게 될 '쿵' 하는 큰 소리였다. 분명 문 뒤에 있는 모든 이들을 놀라게 하지는 않더라도 크게 걱정을 끼치게 될 것 같았다. 하지만 감행해 볼 수밖에 없는 일이었다.

그레고르가 마침내 침대 밖으로 반쯤 빠져나왔을 때 – 이 새로운 방법은 놀이처럼 별로 힘이 들지 않아서 그는 계속해서 휙휙 몸을 흔들기만 하면 됐다. – 사람들이 그를 도우러 오면 모든 것이 쉽게 해결될 텐데 하는 생각이 들었다. 건장한 사람 두 명이면 – 그가 생각한 것은 아버지와 하녀였다. – 딱 될 것 같았다. 그들이 자신의 불룩한 등 아래에 팔을 넣고 침대에서 들어내어 이 짐을 들고 몸을 아래로 숙인 채 조심스럽게 이것이 바닥에 완전히 펼쳐질 때까지 견뎌 내면 틀림없을 것이었다. 그러면 거기서 그의 다리들이 다시 감각을 되찾게 될 것 같았다. 문이 잠긴 것 따위는 생각하지 말고 정말 도와 달라고 소리쳐야 하는 것이 아닐까? 아무리 어려운 처지더라도 이런 생각을 하다니 그 자신도 웃지 않을 수가 없었다.

이제 제법 진전이 있어서 좀 세게 흔들릴 때에는 그도 간신히 평형을 유지할 수 있는 정도였다. 7시 45분도 5분밖에 남지 않았으니까, 정말 곧 마지막 결단을 내려야 했다. 그때 현관에서 소리가 났다.

"회사에서 누군가가 왔구나." 그가 혼잣말을 했다. 몸은 거의 굳어 버렸는데, 다리는 오히려 점점 더 바쁘게 춤을 추어 댔다. 순간 모든 것이 조용해졌다.

"문을 열어 주지 않는구나." 그레고르는 부질없는 희망을 안고 혼잣말을 했다. 하지만 하녀는 당연히 평소처럼 야무진 걸음걸이로 현관으로 가서 문을 열어 주었다. 그레고르는 방문객의 첫 인사말을 듣는 것만으로 바로 그가 누구인지 알았다. – 바로 지배인이었다. – 왜 그레고르만 유독 조금만 지각해도 곧장 무슨 큰일이 난 듯이 의심을 해 대는 이런 회사에서 일할 팔자를 타고 난 것일까? 직원들은 모두 예외 없이 룸펜들이고, 그들 중에는 아침 한두 시간 회사를 위해 일하지 않았다고 양심의 가책으로 바보가 되고, 곧장 침대에서 일어날 수도 없게 되어 버린 그런 충성스런 사람은 아무도 없단 말인가? 이런 귀찮은 조사가 필요하다면, 견습생에게 알아보게 해도 충분하지 않은가, 그런데 지배인이 직접 와야 했을까, 그리고 아무 잘못도 없는 온 식구들에게 이렇게 이런 의심스런 일의 조사가 지배인의 판단에만 맡겨질 수 있음을 보여 주어야만 했을까? 제대로 된 어떤 결단의 결과라기보다는 오히려 이런 생각을 하다 보니 흥분해서 그레고르는 온 힘을 다해 침대에서 몸을 던졌다. 부딪히는 소리가 났지만, 아주 큰 소리는 아니었다. 카펫 때문에 떨어지는 것이 많이 약화되었고, 등도 그레고르가 생각했던 것보다 유연했다. 그래서 거의 주의를 끌지 못할 정도의 둔한 소리가 났을 뿐이었다. 다만 머리에 충분히 주의를 기울이지 못해서 머리가 부딪히고 말았는데, 머리를 돌리자 머리가 양탄자와 닿을 때 불쾌하고 고통스러웠다.

"저 안에서 뭔가 떨어졌어요."

왼쪽 옆방에서 지배인이 말했다. 그레고르는 지배인에게도 한 번쯤 오늘 그에게 일어난 것과 비슷한 일이 일어날 수 있지 않았을까 생각해 보았다. 그럴 가능성이야 인정할 수밖에 없지. 하지만 이 질문에 대해 설익은 대답이라도 하듯이 지금 옆방에 있는 지배인이 몇 걸음을 걸어서 번쩍이는 부츠로 삐걱삐걱 소리를 냈다. 오른쪽 옆방에서 여동생이 그레고르가 알아들을 수 있도록 조용히 이야기했다.

"오빠, 지배인이 왔어."

"알고 있어." 그레고르가 말했다. 하지만 누이가 그것을 들을 수 있을 만큼 크게 목소리를 높여 보지는 못했다.

"그레고르." 이번에는 왼쪽 옆방에서 아버지가 말했다. "지배인님이 오셔서 네가 왜 새벽차를 타지 않았는지 알아보고 있다. 우리가 무어라 대답을 해야 할지 모르겠구나. 어쨌든 지배인님이 너와 직접 이야기하려고 하니까, 문을 좀 열어. 방이 어지러운 것쯤은 양해하실 분일 거야."

"안녕하세요, 잠자 씨." 그사이 지배인이 친절하게 말했다. "몸이 좋지 않은가 봐요."

아버지가 문 앞에서 이야기를 하고 있는 동안 어머니가 지배인에게 말했다.

"몸이 좋지 않은 거예요, 제 말을 믿어 주세요, 지배인님. 그렇지 않고서야 어떻게 그레고르가 기차를 다 놓치겠어요! 그레고르는 머릿속에 회사 일 외에는 아무것도 없는 사람이에요. 밤에도 외출하는 법이 없어 제가 다 화가 날 지경이지요. 요즈음도 일주일 내내 시내에 나갔지만 저녁에는 꼭 집에 있었어요. 저기 책상에 앉아서 조용히 신문을 보거나 기차 시간표를 살펴보곤 했지요. 격자 세공(格子細工)을 하며 시간을 보내는 게 저 아이에게는 휴식이지요. 어떤 때는 이삼일 저녁 내내 조그만 격자 하나를 새겼는데, 그게 얼마나 예쁜지 지배인님도 놀라실 거예요. 저기 방 안에 걸려 있으니까 그레고르가 문을 열면 곧 보시게 될 겁니다. 아무튼 지배인님이 계셔서 다행입니다. 우리만으로는 그레고르가 문을 열게 하지 못할 것 같아요. 그레고르가 고집이 좀 세거든요. 아침에 그렇지 않다고 하긴 했지만 몸이 좋지 않은 게 분명해요."

"곧 가요." 그레고르가 천천히 신중하게 말했다. 그리고 대화 한마디 놓칠까 꼼짝도 하지 않고 있었다.

"부인, 저도 상황을 달리 설명할 수는 없군요." 지배인이 말했다. "심각한 일이 아니기를 바랍니다. 달리 말씀드리지 않을 수 없는 것은 우리 같은 회사 사람들은 – 싫든 좋든 – 약간의 불편쯤은 대개 회사를 생각해서 쉽게 극복해야 한다는 것입니다."

"지배인님이 이제 네 방으로 들어가셔도 되겠니?" 안달이 난 아버지가 다시 문을 두드리면서 말했다.

"안 됩니다." 그레고르가 말했다.

왼쪽 옆방에는 고통스런 정적이 흘렀고, 오른쪽 옆방에서는 누이가 흐느껴 울기 시작했다.

누이는 왜 다른 쪽으로 가지 않았을까? 지금에야 막 자리에서 일어나 아직 옷도 갈아입지 않은 게로군. 그런데 도대체 왜 우는 거야? 그가 일어나지 않고 지배인을 가 버리게 하고, 일자리를 잃을 위험에 몰리고, 마침내 사장이 옛날 빚을 가지고 다시 부모를 괴롭힐까 봐서 그러는 건가? 하지만 당분간은 그런 걱정할 필요가 없지. 아직 여기 그레고르가 있고, 가족을 떠날 생각이라곤 눈곱만큼도 하지 않으니까. 그는 잠시 카펫 위에 누워 있었다. 그의 상태를 안다면 어느 누구도 진지하게 지배인을 들여보내라고 요구하지 않을 터였다. 아무튼 나중에야 쉽게 적당한 변명이 찾아질 이 약간의 불손함을 이유로 그레고르를 당장 바로 내칠 수는 없을 것이다. 그리고 그레고르에게는 지금 울거나 설득하는 것으로 그를 괴롭히는 것보다는 그냥 가만 쉬게 내버려 두는 것이 훨씬 분별 있는 행동일 것 같아 보였다. 하지만 상황은 불확실했고, 그래서 다른 사람들은 압박감을 느끼고 그런 처신을 할 수밖에 없었다.

"잠자 씨." 지배인이 이번에는 좀 높은 소리로 소리쳤다.

"무슨 일이 있는 거요? 당신은 방에 바리케이드를 쳐 놓고는 그저 '예, 아니오.'라고만 대답하면서 부모님께 불필요한 걱정을 끼치고, 또 – 이건 별도로 하는 말이지만 – 전혀 들어 보지 못한 방식으로 회사의 의무를 지체하고 있잖아요. 나는 지금 당신의 부모님과 사장님의 이름으로 말씀드리는 바, 간단하고 분명한 설명을 엄숙하게 요청

합니다. 놀라워요, 놀라워. 나는 당신을 아주 조용하고 합리적인 사람으로 알고 믿어 왔는데, 지금 갑자기 당신은 아주 특별한 성향을 보이기 시작하려는 것 같군요. 오늘 아침 사장님께서 당신의 태만에 대한 가능한 설명을 암시하긴 했지만 – 얼마 전부터 당신에게 맡겨진 수금에 관한 것입니다. – 나는 정말 나의 명예를 걸고 그 설명은 맞지 않을 것이라고 말씀드렸습니다. 하지만 지금 당신의 이해할 수 없는 고집을 보고 이제 당신을 위해 조금이라도 변호해 볼 생각을 갖지 않게 되었습니다. 당신 자리는 아주 고정된 것이 아닙니다. 원래 이 모든 것을 둘이서 서로 마주 보고 이야기할 생각이었는데, 당신이 쓸데없이 내 시간을 허비하게 하니까 이제 당신 부모님도 그것을 듣지 않아야 할 이유가 없다는 생각이 드는군요. 지난 분기 당신의 업적은 만족스럽지 못했어요. 특별히 장사가 잘 되는 계절이 아니라는 것은 우리도 알고 있지요. 그렇지만 아예 장사가 안 되는 계절은 없다는 것을, 잠자 씨, 잊어서도 안 되지요."

"그렇지만 지배인님." 그레고르가 당황해서 소리쳤다. 흥분해서 다른 일들은 모두 잊어버렸다.

"그래요, 당장, 바로 문을 열지요. 몸이 좀 불편하고, 현기증이 나서 일어나기가 힘들어서 그래요. 저는 아직 침대에 누워 있어요. 하지만 지금 곧 다시 좋아질 거예요. 바로 자리에서 일어날게요. 잠시만 기다려 주세요! 아직 생각처럼 잘 되지는 않는군요. 그래도 벌써 좀 좋아졌어요. 어떻게 이런 일이 한 사람에게만 일어날 수가 있지요! 어제 저녁만 해도 아주 멀쩡했어요. 부모님께서 아세요. 어쩌면 어제 저녁에 이미 조짐이 좀 있었던 게 맞을지 모르겠군요. 누군가 좀 살펴보게 했더라면 좋았을 것 같네요. 제가 왜 회사에 알리지 않았을까요! 사람들은 대개 꼭 집에서 쉬지 않고도 병을 이길 수 있다고 생각하잖아요. 지배인님! 우리 부모님을 생각해 주세요! 지배인님께서 지금 저에 대해 말씀하신 비난은 당치가 않습니다. 제게 그에 대해 한마디도 한 사람이 없습니다. 지난번 제가 보내 드린 계약을 읽지 않으신 것 같군요. 아무튼 8시 기차로 외근을 떠나겠습니다. 두어 시간 쉬면 회복될 겁니다. 너무 신경 쓰지 마십시오, 지배인님. 제가 알아서 곧 일을 하겠습니다. 그러니 부디 너그러운 마음으로 그렇게 말씀하시고 또 사장님께 저의 안부 잘 전해 주십시오."

자기가 무슨 말을 하는지도 모를 만큼 급하게 이 모든 말을 내뱉으면서 그레고르는 서랍장으로 다가가서 거기 몸을 기대고 일어서 보려고 했다. 앞서 침대에서 했던 운동 덕분인지 어렵지 않았다. 그는 실제로 문을 열고 자신의 모습을 보여 주면서 지배인과 이야기를 나누려고 했다. 그레고르는 지금 자기를 보고 싶어 하는 사람들이 자기 모습에 대해 무슨 말을 할지 알아보고 싶었다. 그들이 놀라면, 그는 더 어쩔 것 없이 조용히 있으면 될 것이다. 그러나 그들이 모든 것을 조용히 받아들인다면, 그도 흥분할 이유가 없고, 그런 다음 서두르면 진짜 8시에 역에 도착할 수도 있을 것이다. 처음 몇 번은 매끄러운 서랍장에서 미끄러져 떨어졌지만 결국 마지막으로 몸을 한 번 흔든 끝에 꼿꼿이 설 수 있었다. 몸통 아랫부분이 타는 듯이 아팠지만 아랑곳하지 않았다. 이번에는 가까운 의자의 등받이 쪽으로 몸을 떨어뜨리고는 그 가장자리를 자신의 다리들로 움켜잡았다. 그럼으로써 이제 자기 몸을 가눌 수가 있게 되었다. 그레고르는 소리를 죽였다. 지배인이 하는 말을 들을 수가 있었다.

"한마디라도 알아들었어요?" 지배인이 부모에게 물었다. "우리를 놀리는 거 아니에요?"

"아이고." 어머니가 울면서 소리쳤다. "심하게 아프구나. 우리가 저 애를 괴롭히고 있네. 그레테! 그레테!" 하고 불렀다.

"엄마?" 다른 쪽에서 누이가 소리쳤다. 모녀는 그레고르의 방을 사이에 두고 이야기했다.

"지금 바로 의사 선생님께 가 봐야겠다. 그레고르가 아프다. 빨리 의사를 불러 오너라. 지금 그레고르가 말하는 것 들었지?"

"그건 짐승 소리였어요." 지배인이 말했다. 아주 조용한 그의 목소리 너머 어머니의 비명 소리가 들렸다.

"안나! 안나!" 아버지가 앞방을 지나 부엌을 향해 소리치면서 손뼉을 쳤다. "바로 열쇠 수리공을 불러와!"

바스락바스락 치마 스치는 소리를 내며 두 여자아이가 앞방을 가로질러 가서 – 누이는 어떻게 저토록 빨리 옷을 입었지? – 현관문을 열어젖혔다. 문이 닫히는 소리는 나지 않았다. 크게 불행한 일이 일어난 집에서 곧잘 그러듯이 문은 열어 둔 채 그대로 두었다.

그레고르는 한결 더 차분해졌다. 귀에 익숙해진 탓인지 그에게는 자기가 하는 말이 아주 또렷하게, 전보다 더 분명하게 전해졌음에도 불구하고 사람들은 그의 말을 더 이상 알아듣지 못했다. 그렇지만 사람들은 어쨌든 이제 그의 상태가 온전하지 않다는 것을 알게 되었고, 그를 도우려고 했다. 아버지와 어머니의 그 첫 지시가 가져올 확인과 안전이 그를 기분 좋게 했다. 그는 다시 인간의 범위에 포함된 느낌이 들었고, 의사와 수리공, 별로 구분할 것도 없이 이 두 사람의 훌륭하고도 놀라운 성공을 기원했다. 다가오는 결정적인 협의에서 가능한 한 맑은 목소리를 낼 수 있도록 그는 몇 번 기침을 해 보았다. 물론 애써 소리를 죽이며 그렇게 했다. 어쩌면 이 소리가 사람의 기침 소리와 다르게 날 수도 있었기 때문이다. 그건 그 자신이 결정을 내릴 수 있는 일이 아니었다. 그사이 옆방은 아주 조용해졌다. 아마 부모님이 지배인과 함께 책상에 앉아서 귓속말을 나누고 있거나 모두 문에 귀를 대고 무슨 소리가 나나 엿듣고 있는지 모를 일이었다.

그레고르는 천천히 소파와 함께 몸을 문 쪽으로 밀었다. 그리고 소파를 세워 둔 채 문으로 몸을 던져 꼿꼿이 달라붙어 서서 – 발바닥에는 접착 성분이 약간 있었다. – 잠시 동안 힘든 일로부터 휴식을 취했다. 그런 다음 입으로 자물쇠의 열쇠를 돌렸다. 유감스럽게도 이빨은 없는 것 같았지만 – 뭘로 열쇠를 움켜쥐어야지? – 턱관절은 그럴 수 있을 만큼 힘이 강했고, 그는 정말 턱관절의 힘으로 열쇠를 돌리기에 이르렀다. 그는 어쩔 수 없이 스스로도 상처를 입었는데, 이것에는 별 주의를 기울이지 못했다. 입에서 갈색의 진물이 나와서 열쇠를 타고 흘러 바닥에 떨어졌다.

"좀 들어 보세요." 옆방에서 지배인이 말했다. "열쇠를 돌리고 있어요."

그레고르에게 이 말은 큰 격려가 되었다. 모두가 응원해 주면 좋을 텐데 싶었다. 아버지도 어머니도. "그레고르, 힘내." 두 분이 소리쳐 줘야 하는데 싶었다. "계속해. 자물쇠에 꽉 잡아!" 모두 긴장한 채 그가 하는 것을 지켜보고 있다고 생각하면서 그는 쓸 수 있는 모든 힘을 다해 정신없이 열쇠를 물었다. 열쇠를 돌리는 데에 진전이 있는 만큼 그는 춤을 추듯이 자물쇠 주위를 돌았다. 이제 입으로 몸을 꼿꼿이 지탱하면서, 필요에 따라 열쇠에 매달리기도 하고 온몸의 무게를 가지고 아래쪽으로 누르기도 하였다. 마침내 철커덕 자물쇠가 열리는 맑은 소리가 그레고르의 정신을 들게 했다. 안도의 숨을 쉬며 그가 혼잣말을 했다. "열쇠 수리공이 필요 없게 됐군." 그러고는 문을 완전히 열어젖히기 위해 문의 손잡이에 머리를 얹었다.

그가 이런 식으로 문을 열어야 했기 때문에 문은 이미 제법 넓게 열렸지만 아직 그 자신은 보일 수가 없었다. 그는 천천히 문짝 둘레로 한 바퀴 돌아야 했다. 그러면서 방 안쪽 입구에 뒤로 털썩 떨어지지 않도록 조심했다. 그는 힘들게 움직이는 데 몰두하느라 다른 것에는 신경 쓸 여유가 없었다. 그때 그는 지배인이 크게 "앗!" 하고 내뱉는 소리를 들었다. 그 소리는 쏴 하고 부는 바람 소리 같았다. 그레고르는 문에서 가장 가까이 있던 지배인이 손으로 벌린 입을 막으면서 보이지 않는 어떤 힘에 쫓기기라도 하듯이 천천히 뒷걸음쳐 도망가는 것을 보았다. 어머니는 – 지배인이 있는데도 어젯밤 풀어서 위로 뻗쳐 있는 머리를 한 채 거기 서 있었는데 – 먼저 두 손을 모은 채 아버지를 쳐다본 다음, 두 걸음 그레고르에게 다가서더니 사방으로 펴

진 치마 한가운데 주저앉아 버렸다. 얼굴은 가슴 앞으로 숙여 보이지가 않았다. 아버지는 그레고르를 방 안으로 되몰아 넣으려는 듯이 적의를 담은 주먹을 불끈 쥐어 보이더니 어정쩡하게 거실을 이리저리 둘러보다가 손으로 눈을 가리고는 그 힘찬 가슴이 들썩거리도록 흐느껴 울었다.

그레고르는 방에 들어서지 않고 단단히 걸려 있는 문짝 안쪽에 기대고 있었다. 그래서 몸통의 반과 그 위로 옆쪽으로 기운 머리만 보였는데, 그는 그런 모습으로 다른 사람들을 건너다보았다. 그사이 날이 많이 밝아져서 길 건너편으로 마주 보고 길게 선 잿빛 건물들의 한 쪽이 – 그것은 병원이었다. – 선명하게 보였다. 건물에는 엄격하게 전면을 규칙적으로 가르는 창문이 나 있었다. 비가 내리고 있었다. 방울이 커서 하나하나가 제대로 보이면서 땅으로 따로따로 떨어지는 빗방울이었다. 아침 식사를 마친 식기가 식탁 위에 수북이 쌓여 있었다. 아버지에게 아침 식사는 하루의 가장 중요한 식사였다. 몇 종류의 신문을 읽느라 몇 시간 연장시키기 일쑤였기 때문이다. 바로 맞은편 벽에는 군대 시절 그레고르의 사진이 하나 걸려 있었다. 소위 때 찍은 것으로, 손에 칼을 든 채 태평스레 웃으면서 자신의 자세와 제복에 대한 존경을 요구하는 모습이었다. 현관 쪽 문이 열려 있었고, 또 현관도 열려 있었기 때문에 집의 앞마당 쪽, 그리고 아래로 이어진 계단의 첫 부분도 보였다.

"자."

그레고르는 말했다. 그는 자신이 평정을 유지하고 있는 유일한 사람이라는 것을 잘 알고 있었다.

"바로 옷을 입고, 견본을 싸서 떠나겠습니다. 여러분들 모두 제가 떠나게 해 주시겠죠? 자, 지배인님, 보시다시피 저는 고집불통이 아니라 일하기를 좋아하는 사람입니다. 외근이 힘이 들긴 하지만 그러지 않으면 제가 살아갈 수가 없거든요. 지배인님은 어디로 가십니까? 회사? 그렇죠? 모든 것을 사실 그대로 보고하실 겁니까? 우리는 잠시 일을 하지 못할 수 있지만 이때야말로 이전의 성과를 기억하고 나중에 어려움을 제거한 다음 더욱 부지런히 그리고 집중해서 일을 하게 될 것을 다짐하는 그런 시간이지요. 저는 사장님께 은혜 입은 바가 많습니다. 그건 지배인님도 잘 아시지요. 다른 한편으로 저는 부모님과 누이를 보살피고 있습니다. 저는 지금 몹시 어려운 처지에 있지만 다시 또 벗어나게 될 겁니다. 저를 지금보다 더 힘들게 하지는 말아 주십시오. 회사에서 제 편이 되어 주십시오! 사람들은 외근하는 사람을 좋아하지 않지요. 저도 압니다. 외근하는 사람은 큰돈을 벌고 호화로운 생활을 한다고 생각합니다. 이런 판단을 내릴 특별한 이유가 있는 것도 아닌데 말입니다. 하지만 지배인님은 그런 사람과 달리 상황을 더 잘 알고 계시잖아요. 그래요, 믿고 드리는 말씀입니다만 사장님보다도 오히려 더 잘 알고 계시지요. 사장님은 사업가의 특성대로 곧잘 직원들에게 불리한 쪽의 판단에 현혹되고 말거든요. 지배인님은 거의 일 년 내내 회사 밖에서 활동하는 외근자는 쉽게 뜬소문이나 우연한 사건, 근거 없는 불평의 희생자가 될 수 있다는 것도 잘 알고 계시지요. 그런 것에 대해 거의 아는 것도 없거니와 완전히 탈진해서 외근을 마치면 집에서는 육체적으로 열악한, 근거에 대해서 더 이상 살펴볼 수 없는 그런 상태에 이르고 말기 때문이죠. 지배인님, 한 말씀도 하지 않고 그냥 가시지는 마십시오. 최소한 조금이라도 제게 호의적이라는 것을 보여 주는 한 말씀을 해 주십시오!"

그러나 지배인은 그레고르가 말을 시작했을 때 이미 방향을 돌려 버렸고, 어깨를 으쓱하고 입술을 위로 말아 올린 채 그레고르 쪽으로 돌아보았다. 그리고 그레고르가 말하는 동안 잠시도 가만히 있지 않고, 시야에서 그레고르를 놓치지 않으면서 아주 천천히 문 뒤로 몸을 빼고 있었다. 마치 방을 떠나라는 비밀스런 금지령이 내려 있기라도 한 것 같았다. 그는 어느새 현관으로 가 있었다. 거실에서 마지막으로 발을 빼내는 갑작스런 동작을 본 사람들은 그의 발바닥에 불이 났겠구나 하고 생각했을 정도였다. 현관에서 그는 마치 거기 바로 천국의 구원자가 기다리고 있기라도 한 듯 계단 쪽으로 오른손을 뻗었다.

그레고르는 어떻게든 지배인이 이런 기분으로 돌아가게 해서는 안 된다는 것을 알고 있었다. 회사에서의 자기 자리가 아주 위험해지지는 않는다 하더라도 그럴 수는 없는 일이었다. 부모는 이 모든 것을 제대로 잘 이해하지 못했다. 오랫동안 그레고르가 평생 이 회사에서 월급을 받을 것으로 생각해 온 데다가 지금 당장의 걱정에 사로잡혀 앞일을 생각할 여유를 잃어버렸던 것이다. 그러나 그레고르는 앞날에 대한 생각을 놓치지 않았다. 지배인을 잡고, 진정시키고, 설득하고 마침내 이겨 내야 했다. 그레고르와 가족의 미래가 거기에 달려 있었다. 누이가 있으면 좋을 텐데! 그 아이는 영리해서, 그레고르가 조용히 누워 있었을 때 이미 흐느껴 울었지. 그리고 어쩌면 지배인은 여자를 좋아해서 그 애의 영향을 받을지 몰라. 걔가 현관문을 닫고 현관을 닫고 그가 이 끔찍한 일을 못하게 말리면 좋을 텐데. 하지만 누이는 지금 여기에 없다. 그레고르 스스로 처리해야만 했다.

그는 이제 자기가 몸을 제대로 움직이지 못한다는 것은 생각하지 않고, 또 어쩌면 아니 분명 아무도 자기 말을 알아듣지 못하리라는 것은 생각하지 않고 문짝을 벗어나 몸을 드러내고, 지배인에게 다가가려고 했다. 지배인은 이미 우스꽝스러운 모습으로 앞마당의 손잡이를 두 손으로 잡고 있었고, 그레고르는 바로 멈출 곳을 찾아서 작은 소리를 지르며 많은 다리로 뛰어내렸다. 아무 일도 일어나지 않았다. 그레고르는 오늘 아침 처음으로 육체적인 편안을 느꼈다. 다리가 몸통 아래에서 바닥을 지탱해 주었으며, 스스로 기뻐할 만큼 완전하게 뜻대로 움직였다. 심지어 그가 가려고 하는 방향으로 가려고 힘을 써 주었다. 그는 이제 모든 괴로움이 곧 완전히 회복될 것이라고 생각했다. 하지만 그가 움직임을 멈추기 전 몸을 약간 흔들며 어머니로부터 그리 멀리 떨어지지 않은 곳에서 바로 어머니의 맞은편에 자리를 잡은 바로 그 순간 조용히 생각에 잠겨 있던 어머니가 화들짝 놀라 팔을 벌리고 손가락을 뻗은 채 껑충 뛰면서 소리쳤다. "사람 살려, 아이고 사람 살려!" 어머니는 그레고르를 좀 더 잘 보려고 머리를 숙였지만 앞뒤 맞지 않게 무의식적으로 뒤로 달아났다. 뒤에 식기들이 가득한 식탁이 있다는 것도 잊고 거기 이르자 정신없이 급하게 그 위에 앉아 버렸다. 옆에 뒤집힌 주전자에서 커피가 흘러 카펫에 쏟아지는 것도 모르는 것 같았다.

"어머니, 어머니."

그레고르가 나직이 부르면서 어머니를 쳐다보았다. 지배인은 잠시나마 완전히 그에게서 잊혀졌다. 그러면서도 그는 자제하지 못하고 자꾸 흘러내리는 커피의 모습을 보며 허공에다 몇 번이고 입을 넙죽거렸다. 어머니가 다시 소리를 지르며 탁자에서 도망쳐 맞은편에 있는 아버지의 팔에 안겼다. 그러나 그레고르에게는 부모님을 생각할 시간이 없었다. 지배인이 벌써 계단까지 가 있었다. 턱을 손잡이에 댄 채 그는 마지막으로 뒤를 돌아보았다. 그레고르는 가능한 한 그를 불러오기 위해 돌진했다. 지배인이 뭔가를 예감하고 몇 계단을 뛰어 도망쳐 버렸다.

"휴!"

그가 내지른 소리가 온 계단을 울렸다. 지배인이 도망치자 지금까지 비교적 잘 참고 있던 아버지가 완전히 평정심을 잃어버린 것 같았다. 스스로 지배인을 쫓아가거나 최소한 그레고르가 쫓아가는 것을 가로막지는 않고, 오른손에는 지배인이 모자와 외투와 함께 의자 위에 두고 간 지팡이를 들고, 왼손에는 탁자 위의 신문을 집어 들었다. 그러고는 발을 구르면서 지팡이와 신문을 휘둘러 그레고르를 방 안으로 몰아넣으려 했다. 그레고르가 아무리 사정해도 소용이 없었다. 어떤 부탁도 이해가 되지 않았던 것이다. 그레고르는 힘없이 머리를 돌렸고, 아버지는 더 강하게 발을 굴렀다. 건너편에서는 어머니가 추운 날씨에도 창문을 열어젖히고 밖으로 몸을 내민 채 창문 밖에서 손으로 얼굴을 감쌌다. 골목길과 계단 사이로 강한 골바람이 일어서 창문 커튼을 열어젖히고, 탁자 위의 신문을 날려 버렸다. 신문지가 따로따로 바닥에 흩날렸다. 아버지는 무자비하게 밀어붙이며 야만인처럼 치치 소리를 냈다. 하지만 아직 그레고르는 뒷걸음 연습을 하지 않아서 아주 천천히 움직였다. 그레고르가 몸을 돌리도록 내버려두었으면 바로 방 안으로 갔을 터였다. 하지만 몸을 돌리면서 시간을 지체하다가 아버지를 조급하게 만들어 한 순간 아버지 손의 지팡이에 죽도록 등이나 머리를 얻어맞지나 않을까 겁이 났다. 그래서 그는 계속 불안한 마음으로 아버지를 곁눈질하면서 가능한 한 잽싸게 한다고 했지만 실제로는 아주 천천히 몸을 돌리기 시작했다. 아버지가 그레고르의 뜻을 알아챈 것 같았다. 그런 그레고르를 방해하지 않고, 오히려 멀리서 지팡이 끝으로 이리저리 방향을 지시해 주었다.

아버지의 저 참기 어려운 치치 소리만 없으면 좋겠는데! 그레고르는 그 때문에 아주 정신이 없었다. 그는 이제 거의 완전히 방향을 돌렸다. 그사이 바로 이 치치 소리를 따르느라 방향을 잃기도 하고 다시 한 번 더 돌기도 했다. 그런데 그가 마침내 머리를 문 입구에 두기에 이르렀지만 계속해서 지나가기에는 몸통이 너무 넓었다. 물론 지금의 아버지 상태로는, 그레고르에게 충분한 통로를 만들어 주기 위해 문짝을 하나 더 열 생각이 날 리가 없었다. 아버지의 확고한 생각은 그저 그레고르를 가능한 한 빨리 방에 집어넣어야 한다는 것이었다. 기운을 차린 다음 그렇게 문을 통과하기 위해 그레고르에게 필요한 준비는 전혀 허락하지 않을 것이었다. 오히려 아버지는 아무런 장

애도 없는 것처럼 그레고르를 지금 그 이상한 소리를 내며 앞으로 몰아 댔다. 그레고르 뒤에서 들리는 그 소리는 더 이상 아버지의 목소리가 아니었다. 이제 정말 아무런 위안이 없었다. 그레고르는 – 어떻게 되든 – 문으로 돌진해 갔다. 몸의 한쪽이 들려졌고, 그는 문 입구에 비스듬히 누운 자세가 되었다. 한쪽 옆구리가 완전히 까져서 상처가 났고, 하얀 문에 흉한 얼룩이 남았다. 그는 바로 몸이 끼이고 말았는데, 혼자서는 움직일 수가 없었다. 한쪽의 다리들이 공중에서 바들거리고 있었고, 다른 쪽 다리들은 고통스럽게 바닥에 짓눌려 있었다. 그때 아버지가 그의 뒤에서 정말 결정적으로 강하게 한 방을 날렸다. 그는 심하게 피를 흘리면서 자신의 방 안으로 날아갔다. 지팡이로 쾅 쳐서 문이 닫혔고, 마침내 아주 조용해졌다.

누이가 연주를 시작했다. 아버지와 어머니는 각자 자기 자리에 앉아서 주의 깊게 그녀의 손놀림을 바라보았다. 연주에 이끌린 그레고르도 과감하게 조금씩 앞으로 나아가더니 어느새 머리가 거실에 들어가 있었다. 그는 최근 자신이 다른 사람을 거의 생각하지 않고 있는 데도 별 마음을 쓰지 않았다. 전에는 남을 배려하는 것이 그의 자랑이었다. 게다가 바로 지금이야말로 자신을 숨겨야 할 많은 이유가 있었는데도 말이다. 자기 방 곳곳에 널려 있으면서 작은 움직임에도 피어오르는 먼지 때문에 그는 완전히 먼지에 덮여 있었고, 실, 머리카락, 음식 찌꺼기 등을 등과 몸통 주변에 온통 묻히고 다녔던 것이다. 모든 것에 대한 그의 무관심은 너무 커져서 그는 전에 낮에 몇 번 그랬던 것처럼 등을 대고 누워서 카펫에 몸을 문질러 닦을 것 같지도 않았다. 이런 상태에도 불구하고 그는 스스럼없이 거실의 깨끗한 바닥에 몸을 들여놓았다.

하지만 아무도 그에게 신경을 쓰지 않았다. 가족은 모두 바이올린 연주에 빠져 있었다. 그러나 하숙생들은 그렇지 않았다. 그들은 바지 주머니에 손을 넣은 채, 악보를 볼 수 있을 만큼 누이의 악보대 바로 뒤에 자리를 잡고 있었는데, 이것이 분명 누이에게 방해가 되었을 정도였다. 그들은 곧 고개를 숙이고 낮은 소리로 대화를 나누면서 창문 쪽으로 물러나더니 아버지의 주의를 끌면서 그곳에 머물렀다. 아름답고 즐거운 바이올린 연주를 들을 것으로 생각했던 기대를 접고, 이제 앞부분 연주에 만족하면서 그저 예의상 조용한 분위기를 방해하지 않고 있는 것 같은 그런 모습이었다. 특히 코와 입으로 담배 연기를 뿜어 대는 것으로 보아 화가 나 있는 것도 같았다. 하지만 누이는 아주 잘 연주했다. 그녀의 얼굴은 옆으로 숙여져 있었고, 그녀의 눈길은 진지하고 또 슬프게 한 줄 한 줄 악보를 따라 내려갔다. 그레고르는 좀 더 앞으로 기어가서는 누이의 눈길과 마주칠 수 있도록 머리를 바짝 바닥에 붙였다. 음악에 이렇게 감동하는 데도 그가 짐승일까? 그는 마치 남모르는 먹이로 가는 길을 본 것 같은 그런 모습이었다. 그는 누이에게 다가가서 그녀의 치마를 당기면서 아무도 자기만큼 그녀의 연주에 응답해 주지 않으니까 바이올린을 들고 자기 방으로 오는 게 낫겠다고 전해 주기로 결심했다. 그는 그녀가 최소한 자신이 살아 있는 동안은 자기 방에서 나가지 않게 할 참이었다. 그의 끔찍한 모습이 우선은 도움이 될 것이었다. 모든 방문을 동시에 지키면서 공격자에게 쉭쉭 소리를 내며 맞대응할 생각이었다. 하지만 누이에게 강요해서는 안 되고 자발적으로 그의 방에 머물도록 해야 할 것이다. 그녀는 그의 옆 소파에 앉아서 그의 말에 귀를 기울일 것이고, 그러면 그는 자신이 그녀를 음악원에 보낼 확고한 생각을 갖고 있었고, 그사이 불행한 일만 없었다면 지난 크리스마스 때 – 벌써 크리스마스가 지났던가? – 이런저런 반대는 무시하고 모두에게 이런 생각을 말했을 것이라고 털어놓을 것이었다. 이 설명에 누이는 감동의 눈물을 흘릴 것이고, 그레고르는 누이의 어깨까지 올라가 회사에 다니면서부터 리본이나 칼라를 하지 않고 있는 그녀의 목에 입을 맞춰 줄 생각이었다.

"잠자 씨!"

가운데 하숙생이 큰 소리로 아버지를 불렀다. 그러고는 아무 말 없이 집게손가락으로 천천히 앞으로 움직이고 있는 그레고르를 가리켰다. 바이올린은 멈추었고, 가운데 하숙생이 고개를 흔들며 친구에게 웃음을 지어 보내고는 다시 그레고르를 내려다보았다. 하숙생들은 전혀 흥분하지 않았고, 바이올린 연주보다 그레고르가 더 흥미롭다는 듯한 모습이었지만, 아버지는 그레고르를 쫓는 것보다 하숙생들을 안심시키는 것이 더 필요하겠다고 생각한 것 같았다. 그는 서둘러 하숙생들에게 다가가서 팔을 벌린 채 방으로 그들을 밀어 넣으면서 그들이 그레고르를 보는 것을 몸으로 막았다. 그들은 그때 좀 화를 내었는데, 그것이 아버지의 행동 때문인지 아니면 옆방에 그레고르르 같은 것이 있었다는 것을 모르고 있었구나 하고 지금 막 든 생각 때문인지 알 수는 없었다. 그들은 아버지에게 설명을 요구했다. 두 팔을 들고, 불안하게 수염을 쓰다듬었으며, 한참만에야 자신들의 방으로 물러났다. 그러는 동안 누이는 갑자기 연주를 중단하면서 빠져 든 당황스러운 상태에서 벗어났다. 그녀는 한참 손으로 편안하게 바이올린과 현을 잡은 채 마치 연주 중인 듯이 계속 악보를 바라보더니 퍼뜩 정신을 차리고는 호흡이 곤란한 듯 숨을 몰아쉬며 의자에 앉아 있던 어머니의 무릎에 악기를 놓고는 아버지에게 떠밀린 하숙생들이 들어가던 옆방으로 달려갔다. 누이가 숙련된 손길로 침대 위에 이불과 베개를 정돈하는 모습이 보였다. 남자들이 모두 방에 들어오기 전에 누이는 침대 정리를 마치고 방을 나왔다. 아버지는 한쪽 생각에 빠져 평소 하숙생들에게 품고 있던 존경심을 잊어버린 것 같았다. 계속 하숙생을 밀어붙이다가 마침내 방문 안에 이르렀을 때 가운데 남자가 큰 소리로 발을 구르면서 아버지를 멈추게 했다.

"말씀드리겠습니다."

팔을 들어 올리고 어머니와 누이를 찾으면서 그가 말했다.

"저는 이 집과 가족에 퍼져 있는 역겨운 분위기를 생각해서" – 이렇게 말하고 그는 단호하게 바닥에 침을 뱉었다. – "당장 내 방을 해약합니다. 내가 여기서 살았던 기간에 대해서는 당연히 한 푼도 지불하지 않을 것입니다. 오히려 나는 쉽게 제기될 수 있는 어떤 요구를 가지고 – 나를 믿어 주시기 바랍니다. – 당신들을 상대할까 생각해 볼 것입니다."

그는 입을 닫고 뭔가를 기다리는 듯이 앞을 응시했다. 그리고 곧바로 그의 두 친구의 말이 이어졌다.

"우리도 당장 해약하겠소."

그러고는 문고리를 잡고 쾅 소리가 나게 문을 닫았다.

아버지는 손을 더듬으면서 비틀비틀 소파로 다가가서 털썩 몸을 뉘었다. 습관이 된 초저녁잠에 빠져 늘어진 것처럼 보였지만 머리를 쉼 없이 끄덕이는 것으로 그가 전혀 잠을 자고 있지 않음을 보여 주었다. 그레고르는 내내 하숙생들이 그를 알아보았던 그 바닥에 조용히 누워 있었다. 자기 계획이 실패한 것에 대해 실망하고, 또 어쩌면 너무 배가 고파 힘이 빠져서 더 이상 움직일 수가 없었다. 그는 다음 순간에 대한 확신을 가지고 이제 그에게 한꺼번에 닥쳐올 몰락을 걱정하였고, 또 기다렸다. 어머니의 손가락이 떨려 바이올린이 무릎에서 떨어지는 바람에 울리는 소리가 났지만 이조차도 그를 놀라 일어나게 하지 못했다.

"아버지, 어머니."

누이가 말했다. 손으로 식탁을 두드리면서 말을 이었다.

"이렇게는 더 갈 수가 없어요. 어머니, 아버지는 모르실지 몰라도 제게는 뻔히 보여요. 저는 이제 이 벌레 앞에서 오빠 이름을 부르지 않겠어요. 그래서 말씀인데, 우리 이것을 치워 버리기로 해요. 보살피고 참고 하는 인간적으로 가능한 것은 다 해 왔잖아요. 누구도 우리를 비난할 수 없다고 생각해요."

"저 애 말이 천만 번 옳아." 아버지가 혼잣말을 했다.

아직도 제대로 숨을 돌리지 못한 어머니는 두 손을 앞으로 올린 채 정신없는 눈빛을 한 채 심한 기침을 시작했다.

누이는 서둘러 어머니에게 가서 이마를 받쳤다. 아버지는 누이의 말을 듣고 보다 확실한 생각을 하게 된 것 같았다. 꼿꼿이 몸을 세우고 앉은 채 하숙생들의 저녁 식사 때부터 식탁에 놓여 있던 접시 사이에 있는 자신의 모자를 만지작거렸다. 그러면서 이따금 그레고르를 내려다보았다.

"우린 저걸 치워야 해요." 누이가 이제 어머니가 기침을 하느라 아무것도 듣지 못하니까 단호하게 아버지께 말했다. "이게 두 분의 목을 조르고 있어요. 제가 보기에는 그래요. 우리 모두 이렇게 힘들게 일을 하면서도 집에서 또 이렇게 끝도 없는 고통을 견딜 수는 없잖아요. 저는 더 이상 그럴 수 없어요."

그리고 그녀는 울음을 터뜨렸다. 그녀의 눈물이 어머니의 얼굴에 떨어졌다. 어머니는 기계적인 손놀림으로 그 눈물을 닦았다.

"얘야." 아버지가 측은하게 한결 이해하는 목소리로 말했다. "하지만 우리가 어떻게 해야 되겠니?"

누이는 아까의 확신과 달리 울면서 느낀 혼란의 표현으로 어깨를 으쓱해 보였다.

"재가 우리가 하는 말을 알아들을까." 아버지가 의심스레 말했다. 누이는 울음을 그치고 손을 흔들며, 그런 것을 생각할 필요가 없다는 표시를 했다.

"재가 우리가 하는 말을 알아들으면." 아버지는 다시 한 번 같은 말을 하고, 눈을 감는 것으로써 그럴 수 없다는 누이의 확신을 마음에 담았다. "그러면 저 애와 합의하는 것도 가능할 텐데. 하지만 그게……."

"치워야 해요." 누이가 소리쳤다. "그게 유일한 방법이에요, 아버지. 저게 오빠라는 생각을 버리세요. 우리가 계속해서 그렇게 생각하는 것이 바로 우리의 불행이에요. 하지만 저게 어떻게 오빠일 수가 있어요? 저게 오빠라면 벌써 오래전에 사람과 저런 짐승이 함께하는 것이 가능하지 않다는 것을 알고 스스로 사라졌을 거예요. 그러면 우리는 오빠 없이 살면서 그에 대한 존경의 마음을 가질 수 있었을 거구요. 하지만 이 짐승이 우리를 쫓아다니며 하숙생을 내쫓고, 공개적으로 우리 집을 통째 차지하면서 우리는 골목에서 밤을 지새우게 하려고 한다구요. 보세요 좀, 아버지."

그녀가 갑자기 소리를 질렀다. "벌써 시작했어요!"

누이가 그레고르로서는 이해할 수 없는 공포에 질려서 어머니마저 버리고 갑자기 소파에서 일어났다. 어머니를 희생시켜서라도 그레고르 가까이에는 있지 않겠다는 듯이 서둘러 아버지 뒤로 갔다. 아버지도 그녀의 행동에 자극을 받아 자리에서 일어나 마치 누이를 보호하려는 듯이 그녀 앞으로 팔을 뻗었다.

그러나 그레고르에게는 누이는 물론이고 어느 누구도 불안하게 할 마음이 없었다. 그냥 자기 방으로 들어가기 위해 몸을 돌리기 시작했을 뿐이었다. 그게 좀 별나 보이기는 했다. 몸이 불편한 상태였기 때문에 힘들게 몸을 돌리면서 머리를 사용할 수밖에 없었는데, 머리를 몇 번이고 위로 들어 올렸다 바닥에 처박곤 했던 것이다. 그는 움직임을 멈추고 주위를 돌아보았다. 자신의 선의가 받아들여진 것 같았다. 그저 잠깐의 놀람만 있었을 뿐이었다. 이제 모두 아무 말 없이 슬픈 표정으로 그레고르를 쳐다보았다. 어머니는 두 다리를 쭉 뻗어 포갠 채 피곤한 두 눈은 거의 감고 소파에 누워 있었고, 아버지와 누이는 나란히 앉아 있었다. 누이가 손으로 아버지의 목을 감싸 안았다.

'이제 몸을 돌려도 되겠군.' 그레고르는 이렇게 생각하고 하던 일을 다시 시작했다. 그는 힘이 들어 가쁜 숨을 참을 수가 없었고, 또 드문드문 쉬어야만 했다. 이제 아무도 그를 내몰지 않았다. 모든 것이 그 자신에게 내맡겨져 있었다. 그는 몸을 완전히 돌린 다음 곧바로 직진하여 돌아오기 시작했다. 그는 자신과 방 사이를 갈라놓고 있는 엄청난 거리를 바라보았다. 조금 전 허약한 몸으로 어떻게 아무 생각도 없이 저 먼 길을 떠나 왔는지 알 수가 없었다. 계속해서 재빨리 기어가는 것만 생각하느라 가족들이 말이나 소리로 그를 제지하지 않고 있다는 데에 마음을 쓰지 않았다. 문 안으로 다 들어온 다음에 비로소 그가 머리를 돌렸다. 하지만 목이 뻣뻣해진 것 같아 완전하게 돌리지는 못했다. 아무튼 자신의 뒤쪽에는 아무것도 변한 것이 없이 누이가 일어서 있는 것을 보았다. 그의 마지막 눈길이 이제 완전히 잠이 든 어머니를 스쳤다.

그가 자기 방에 들어오자마자 누군가 잽싸게 문을 닫고 열쇠를 걸고 막아 버렸다. 그레고르는 뒤쪽의 갑작스러운 소음에 놀랐고, 다리가 접질리고 말았다. 그렇게 서둘러 문을 닫은 것은 누이였다. 꼿꼿이 선 채로 기다리고 있다가 바로 앞으로 뛰어왔던 것이다. 그레고르는 그녀가 오는 소리를 전혀 듣지 못했다. "끝이야!" 하고 자물쇠의 열쇠를 돌리면서 부모를 향해 누이가 소리쳤다.

"이제 어쩌지?"

그레고르는 자문하며 어둠 속을 둘러보았다. 그는 곧 이제는 정말 더 이상 움직일 수가 없다는 것을 알아챘다. 별로 놀라지 않았다. 오히려 그가 지금까지 이렇게 빈약한 다리로 계속 움직일 수 있었던 것이 이상하게 여겨졌다. 게다가 비교적 쾌적한 기분이 들었다. 온몸으로 고통을 느끼긴 했지만 그게 점점 더 약해져서 결국은 아주 사라져 버리기라도 할 것 같았다. 등에 박힌 썩은 사과와 부드러운 먼지로 뒤덮인 염증 부위에도 이제 아무런 느낌이 없었다. 그는 감동과 사랑으로 가족을 되새겨 보았다. 그가 사라져야 한다는 데 대한 자신의 생각은 누이의 그것보다도 훨씬 더 분명했다. 그는 시계탑이 세 번째 아침 시간을 알릴 때까지 그렇게 허전하고 평온한 성찰의 시간을 보냈다. 바깥 창문 앞에 동이 트기 시작하는 것이 보였다. 의지와 상관없이 그의 목이 아래로 숙여졌고, 콧구멍에서 힘없이 마지막 숨이 흘러나왔다.

이른 아침 파출부가 와서 — 그녀는 사람들이 종종 그러지 말아 달라고 부탁하는데도 힘차고 급하게 문을 닫아서 그녀가 오면 집 전체에서 누구도 더 이상 조용히 잠을 잘 수가 없었다. — 먼저 습관대로 잠시 그레고르의 방에 들어가 보았는데 처음에는 아무 특별한 낌새를 발견하지 못했다. 그녀는 그레고르가 의도적으로 움직이지 않고 누워서 마음이 상한 척하고 있다고 생각했다. 그녀는 그레고르의 가능한 모든 사고력을 믿어 주었다. 그녀는 마침 손에 빗자루를 들고 있었기 때문에 문에서부터 빗자루로 그레고르를 간질이려 했다. 아무런 반응이 없자 화가 난 그녀는 약간 힘을 주어 그레고르를 때려 보았다. 아무런 저항도 없이 밀려 버리는 것을 보고서야 그녀는 주의를 기울였다. 그러고는 금방 사태를 제대로 파악하고, 눈을 크게 뜨고는 휘파람을 불었다. 하지만 오래 머물지는 않고 바로 방문을 열어젖히고 큰 소리로 어둠 속으로 외쳤다.

"여기 한번 보세요, 죽었어요. 저기 누워 있는데 아주 완전히 죽었어요!"

잠자 부부는 침대에 똑바로 누워 있었다. 그녀의 큰 소리에 놀란 마음을 진정시킨 다음에야 그녀가 전하는 말을 알아챘다. 부부는 서둘러 각자의 자리에서 빠져나왔다. 잠자 씨는 어깨에 이불을 걸치고, 잠자 부인은 잠옷 바람으로 그레고르의 방으로 왔다. 그러는 사이 하숙생을 들인 다음부터는 그레테가 잠을 자던 거실의 문도 열렸다. 그레테는 옷을 그대로 입고 있었다. 창백한 얼굴로 보아 밤새 한 숨도 자지 못한 게 분명해 보였다.

"죽었다고?" 잠자 부인은 모든 것을 직접 확인해 볼 수도 있었고, 또 그렇지 않고도 알아챌 수 있었지만 그렇게 말하면서 파출부를 쳐다보았다.

"제가 보긴 그래요." 파출부가 말하면서 확인을 위해 그레고르의 시체를 빗자루로 다시 몇 번 옆으로 찔러 보았다. 잠자 부인은 빗자루를 막으려는 듯 몸을 움직였지만 그렇게 되지는 않았다.

"자아." 잠자 씨가 입을 열었다. "이제 우리 신에게 감사할 수 있겠군."

그는 성호를 그었고, 세 여인도 그의 행동을 따랐다.

그레고르의 시체에서 눈을 떼지 않던 그레테가 말했다. "보세요, 너무 말랐어요. 한참 동안 아무것도 먹지를 못했으니. 음식을 넣어 줘도 모두 다시 내놓았거든요."

사실 그레고르의 몸은 아주 납작하고 메말라 있었다. 이제 더 이상 다리를 지탱하지도 못하고 또 시선을 방해하는 아무것도 없게 되니까 사람들이 원래 그의 모습을 알아본 것이다.

"그레테, 잠깐 이리 와 봐."

잠자 부인이 씁쓸한 미소를 띠며 말했다. 그레테는 시체를 되돌아보지도 않고 부모의 침실로 갔다. 파출부는 문을 닫고 창문을 활짝 열었다. 이른 새벽이었지만 신선한 공기에는 벌써 포근한 기운이 섞여 있었다. 어느덧 3월 말이었다.

하숙생 세 사람이 방에서 나와 어리둥절해 하면서 아침 식사를 찾았다. 하지만 모두 그들을 잊고 있었다.

"아침 식사는 어디 있죠?"

가운데 하숙생이 투덜거리며 파출부에게 물었다. 그녀는 손가락을 입에다 대고, 아무 말 없이 다급하게 남자들에게 그레고르의 방에 가 보라고 손짓을 했다. 그들은 낡은 양복의 주머니에 손을 넣은 채 방으로 가서 이제 완전히 밝아진 방에서 그레고르 시체 주위를 빙 둘러섰다.

그때 침실의 문이 열렸다. 잠자 씨가 제복을 입은 채 한쪽에는 부인을 다른 쪽에는 딸을 대동하고 나타났다. 모두가 조금씩 운 것 같았다. 그레테는 이따금 아버지의 팔에 얼굴을 묻었다.

"당장 내 집에서 나가 주세요!"

잠자 씨는 여자들은 떼어 놓지 않은 채 문을 가리키며 그렇게 말했다.

"무슨 말씀을 하시는 거요?"

가운데 하숙생이 조금 당황한 듯 알랑거리는 미소를 띠며 말했다. 다른 두 명은 양손을 등 뒤로 한 채 계속 비벼 댔다. 그들에게 유리하게 돌아갈 큰 싸움의 유쾌한 결과를 기다리는 모습이었다.

"말씀드린 그대로입니다."라고 잠자 씨는 대답하고 자신의 두 대동자와 한 줄을 이루며 하숙생들 쪽으로 다가갔다. 하숙생들은 우선 머릿속으로 상황을 새롭게 정리하기라도 하는 듯이 가만히 서서 바닥을 내려다보았다.

"그렇다면 우리가 떠나지요."

그렇게 말한 다음 잠자 씨를 쳐다보았다. 새삼 공손한 태도를 취하면서 심지어 이러한 결정에 대해 새롭게 허락을 구하기라도 하는 듯한 태도였다. 잠자 씨는 눈을 크게 뜬 채 그저 몇 번 고개를 끄덕여 보였다. 그러자 그 남자는 정말 곧바로 천천히 현관으로 걸어갔다. 동료 두 사람도 잠시 두 손을 모은 채 귀 기울여 듣더니 바로 그를 따라 뛰어갔다. 잠자 씨가 그들에 앞서 현관으로 가서 자기들이 고참과 함께 가는 것을 막기라도 할까 불안해 하는 것 같았다. 현관에서 세 사람은 모두 옷걸이에서 모자를 들고, 지팡이 장에서 지팡이를 꺼낸 다음 말없이 몸을 숙여 인사하고 집을 떠났다. 아주 근거 없는 것으로 드러났지만 여전히 의심을 품고 잠자 씨는 아내와 딸과 함께 앞마당으로 나와서 난간에 기댄 채 이들 세 남자들이 천천히 그러나 쉬지 않고 긴 계단을 내려가는 모습을 바라보았다. 그들은 층이 바뀔 때마다 계단의 굴곡부에서 사라졌다가 잠시 후 다시 나타났다. 그들이 아래로 멀어져 갈수록 잠자 가족의 그들에 대한 관심도 사라져 갔다. 이제 하숙생들 모습의 맞은편으로 그리고 잠시 후에는 그들 모습의 위쪽으로 머리에 짐을 진 정육점 직원이 당당한 모습으로 올라오자 잠자 씨는 부인과 딸과 함께 곧장 난간을 떠났다. 모두 가벼운 마음으로 집으로 돌아왔다.

그들은 오늘은 휴식하며 산책을 하기로 했다. 일을 쉴 이유가 충분하고, 또 무조건 그럴 필요가 있다는 것이었다. 그래서 식탁에 앉아 세 장의 결근계를 썼다. 잠자 씨는 감독에게, 잠자 부인은 주문자에게, 그레테는 사장에게. 편지를 쓰는 동안 파출부가 아침 일이 모두 끝났으니 가겠다고 말하러 들어왔다. 세 사람은 쳐다보지도 않고 그저 고개를 끄덕였다. 하녀가 바로 떠나지 않고 있자 화난 표정으로 쳐다보았다.

"웬일이오?" 잠자 씨가 물었다.

파출부는 웃으면서 문 안쪽에 서 있었다. 마치 그녀가 가족에게 큰 행운을 줄 텐데, 이것저것 온갖 질문을 받은 다음에야 그렇게 하겠다는 듯한 모습이었다. 그녀가 일하는 동안 내내 잠자 씨가 못마땅해 했던 그 모자에 꼿꼿이 꽂혀 있는 조그마한 타조 깃이 가볍게 사방으로 흔들렸다.

"그래 무슨 볼일이 있어요?" 잠자 부인이 물었다.

파출부는 잠자 부인에게는 대단한 존경의 마음을 갖고 있었다. "그래요." 파출부가 대답했지만 친절한 미소 앞에 바로 말을 이어 갈 수가 없었다. "아, 저기, 저걸 어떻게 치워야 하나 걱정하실 필요 없다구요. 다 정리했어요."

잠자 부인과 그레테는 계속 편지를 쓰려는 듯이 각자의 편지에 고개를 숙였다. 파출부가 모든 것을 자세히 설명하기 시작하려는 것을 알아챈 잠자 씨가 팔을 뻗어 그러지 못하게 했다. 설명을 하지 못하게 되자 그녀는 자신이 몹시 바쁘다는 생각이 났고, 아주 마음이 상해 소리쳤다. "모두들, 안녕히 계세요." 그녀는 거칠게 몸을 돌리고 큰 소리가 나게 문을 닫고 집을 나가 버렸다.

"저녁에 그만두게 합시다." 잠자 씨가 말했다. 하지만 잠자 부인과 딸에게서 답을 듣지 못했다. 그녀가 그들이 겨우 얻은 평온을 깨뜨려 버린 것이 분명한 것 같았다. 모녀는 일어서 창가로 가서 한참을 서로 얼싸안은 채 서 있었다. 잠자 씨는 소파에서 그들 쪽으로 몸을 돌려 앉아서 한참 동안 말없이 그들을 쳐다보았다. 그런 다음 그가 큰 소리로 말했다.

"자, 이리 와 봐. 이제 지난 일들은 내버려 둬. 그리고 나도 좀 생각해 줘."

금방 부인이 그의 말을 따라 그에게 와서 쓰다듬어 주고는 서둘러 편지를 마무리했다.

그리고 세 사람은 함께 집을 나섰다. 몇 달째 못한 일이었다. 전차를 타고 시내의 공원으로 갔다. 그들만 타고 있던 전차에 따뜻한 햇살이 가득 들어왔다. 그들은 편안하게 각자의 자리에 등을 기대고는 미래에 대해 이야기를 나눴다. 자세히 살펴보니 미래가 아주 나쁜 것만은 아니라는 것을 알게 되었다. 그동안 서로 이것저것 자세하게 물어보지 않았던 세 사람의 일자리가 모두 아주 좋은 곳이었고, 특히 장래가 촉망되는 곳이었다. 당장의 분위기를 크게 개선하는 것은 집을 바꾸는 것으로 쉽게 이루어질 수 있을 것이다. 그들은 그레고르가 구했던 지금의 집보다 좀 작고 싸지만 더 좋은 곳에 위치한 전체적으로 더 실용적인 집을 구할 생각이었다. 그들이 그렇게 이야기를 나누는 동안 점점 더 생기를 더해 가는 딸의 모습을 보면서 잠자 씨 부부에게 거의 동시에, 그동안 두 뺨을 창백하게 만들었던 괴로움에도 불구하고 그녀가 아름답고 탐스러운 처녀로 성장을 했구나 하는 생각이 들었다. 말수를 줄이며 거의 무의식적으로 눈빛을 통해 의견을 나누면서 부부는 딸에게 씩씩한 남자를 하나 구해 줄 때가 되었구나 생각했다. 차가 목적지에 도착하자 마치 그들의 꿈과 좋은 계획을 확인이라도 해 주듯이 딸이 가장 먼저 자리에서 일어나 젊은 몸을 쭉 뻗어 기지개를 켰다.

격자 세공　바둑판처럼 가로세로를 일정한 간격으로 직각이 되게 짠 구조나 물건을 만드는 공예.

견습생　실무를 배워 익히면서 일하는 사람.

결근계　결근하게 된 사유를 적어서 내는 것. 또는 그런 서류.

골바람　골짜기에서부터 산꼭대기로 부는 바람.

내근　관공서나 회사 따위의 직장 안에서 근무하는 것.

룸펜　부랑자 또는 실업자를 이르는 말.

바리케이드　시가전에서 적의 침입을 막거나 반대 세력의 진입을 물리적으로 저지하기 위하여 설치하는 흙이나 통, 철망 따위로 길 위에 임시로 쌓은 방어 시설.

사환　관청이나 회사, 가게 따위에서 잔심부름을 시키기 위하여 고용한 사람.

성호　거룩한 표라는 뜻으로, 신자가 손으로 가슴에 긋는 십자가를 이르는 말.

야만인　미개하여 문화 수준이 낮은 사람.

진정성　거짓 없이 참된 마음이나 성질.

하렘　이슬람 국가에서 부인들이 거처하는 방으로, 가까운 친척 이외의 일반 남자들의 출입이 금지된 장소이다.

함석　표면에 아연을 도금한 얇은 철판.

1 벌레로 변하기 전에 그레고르는 가정과 직장에서 어떤 삶을 살았는지 이야기해 봅시다.

2 그레고르는 벌레가 된 직후 무엇을 가장 걱정했는지 말해 봅시다.

3 벌레가 된 그레고르를 대하는 가족들(아버지, 어머니, 누이동생)의 태도를 정리해 봅시다.

4 여러분의 삶을 상징적으로 표현하고, 그 이유를 말해 봅시다.

나는 (   )이다.

왜냐하면?

영업 사원 그레고르는 어느 날 잠에서 깨어나 자신이 벌레로 변한 것을 발견한다. 회사에 다니는 5년 동안 한 번도 앓아누운 일이 없었던 그레고르는, 벌레가 된 상태에서도 회사에 늦을 것과 사장으로부터 벼락이 떨어질 것을 걱정한다. 그레고르는 부모님이 사장한테 진 빚만 아니었다면 벌써 오래전에 회사를 집어치웠을 거라고 생각한다. 출근 시간이 다가오면서 가족들은 문을 두드리고, 회사에서 지배인이 찾아와 해고하겠다고 위협한다. 그레고르는 방 안에서 자신의 처지를 바깥에 있는 사람들에게 설명하려 하지만 다른 사람들은 그의 말을 알아듣지 못한다. 그러다 마침내 그레고르의 모습을 본 사람들은 충격에 휩싸이고, 그레고르는 아버지에게 쫓겨 피투성이가 된다.

집안의 생계를 책임졌던 그레고르가 직장을 잃자 가족들의 태도가 달라진다. 아버지는 은행 수위 일을 하고, 음악 학교에 입학할 예정이던 누이동생은 점원이 된다. 누이동생이 그레고르에게 음식을 가져다주지만 그레고르는 갈수록 구미가 당기지 않게 된다. 얼마 후 벌레로 변한 그레고르의 모습을 대면한 어머니는 놀라 기절하고, 화가 난 아버지가 던진 사과에 맞아 그레고르는 큰 상처를 입는다.

그레고르의 집안 사정은 점점 어려워져 방 하나를 하숙인들에게 빌려 주게 된다. 어느 날 저녁 식사 후에 하숙인들을 위해 누이동생이 바이올린을 연주하는데, 그레고르는 연주 소리에 이끌려 자신도 모르게 거실로 나온다. 하숙인들은 벌레를 보고 방을 해약하겠다고 하며, 이 일로 누이동생은 그레고르를 더 이상 오빠로 인정할 수 없으며 없애 버려야 한다고 주장한다. 방으로 돌아온 그레고르는 교회의 종소리를 듣고 죽음을 맞는다.

가정부에 의해 그레고르의 죽음이 확인된 후, 가족들은 잠깐 슬픔에 잠기기도 하지만 그레고르의 시체를 치우고 곧 활기를 되찾는다. 그레고르의 가족은 그날 각자 결근계를 쓰고 교외로 나가 그레고르의 죽음에도 아랑곳하지 않고 새로운 꿈에 젖어 든다.

소설은 어느 날 아침 악몽에 시달리던 그레고르가 자신이 거대한 벌레로 변했다는 것을 확인하는 낯설고 당혹스러운 상황으로 시작한다. 그레고르를 한 마리 벌레로 만든 것은 무엇일까? 자신의 생활이 지긋지긋하다고 생각하면서도, 부족한 잠이 인간을 바보로 만든다는 생각을 하면서도 가족을 부양하기 위해 어쩔 수 없이 반복해 온 일상적인 삶이 그를 벌레로 만든 것은 아닐까.
그레고르는 벌레가 됨으로써 지금까지 계속되어 온 일상의 삶에서 벗어나지만 동시에 서로 소통과 이해가 불가능한 소외 상황에 이르게 된다. 그레고르는 자부심까지 느끼며 희생을 치렀던 가족들에게 오히려 냉대와 증오의 대상이 되고, 결국 절망 속에서 죽어 간다. 이러한 그레고르의 모습은 가족과 이웃, 사회로부터 소외당한 채 살아가는 현대 사회의 인간을 생각하게 한다. 조직화한 사회 속에서 개인의 의미, 그리고 가족 간의 관계 등에 대해 많은 것을 생각하게 하는 소설이다.

태백산맥
조정래

등잔 불꽃이 그을음을 긴 꼬리로 남기며 가물가물 타고 있었다. 등잔 불빛은 온기 없는 반딧불처럼 허전하고 미약했다. 그 불빛은 세 사람이 넉넉하게 자리 잡기에도 비좁은 느낌의 방 안 어둠을 사르는 것도 힘겨운 듯싶었다. 등잔 주위만 가까스로 밝혀졌을 뿐 천장 구석구석에는 묽은 어둠이 그대로 도사리고 있었다. 그런 불빛마저 새어 나가는 것을 저어했음인지 지게문에는 남루한 이불이 무겁게 처져 있었다. 미동도 없이 바짝 쪼그리고 앉은 세 사람은 돌덩이였고, 어둠을 이겨 내지 못하는 미약한 불빛은 그들 세 사람의 그림자만을 터무니없이 크고 진하게 찍어 내고 있었다. 그들의 그림자는 세 벽을 가득가득 채운 채 불꽃이 흔들릴 때마다 괴물스럽게 일렁이고는 했다. 늪처럼 잠겨 드는 방 안의 침묵은 무슨 견고하고 무거운 물체처럼 그들을 압박하고 있었다.

윗목에 앉은 하대치는 큼큼 밭은기침을 만들어 내며 자리를 고쳐 앉았다. 자정이 넘어가고 있을 것이고, 언제까지 그렇게 앉아 있을 여유가 없었다.

하대치의 그런 몸짓의 의미는 두 사람에게 전류보다 빠르게 전달

되었고, 전등에 반짝 불이 켜지듯 확실한 반응이 나타났다. 아랫목에 앉은 노인은 허리를 꼿꼿이 세우며 방바닥에 놓인 곰방대를 더듬더듬 주워 들었다. 그 손이 완연하게 떨리고 있었다. 노인의 옆, 반닫이를 등지고 앉았던 여자는 꺾어 세운 무릎을 더 단단히 가슴팍으로 끌어안듯 하면서 윗목의 하대치에게로 눈길을 쏟아 부었다. 눈물로 젖은 그 눈길에 두려움과 초조가 엇갈리고 있었다.

"그려……." 노인은 힘겹게 말을 꺼내 놓고는 목이 타 드는지 삐쩍 마른 목을 길게 빼듯이 해서 침을 삼키고, "가면 워디로 갈 것이다냐?" 안타까운 듯이 물었다.

하대치는 얼른 대답하지 않았다. 방바닥을 내려다본 자세 그대로 한참을 앉아 있다가 마지못한 듯 대꾸했다.

"지도 잘 모르겄구만이라."

자식의 정이라곤 명주 실오라기만큼도 느낄 수 없는 그 무뚝뚝한 말을 듣자, 니가 모르면 고걸 누가 알어, 하는 호통이 목구멍을 치받쳐 올랐지만 판석 영감은 어금니를 깨물며 말을 억눌렀다. 그건 앞에 앉은 것이 자신의 말을 고분고분 듣던 옛날의 자식이 아니라는 슬픈 확인이었고 절망적인 체념이었다.

그려, 자석은 품안엣적 자석이 자석이제 몸 크고 생각 커서 품 벗어나 불먼 지 자석이 아닌 법이여. 옛말 이른 것이 틀린 디가 하나또 읎어. 한사코 아래로만 쏟아져 내리는 부정(父情)의 물줄기를 그만 돌려야 된다고 생각하며 판석 영감은 스스로를 다스리려고 애썼다. 아들을 향한 체념을 가슴에 심기 시작한 것이 결코 하루 이틀의 일은 아니었던 것이다.

스무 살 나이가 가까워질 임시부터였으니까 아들의 열 받친 행동거지는 일정(日政) 때부터 시작되어 이미 십 년이 가까워 있었다. 일본인 지주한테 대항해서 소작 쟁의를 벌이면서 아들은 가도 가도 목마르고 허기진 소작 농꾼의 길을 벗어나기 시작했다. 일반 소작 쟁의만도 삭신 녹아내릴 매타작에 콩밥 신세가 확연한 죄로 정해진 세상에서, 일본인 지주를 상대로 한 소작 쟁의가 어떤 결과를 부를지는 너무나 빤한 노릇이었다. 그것은 맨주먹으로 닛본도 휘두르는 순사한테 덤벼드는 것이나 진배없었고, 불구덩이 속으로 뛰어드는 성미 급한 나방이나 다를 바 없었다. 피 걸레가 되어 내던져진 아들을 업고 집으로 돌아오며 판석 영감은 제 살이 찢겨 나가는 아픔에 떨며 울었고, 차라리 죽지 못하고 살아 있는 목숨의 구차함이 비통해서 울었다. 축 늘어진 아들을 수십 번 추슬러 업어 가며 판서 영감은 피물림하듯 대대로 이어진 소작농의 비애와 운명을 씹었다. 대를 물리는 가난이라는 것처럼 무서운 죄가 없었고, 견디기 어려운 벌이 없었다. 아들은 그 죄를 타고나서 이제 철든 나이가 되면서 그 벌을 받기 시작하고 있는 것이었다.

"아부지, 지발 암말도 마씨요. 목심 내걸고 독립운동허는 사람들도 있는디, 뺏긴 지 밥그럭 찾아 묵는 일도 못헌더먼 고것이 무신 사내새끼다요. 그라고 우리가 허는 짓이 계란으로 바위 치기라는 것도 다 알고 있당께요. 그려도 허고 허고 또 혀야지라. 작인 없는 지주 눔들도 읎는 법잉께요."

몸져누운 아들의 눈빛은 매타작을 조금도 두려워하지 않았고, 그 소견 멀쩡함에 판석 영감은 더 할 말이 없었다. 그러나 아들이 마음을 단단히 먹을수록 몸은 멍든 옹기가 되어 가다가 끝내는 산산조각으로 깨어지고 말리라는 불안감이 먹구름으로 가슴을 덮고 있었다.

나흘째 되는 날 순사가 들이닥쳤고, 경찰서에서 하룻밤을 새운 아들은 다음 날로 기차에 떼밀려 실려졌다. 징용으로 끌려가는 것이었다. 아들과 함께 쟁의를 벌였던 소작회의 다른 열두 명도 함께였다.

"열 분 백 분 참고 또 참어야 쓴다. 목심 지키는 일이 젤 중헌 일잉께. 홀몸 아닌 니 시악씨 생각혀서라도 몸성히 돌아와야 써. 애비 말 명심혀, 알아듣겄냐?"

판석 영감은 아들의 소매를 잡아 흔들며 애타게 말했지만 아들은 아무것도 없는 하늘 그 어디를 보고 있는지 아무런 반응이 없었다. 아들은 순사에게 등을 떼밀려 기차에 오르고, 기차가 움직이기 시작해도 말 한마디 없었다. 말은 고사하고 한 번 쳐다보지도 않고 떠나가고 말았다. 기차가 산굽이를 돌아갈 때까지 맞바람이 통하는 가슴으로 서 있던 판석 영감은, 아 저것이 옛날 자식이 아니구나 하는 생각이 불현듯 떠올랐고, 그 최초의 깨달음은 아들이 자신에게 한정도 없이 멀어져 가는 거리감을 느끼게 했다. 그것은 장성한 자식의 모습을 확인하는 대견함도 있었지만 그러나 자식을 잃어버리는 것 같은 허전한 상실감이 주는 슬픔이 더 컸다. 그것은 자신의 가슴 저 밑바닥에 깔려 있는 씻겨지지 않는 죄의식이 고개를 드는 탓인지도 몰랐다.

그려, 다 이 못난 애비 죄여. 이 애비 원망을 속 풀릴 때꺼정 혀. 근디, 불쌍헌 내 새끼야, 니 팔자는 애비를 원망헌다고 풀리는 것이 아녀. 피 타고남스로 매듭매듭 맺힌 한(恨)인디, 고걸 워째야 쓸 끄나. 한은 맺히기만 혔지 풀리는 것이 아닝께 한인 법인디, 고건 풀라고 발싸심허면 헐수록 헝클어진 실꾸리맨치로 얽히고설키다가 종당에는 지 명(命)꺼정 끊어 묵는 법인디…….

판석 영감의 뇌리에는 아버지의 기억이 예리한 아픔으로 찡하게 떠올랐고, 그 기억을 몰아내듯이 그는 고개를 설레설레 저으며 기차가 사라져 간 산굽이에서 시선을 거두었다.

"요리 밤중 채비럴 혀야 헐 만치 헹펜이 다급허게 되았냐?"

판석 영감은 굳이 대답을 듣자고 하는 말이 아니었다. 그건 아들에 대한 일종의 힐책이었다. 예끼 숭헌 눔덜아, 열흘을 못 채우고 요리 야반도주럴 헐 신세밖에 못 돼 묵은 것들이 그리 험허게 사람들 목심을 해치다니, 천하에 몹쓸 눔들. 판석 영감은 이런 말을 대신하고 있었다. 아들은 그런 자신의 마음을 아는지 모르는지 미동도 하지 않았다. 도무지 자신의 자식이라고 믿어지지 않을 만큼 변해 버린 아들을 판석 영감은 침침한 불빛 속으로 물끄러미 건너다보았다. 북해도 탄광으로, 여기저기 비행장을 닦는 데에 오 년여를 끌려 다니다가 해방과 함께 돌아온 아들은 이미 마음이 변해 있었다. 판석 영감은 그 사상에 깊이 물든 아들의 마음은 충분히 이해했지만 그 물불을 가리지 않는 행동은 이해할 수가 없었다.

"그려, 형편이 다급허면 떠야제……." 판석 영감은 입을 가리고 잔

기침을 하고는, "인자 떠나면 살아 니럴 다시 볼란지 몰르겄다." 목소리가 잠겨 들었다.

"고것이 무신 말씸이다요?"

하대치는 고개를 번쩍 치켜들며 아버지를 쏘아보았다.

"아녀, 그냥 허는 소리여. 내 나이 생각허고 그냥 허는 소리여."

판석 영감은 예사로운 듯이 말하며 아들의 시선을 피해 눈을 내리감았다.

"오래 안 걸릴 것이구만요. 금방 되짚어 올 것잉께 아무 걱정 마씨요."

아들은 낮은 음성이었지만 다부지게 말했다. 그러나 판석 영감은 전혀 그 말을 믿지 않았다. 나라가 금하는 일을, 그것이 제아무리 옳고 바르다고 해도 나라와 맞서 이기는 것을 보지 못했던 것이다. 그건 판석 영감이 칠십 평생을 통해서 겪어 온 경험이었다. 동학란이 그러했고 일정 때의 독립운동이 그러했다.

"니는 이름 땜 허니라고 그리 드세게 사는갑다. 큰 대(大)에, 다스릴 치(治), 애시당초 가당찮은 이름이었제. 느그 할아부지의 택읎는 욕심이었는디, 고 이름을 그대로 붙인 나가 더 큰 잘못을 저질른 것이여……."

"쉿!"

하대치는 판석 영감의 말을 제지하며 문 쪽으로 바짝 다가앉았다. 그리고 한쪽 귀에 손바닥을 오목하게 만들어 붙이고 밖으로 신경을 모았다. 그때 밖에서 이름 모를 새소리가 두 번 들렸다.

하대치는 잽싸게 문에 쳐진 이불을 약간 들치고 신호를 보냈다. 풀꾹, 풀꾹. 그건 의심할 여지 없는 풀꾹새 소리였다.

하대치는 튕기듯 일어섰다. 그때까지 돌덩이처럼 앉아 있던 여자가 따라 일어섰다. 하대치의 아내 들몰댁이었다.

"갈 길이 급헌께 나서지 말어. 불 끄고."

하대치는 싸늘하게 아내의 배웅을 막았고, 불 끄기를 기다리지 않고 자신이 허리를 굽혀 단숨에 불을 꺼 버렸다.

"마실 댕겨오대끼 금세 올 것잉께."

하대치는 먹물 같은 어둠 속에다가 불쑥 이 말을 던지듯 하고는 방문을 차고 나갔다.

그가 토방으로 내려서는데 헛간 쪽에서 두 개의 그림자가 마당을 가로질러 왔다. 그들의 등에는 그다지 커 보이지 않는 짐이 매달려 있었다.

"싸게 뜨세."

하대치는 낮게 말하며 그들의 앞장을 섰다. 그들은 사립문을 버리고 집을 끼고 돌아 어둠이 밀집해 있는 대숲으로 들어섰다. 그들이 빠른 걸음을 옮기는 데 따라 바닥에 쌓인 대 이파리와 죽순 껍질들의 서걱거리는 소리가 대숲의 농도 짙은 정적을 흔들었다.

"사태가 워찌 돼 가는고?"

하대치가 대숲을 벗어날 즈음에 입을 열었다.

"주력 부대가 깨져 부렀당마요."

뒤따르는 그림자의 침울한 대꾸였다. 그리고 그들은 더 말이 없이 키를 낮춰 가며 길을 피해 동네를 벗어나고 있었다.

판석 영감은 곰방대에다가 꽁꽁 담배를 재었다. 성냥을 득 그어 담배에 불을 붙이려다가 그때까지 윗목에 그대로 서 있는 며느리를 의식했다.

"아가, 인자 이불 걷어 내고 건너가서 눈 잠 붙이거라와."

판석 영감은 며느리에게 미안하고 면목이 없어 이 말조차 하기가 거북스러웠다.

며느리는 소리 없이 문에 쳐진 이불을 걷어 냈고, 조심스럽게 문을 밀치며 "아부님, 주무시씨요." 하고는 방을 나섰다. 그 음성이 어느 때 없이 풀 죽고 물기 젖어 있어서 판석 영감은 무어라 대꾸할 말을 찾을 수가 없었다. 평소 같았으면 잘 자라거나 편히 쉬라고 했겠지만 지금의 정황으로는 전혀 필요한 말이 아니었다.

판석 영감은 벽에 등을 부리고 앉아 곰방대를 빽빽 소리나게 연거푸 빨아 댔다. 그리고 담배 연기를 가슴속 깊이깊이 빨아들였다. 올올이 맺힌 회한과 주체할 수 없는 서러움으로 미어질 것만 같은 가슴을 담배 연기로나마 적시지 않고는 견딜 수가 없었다.

판석 영감은 원래 벌교(筏橋) 사람이 아니었다. 그의 고향은 나주였다. 그의 아버지는 나주 벌의 대지주 송 진사댁의 대를 물리는 가복(家僕)이었다. 그런데 그의 아버지는 가복이라는 미천한 신분에 어울리지 않게 글을 깨치고 있었다. 그건 신분에 씌워진 금기를 파괴하는 위험스런 일이기도 했다. 물론 글을 깨쳤다고 해 보았자 천자문을 막히지 않고 쓸 수 있는 정도에 지나지 않았다. 그러나 가복의 처지로서는 그 정도만으로도 대단한 학식을 갖춘 셈이었고, 더군다나 천자문을 깨친 것이 순전히 어깨너머로 귀동냥 눈동냥 한 결과였다는 것은 그의 타고난 총명이 어느 정도인지를 입증하는 것이었다.

"이눔아, 종눔 신세에 설깨친 글 아는 게 우환 불러들이는 겨. 꿈에라도 글 아는 거 티 내지 말어. 고것이 명 재촉하는 길잉께."

그의 할아버지는 기쁨과 슬픔이 교차하는 얼굴로 아들에게 못 박고는 했다. 그런데 그의 할아버지의 우려는 마침내 현실로 나타나고 말았다. 그의 아버지는 남몰래 동학 사상에 물들어 있었던 것이고, 동학도의 분노가 행동으로 불붙기 시작하자 그는 그 불씨의 하나로 정체를 드러냈다. 그의 아버지는 가복의 사슬을 스스로 끊고 동학의 선봉 물결이 되었다.

"이눔이 기엉코 일얼 저질러 뿌렀구나. 이 일을 워째야 쓸꼬, 이 일얼……."

그의 할아버지는 안절부절못하고 나날을 보냈다. 새끼를 어떻게 단속했길래 그 꼴이 되도록 몰랐느냐고, 꼴도 보기 싫으니 눈앞에 얼씬거리지도 말라는 송 진사의 노발대발한 호통을 들은 다음이었다. 그의 할아버지는 어깻죽지를 잔뜩 웅크리고 기가 꺾일 대로 꺾여 지내면서도 바람 탄 불길처럼 번지고 있는 동학도의 기세에 속으로는 열렬한 응원을 보내고 있었다. 그건 결코 아들 때문만이 아니었다. 기왕 터진 봇물이었고, 동학이 이기는 것만이 자기네 같은 가랑잎 신세들이 사람답게 살아 볼 수 있는 길이라는 확실한 믿음을 가지고 있었다. 동학도의 피 흘림은 곪고 곪은 고름이 터진 것이라는 정도는 익히 알고 있었다. 급기야 송 진사가 피난 짐을 싸지 않을 수 없게 동학의 기세는 뻗어 나갔다. 그러나 그것도 길게 가지는 못했다. 청국과 일본 군대가 서로 다투어 관군을 대신해서 동학군과 맞서게 되면서부터 전세는 일변하기 시작했다. 동학군은 곳곳에서 패배했고, 흰 무명옷에 피범벅이 된 동학도들의 시체가 아무 데나 나뒹굴기 시작했다. 동학군이 뿔뿔이 흩어져 산중으로 패주했고, 그와 반대로 산중 어느 절로 피난을 떠났던 송 진사네가 돌아왔다. 송 진사의 서슬은 예전과 다르게 시퍼런 날을 세우고 있었다. 아랫것들의 기를 완전히 꺾어 놓기 위함일 것이었다. 송 진사네는 인명의 피해는 입지 않았지만 재산의 피해는 적잖이 입고 있었던 것이다. 행랑채에는 어느 때 없이 썰렁한 바람이 감돌았다. 그러던 어느 날 밤이었다. 잠을 자다 말고 그는 할아버지와 함께 사랑채로 불려 나갔다.

"인자 내쫓기는갑다."

그의 할아버지는 사랑채로 통하는 문을 넘어서기 직전에 한숨을 토했다. 그 한숨이 어찌나 깊고 진한지 할아버지의 기운이 모두 뽑혀져 나오는 것만 같았다. 사랑채 마당에서는 덕석말이 매타작이 한창이었다. 매타작을 얼마나 당했는지 둘둘 말린 덕석 안에서는 비명조차 들리지 않았다.

"저놈이 인자 오는구나. 고만 덕석 풀어라!"

마루에 버티고 선 송 진사가 그의 할아버지를 손가락으로 겨냥하며 소리쳤다. 덕석을 동여맨 새끼줄이 낫으로 끊기고, 두 사람이 둘둘 말린 덕석 끝을 치켜듦과 동시에 덕석은 추르르 펼쳐져 나갔다.

그 속에서 드러난 것은 피투성이가 된 그의 아버지였다.

"진사 나으리, 살려 주시씨요."

그의 할아버지는 울컥 피를 토하듯 울부짖으며 피범벅이 된 아들의 몸을 덮쳐 안았다. 그러나 그의 아버지는 이미 숨이 끊긴 뒤였다. 그 사실을 깨달은 그의 할아버지는 그대로 혼절하고 말았다. 다음날 새벽 그는 아버지의 시체를 가마니쌈해서 지게에 짊어져야 했고, 하룻밤 사이에 십 년 살이를 해 버린 것처럼 변한 할아버지는 흡사 허깨비처럼 휘뚱거리며 지게 뒤를 따라왔다. 그의 아버지 나이 서른넷이었고, 판석의 나이 열다섯이었다.

"전라도 땅에서 누구 땅 얻어 부치고 살 가당찮은 생각 묵지를 말어라. 느그 눔덜은 머슴살이도 못 해 묵게 맹글 것이다. 산골짝에 들어가서 솔잎이나 뜯어 묵고 살어. 요리 사대육신 멀쩡허게 내보내는 것만도 큰 은혜 입은 줄 알어야 헐 것이다."

그래서 그랬던 것일까. 다섯 식솔을 거느리고 쫓겨난 맨주먹의 할아버지는 온 하루를 말 한마디 없이 땅만 내려다보고 걸었다. 해가 뉘엿뉘엿해서 어느 개울가에서 보리밥 뭉치를 풀었다. 눈앞에는 숲이 깊은 산이 다가와 있었다. 그때부터 산 골짝 골짝을 타 넘는 화전생활이 시작되었다. 그의 할아버지는 일을 하려고 기를 썼지만 무슨 중병이라도 깊이 안은 듯 식은땀만 쏟을 뿐 기운을 쓰지 못했다. 그리고 벙어리가 되어 버린 듯 말을 하지 않았다. 어찌어찌 일 년을 살아 내고 그의 아버지 제삿날이 찾아왔다.

"양반, 고 숭악헌 눔덜, 쇠포리맹키로 징허고 징헌 눔덜."

그가 제상에 절을 하고 물러섰을 때 할아버지가 내뱉은 말이었다. 그건 할아버지가 실로 일 년 만에 처음으로 한 말이었는데, 할아버지는 그 말을 칡뿌리를 질겅질겅 씹는 것처럼 했던 것이다. 그는 섬뜩한 기분이 들어 얼른 할아버지를 쳐다보았다. 할아버지는 향이 타오르는 푸른 연기를 넋 놓고 바라보고 있었는데, 이상하다 싶게 주름살투성이의 여윈 볼이 심하게 씰룩였다. 그의 할아버지는 결국 앓아눕더니 며칠 만에 숨을 거두었다.

"요건 니 애비가 동학 따라 집 떠남스로 할애비헌테 냄긴 겨. 나가 살아서 니 아들헌테 붙여 줘어야 헐 이름인디, 앞 자가 큰 대 자, 뒤 자가 다스릴 치 자라고 혔다. 고것이 느그 애비가 생전에 품은 한스런 맴이었는디……."

'대치(大治)'라는 두 글자는 한지에 큼지막하게 적혀 있었다.

골골 병을 앓는 할머니는 살아생전에 고추 달린 증손자 한번 보고 싶다는 말을 무슨 타령 읊조리듯 했다. 할메 소원 풀고, 일손도 하나 더 벌어들인다 셈 치고 같은 화전민의 딸과 결혼했다. 그 고추 달린 아들은 쉽게 얻어지는 것이 아니었다. 연이어 딸 둘을 낳았고, 할머니는 기다리기에 기진했는지 어느 날 문득 눈을 감고 말았다. 염치도 없이 딸은 그 뒤로도 둘이나 더 불거졌다. 별다른 산고도 치르지 않고 애를 낳는 마누라의 암팡진 엉덩짝이 부실할 리는 없고, 아무리 생각해도 부실한 것은 씨 쪽이었다. 그렇게 생각하자 그의 마음은 한결 초조해졌고, 크게 다스린다는 뜻의 그 이름을 영영 써먹지 못하는 것이 아닌가 하는 방정맞은 생각이 불쑥 일어나고는 했다. 아들은 다섯 번째로 태어났다. 참 어렵게 얻은 아들이었고, 늦은 나이에 구경하는 고추였다. 그의 나이 서른아홉이었다. 너무 당연하게 '대치'라고 이름 붙였다. 그 뜻이 사내다운 이름일 뿐만 아니라 아버지의 냄새를 역연히 맡을 수 있어 좋았다. 이름을 따라 아들이 어떤 큰 인물이 될 것 같은 알큰한 예감에 젖기도 했다. 그러나 산짐승이나 다름없이 산골짝이나 타 넘는 화전민 신세라는 자각 앞에서 한없이 초라한 자신을 발견할 수밖에 없었다. 그는 아들을 위해 무언가 해야 한다는 아버지로서의 책임 같은 것을 막연하게나마 느끼고는 했다. 드문드문 구경하는 세상이어서 그런지 그동안 세상은 정신을 차릴 수 없이 변하고 있었다. 무엇보다도 그를 놀라게 한 것은 나라 주인이 바뀐 것이었다.

산을 타 넘으며 거처를 옮기다 보니까 백운산을 거쳐 조계산에 이르러 있었다. 그는 산채 말린 것을 한 지게 가득 지고 쌍암장에 나갔다가 벌교 소식을 듣게 되었다. 중도(中島)라는 일본인이 포구에 이십 리가 넘는 방죽을 막아 논을 만드는 간척 사업을 벌이고 있는데 대대적으로 사람을 모은다는 것이었다. 그런데 그 조건이라는 것이 귀에 솔깃했다. 노임은 따로 지불하고, 공사가 끝나면 소작 논을 우선적으로 배당한다는 것이었다. 그는 국밥이 식을 줄도 모르고 골똘한 생각에 빠져 있었다. 방죽 쌓는 노동이 제아무리 힘들다 한들 화전 일구는 것보다 더하진 않을 것이고, 논농사를 짓게 되면 화전처럼 새 밭을 일굴 필요가 없고 떠돎을 하지 않아도 된다. 그러나 그런 것들보다도 그의 마음을 더욱 달뜨게 하는 건 아들을 산속에 처박아 산짐승처럼 키우지 않아도 된다는 점이었다. 전깃불이 번쩍번쩍 하는 읍사무소가 있는 곳, 아니 양반이고 상것의 차등을 두지 않고 글을 가르치는 학교라는 것이 있는 곳, 그런 별천지에 뿌리내리고 살면서 아들을 사람답게 키우고 싶었다. 상것들도 당당하게 글을 배울 수 있게 된 그동안의 변화가 그에게는 나라 주인이 일본인들로 바뀐 것보다 더 놀라운 것이었다. 그 사실을 알게 된 것이 몇 년 전이면서도 그는 도무지 믿어지지가 않았다. 벌교로만 나오면 아들 대치도 학교에 보낼 수 있게 되는 것이 아닌가. 그는 주모가 일깨워서야 국밥을 마구 퍼 넣다가 그만 가슴이 컥 막혀 주먹으로 가슴팍을 퍽퍽 두들겼다. 매운 눈물이 삐쭉 배어 나온 눈앞에 어린 대치의 방싯거리는 모습이 어릿어릿 떠올랐다. 그는 마디 굵은 손으로 눈을 씩 훔치면서 헤벌쭉 웃고 있었다.

할아버지를 뒤따라 그리도 암담하고 캄캄한 마음으로 산으로 들어갔던 것과는 반대로 겨드랑이에서 날개라도 돋치는 듯 곧 날아갈 것 같은 기분으로 산을 등졌다. 그러나 그는 깊은 마음까지 들떠 있는 것은 아니었다. 가진 것 없고, 배운 것 없는 목숨이 한세상 살아 낸다는 것이 얼마나 팍팍한 것인지를 그는 잘 알고 있었다. 자신을 한 마리 황소이거니 생각하고 닥쳐올 고난을 이겨 낼 각오를 단단히 하고 있었다. 참으로 한 마리의 미련하고도 끈질긴 황소처럼 그는 공사장 일을 이겨 나갔다. 아들 대치가 무병하게 커 가는 것만이 그의 유일한 위안이고 빛이었다. 그는 담배는 피웠지만 술은 가까이하지 않았다. 술을 마셔서 될 살림살이가 아니었다. 나날의 생활이 아무리 고되어도 세월은 흘러가는 맛이 있어 살아지는 것인지도 모를 일이었다. 도저히 가망 없어 보이던 방죽 쌓는 일이 시나브로 시나브로 이어져 나가더니 마침내 완성의 날이 온 것이다. 포구를 따라 뻗어 나간 장장 이십 리가 넘는 방죽은 절로 탄복이 터져 나올 만큼 장관이었다. 돌덩이를 져 나르고, 흙을 퍼 나른 모든 일꾼들은 하나같이 그 기나긴 방죽이 자신들의 손으로 만들어졌다는 사실에 경이하는 반면 구체적 실감을 느끼지 못할 정도였다. 성벽처럼 완강하게 바닷물을 차단시키고 있는 방죽은 읍내 심장부와 봉림리를 직결시키고 있는 소화(昭和) 다리에서부터 동쪽으로 뻗어 가기 시작해서 순천만을 향해 차차 넓어져 가는 포구 이십 리를 치달아 호동리 선수 머리에 그 꼬리를 대고 있었다. 순천만의 바닷물은 그 방죽을 따라 하루 두 차례씩 횡개 다리(홍교) 밑까지 깊숙이 파고들었다가 물러가고 하면서 방죽을 쌓아 올린 네모난 무수한 돌들을 찰싹찰싹 쓰다듬었다. 방죽 위에 닦여진 길은 바다가 밀물이면 밀물인 대로, 썰물이면 썰물인 대로 유난히도 희게 드러나 보였다. 왜냐하면 벌교 포구는 그 바닥이 모래라곤 구경할 수 없을 지경으로 온통 뻘밭이었는데, 그것이 다른 데 것과는 달리 질기고 차져서 한번 발목이 빠졌다 하면 빼기가 어려울 정도였다. 그래서 그런지 그 색깔이 검은색에 가까운 흑회색을 띠고 있었다. 그 위에 바닷물이 밀물져 와도 그 색깔이 우중충함을 면할 길이 없었다. 그래서 긴긴 방죽 위의 길은 언제나 풀기 상그러운 옥양목 필을 펼쳐 놓은 것처럼 희게 빛났다. 그 방죽이 동서로 팔을 벌려 보듬고 있는 벌판은 회정리 1·2·3구와 장양리에 걸쳐져 끝이 아슴하도록 드넓게 펼쳐져 있었다. 일정 기간 동안 간기를 빼야 농사를 지을 수 있는 땅인데도 불구하고 사람들은 그 질펀하게 펼쳐진 땅을 보는 것만으로도 배불러 하고 넉넉해 했다. 그러나 그런 기분도 잠시였다. 그건 어디까지나 일본인 중도의 땅이었지 그들의 소유라곤 단 한 평 없었다. 방죽을 막으면서 개통한 다리에 '소화'라는 이름을 붙여도 그 누구 하나 반대를 하지 않았듯이 그 방죽의 이름도 '중도 방죽'이 되었다. 중도의 간척지는 예로부터 경작되어 온 북쪽의 낙안·고읍 들에 비하여 그 면적으로나 토질로나 비교할 것이 못 되었다. 그러나 고읍 들을 첫째로 꼽고, 장좌리와 칠동리에 걸쳐 있는 서쪽의 벌을 두 번째로 친다면 중도의 간척지는 벌교의 세 번째 농토로 손색이 없었다. 중도라는 인물은 재산을 다소 가지고 있기는 했지만 그런 엄청난 간척 사업을 벌일 만큼 큰 재산을 소유하고 있지 못했고, 그 사람됨도 의롭지가 못했다. 그의 이름을 내걸어 추진된 간척 사업의 뒤에는 저 유명한 동양척식 주식회사의 돈줄이 닿아 있었다. 고리대금업으로 축재를 하는 중도가 그런 장기 사업에 투자한다는 것이 처음부터 의아한 점이었고, 또 그런 내막을 아는 사람은 다 알고 있었다.

처음 약속대로 판석 영감은 소작지를 배당받았다. 끝도 없이 허기지고 고달픈 소작농의 길이 열리게 되었다. 그는 곁눈질하지 않았고 딴생각하지 않았다. 그저 땅만 파고 땅만 다독거렸다. 육 할을 지주에게 바치고 나머지 사 할에서 농지세, 물세, 비료대, 종자대, 기본 소작료 등등을 빼고 나면 뭘 먹고 사느냐고 입 달린 소작인이면 누구나 떠들어 댔다. 그러나 그는 단 한 번 그런 불평에 동조하지 않았다. 속으로나마 불만스럽게 여긴 일도 없었다. 분명 그런 조건은 입에 풀칠하기가 어려운 것이었지만 그렇다고 어찌할 것인가. 해결이 안 될 불평만 서로 씹어 대다가 그 기분으로 술이나 한 잔씩 걸쳐 대는 습관을 들이다 보면 농사는 그나마 소출이 줄게 마련이고 생활은 더 꼬이게 되는 것이었다. 그는 땅만을 믿었고 땅에다 온갖 정성을 쏟아부었다. 땅은 그에게 남들보다는 다소 나은 생활의 여유를 돌려주었다. 그 여유가 아들 대치를 학교에 보낼 수 있는 힘이 되었다. 같은 조건에 처한 남들이 못 해내는 일을 자신이 성취시키고 있다는 사실에 그는 끝없는 긍지와 보람을 느꼈다. 그리고 할아버지, 아버지께도 그 이상 면목이 서는 일이 없을 것 같았고 자랑스럽기까지 했다. 그러나 학식을 깨우친다는 것이 병이 되는 것일까. 아들 대치는 그가 소망하는 것과는 거리가 멀게 변해 간 것이다. 아버지가 관군을 상대로 한 싸움에 목숨을 내걸고 뛰어든 그 용기는 어디서 생긴 것일까. 아들 놈 대치가 일본을 바람벽으로 삼고 있는 지주 중도를 상대로 소작 쟁의를 벌인 용기는 또 어디서 생겨났을까. 아들놈은 저희들이 하는 일이 계란으로 바위 치기라는 것을 알지만, 하고 또 해야 된다고 했었다. 아버지도 그런 마음으로 동학에 가담한 것일까. 판석 영감은 확연히 잡히지 않는 그런 어릿거림 속에서도 결코 아들을 원망하거나 서운해 하지는 않았다. 다만 아들이 겪는 고초가 아버지로서 안타깝고 가슴 아픈 것이었다. 그런데 아들은 소작 쟁의에서 끝난 것이 아니었다. 일본이 망했고, 떵떵거리던 중도가 그 넓은 땅을 고스란히 남겨 놓고 줄행랑을 쳐 버린 마당에 아들은 새로운 싸움을 시작했던 것이다.

동백나무 숲은 어둠이 한결 짙었다. 얼굴을 촘촘히 맞대고 있는 동백나무의 윤기 나는 두꺼운 잎들이 달빛을 야멸차게 막아 내는 탓인지 몰랐다.

"하 동무, 무사하게 왔구만."

염상진이 하대치의 손을 덥석 잡았다. 자신의 손을 움켜잡은 염상진의 손이 부르르 떨었다. 그 파장이 하대치의 심장을 일직선으로 찔러 왔다. 그건 단순한 동지애의 표현만이 아니었다. 하대치는 사태가 절망적임을 직감했다.

"후퇴할 수밖에 없게 됐소. 뜨기 전에 수행할 임무가 있소."

염상진은 무슨 의미인지 모르게 고개를 약간 갸웃했다. 무언가를 주저하는 태도였다. 하대치는 그런 것에 신경 잘게 쓰지 않았고, 상황이 어느 정도인지도 묻지 않았다. 염상진이 위원장 직책을 맡고 있기는 했지만 그도 명령에 의해 움직이고 있을 뿐 속 시원할 만큼 구체적으로 알 리는 없을 것이었다.

"우린 앞으로 투쟁 자금이 필요헐 것이오. 그걸 당장 조달해야 되겠소."

하대치의 머릿속에 그 조달 방법이 번개처럼 스쳐 갔다. 그건 염상진의 주저하던 태도가 풀어 준 답이었다.

"필요허먼 해야제라."

하대치는 염상진의 마음을 북돋는 기분으로 짱짱한 어조로 말했다.

"고맙소, 하 동무."

염상진은 어둠 속에서 약간 웃어 보였다. 하대치는 언제나 염상진을 그런 식으로 대했다. 그건 저절로 우러나오는, 염상진에 대한 존경의 표현이었다.

"우리는 세 사람씩 일 개 조가 되어 독립운동을 하겠소. 내가 일 조, 하 동무가 이 조, 강 동무가 삼 조를 지휘하시오. 하 동무는 서울상회 윤가네럴, 강 동무는 학교 뒤 김가네를, 나는 정미소 최가네를 맡도록 하겠소."

"머시냐, 큰돈 뽑자면 술도가 정가를 빼면 안 될 것인디요?"

하대치는 염상진을 일깨우듯 말했다.

"술도가 집 아들 정하섭은 우리 동지요."

염상진의 말에 하대치는 그렇구나 싶었다. 정하섭은 읍내가 장악되고 나서 얼핏 다녀갔을 뿐 자신들과 함께 행동하는 것이 아니어서 그의 존재를 잊고 있었던 것이다.

"정하섭 동무를 봐서 술도가 집을 빼 주는 게 아니오. 우리가 손대지 아니해도 정하섭 동무가 틀림없이 자금 조달을 하게 될 것이오."

염상진은 불필요한 오해를 막기 위해 설명을 첨가시켰다.

"그렇겄구만이라."

하대치는 염상진의 치밀한 계획에 충분히 수긍이 갔다. 그리고 위원장과 정하섭 사이에는 무슨 연락이 되고 있는지도 모른다고 생각했다. 한다 하는 지주로서 화를 면한 것도 술도가 집이었다. 잠시 얼굴을 내비쳤던 것이 자기네 집을 다치지 않게 하기 위해서였는지도 모른다는 생각이 하대치의 머리를 뒤늦게 스쳤다.

"작전은 한 시간 이내에 완료하고, 두 시간 이내에 고읍 들 끝머리 옥산 입구 서낭당에 집결토록 하겠소. 현찰이나 금반지 같은 것 모두 좋소. 자금 조달이 목적이니 절대로 살상은 없도록 하시오. 불가피한 경우를 빼고는. 암호는 전과 동일. 자 출발합시다."

염상진이 흡 소리가 나도록 숨을 크게 들이쉬며 일어섰다. 그의 껑충한 키가 어둠 속에서 쓸쓸할 정도로 커 보였다. 하대치는 자신보다 곱절은 커 보일 것 같은 염상진의 머리끝을 올려다보며 그는 아무래도 이런 일에만은 어울리지 않는다고 생각했다.

"조심허시씨요."

그런 생각을 해서 그런지 하대치는 무심결에 이 말을 하며 몸을 추슬렀고, "하 동무도." 염상진이 하대치의 어깨를 살짝 잡으며 말을 받았다.

하대치는 염상진과는 반대 방향으로 길을 잡았다. 어둠에 몸을 적시듯 자세를 낮추고 다리에 힘을 모았다. 일순간 그의 몸은 한 덩어리로 팽팽하게 긴장되었다. 그 힘을 분출시켜 노를 젓듯이 어둠의 물결을 헤쳐 나갔다. 그는 이런 긴박한 상황에 처하게 되면 몸 그 어디에서인지 모르게 힘이 솟구치는 것을 느끼곤 했다. 그리고 불두덩인지 겨드랑이인지, 위치가 분명하지 않은 몸 어딘가가 근질거리는 것 같은 쾌감을 느꼈다. 키꺽다리 염상진은 아마 자기와 같은 기분은 아닐 듯싶었다.

염상진은 큰 키에 비해 싱거운 삶이 아니었다. 맵고 차지고 단단한 사람이었다. 하대치는 염상진 같은 사람과 깊은 관계를 맺고 있다는 사실이 더할 수 없는 기쁨이고 자랑이었다. 하대치가 오늘에 이른 것은 모두 염상진이 끼친 영향에 의한 것이었다. 두 사람이 관계를 맺어 온 것도 십 년 세월이 넘어 있었다. 사범학교까지 나온 염상진은 하대치의 여백 많은 머릿속에다가 많은 모종을 이식시켰다. 기질적으로 피의 농도가 짙고, 환경적으로 불만 요인이 많고, 태생적으로 자학성이 강한 하대치는 그런 나무가 자랄 수 있는 최적의 기름진 토양이었는지 모른다. 하대치는 양질의 화선지였고, 염상진은 솜씨 탁월한 화공이었다. 화공은 유려한 선을 긋고 현란한 채색을 했고, 화선지는 그 물감을 흠뻑흠뻑 빨아들였다.

"정지, 쩌그 저 집이다."

하대치는 담 그늘에 바짝 붙어 섰다. 윤 부자네 집은 기왓골의 윤곽을 드러낸 채 큰 몸체를 어둡게 웅크리고 있었다. 그의 뇌리에 윤 부자의 얼굴이 문득 떠올랐다. 진땀을 뻘뻘 흘리는 모습이었다. 그 누진누진한 진땀은 물로 만들어진 땀이 아니라 그가 평소에 포식한 고기의 기름기가 빠져나오는 것만 같았다. 그는 엄청난 돈을 내놓고 목숨을 애걸했지만 결국은 죽었다. "친일도, 포악한 지주 노릇도, 더러운 고리대금업도 다 용서해 줄 수 있다 치자. 그 짓을 하고도 살아남길 바라다니, 저 짐승 만도 못한 놈!" 위원장 염상진의 처형 결정이 떨어졌다. 윤 부자의 그 짓이란 모르는 사람이 없었다. 근동 소작인들에게 고리로 돈을 빌려 주고는 도저히 갚지 못하게 된 집의 딸을 범하는 것이었다. 그것이 네 처녀에 이르렀고, 그는 범한 처녀들을 소실로도 들어앉히지 않았다. 그는 난간이 없는 소화 다리(해방이 되고 나서도 사람들은 부용교라는 이름으로 고쳐 부를 줄을 몰랐다.) 한가운데서 눈을 감아야 했다.

"하 동무, 얼굴을 워쩔께라?"

뒤에서 복면을 하느냐고 묻고 있었다. 하대치는 순간적으로 생각했다. 아직 읍내는 자신들의 손아귀에 들어 있는 셈이지만 날이 새면 달라지게 될 것이었다. 단순한 강도로 위장시키는 게 좋을 것 같았다. 그런데 왜 그 치밀한 염상진이 이 점을 지시하지 않았을까. 그만큼 사태가 위급에 처해 있는지도 모른다. 하대치는 한 줄기 차가운 긴장이 찌르르 심장을 찔러 오는 것을 느꼈다.

"싸게 얼굴 개리고, 행동 개시."

하대치는 목에 감긴 삼베 수건을 풀어 복면을 지었다. 그리고 담그늘을 타고 앞으로 내달았다. 그의 작달막한 키는 거의 땅에 붙다시피 해서 더욱 작아 보였다.

뒷담을 넘었다. 문단속은 철저하게 되어 있었다. 변을 당하고 난 다음이니 당연한 결과였다. 하대치는 안방 마루로 서슴없이 올라섰다. 뒤따르는 두 사람이 각기 칼을 들고 마당 쪽을 경계했다.

"문 열어, 싸게 문 열어!"

하대치는 격자문을 툭툭 치며 예사 크기의 목소리로 말했다. 그러나 그 소리는 밤의 정적을 큰 파문으로 깨고 있었다. 마당 쪽을 경계하고 있던 두 사람은 그런 돌발적 상황에 화닥닥 놀라며 동시에 그를 돌아보았다. 하대치는 부하들에게 안심하라는 손짓을 해 보였다.

"잠 깼으먼 싸게 문 열어!"

하대치의 말투는 방 안의 동정을 환히 알고 있다는 투였다.

"누, 누군디요?"

하대치의 예상은 그대로 적중하고 있었다. 문단속을 그렇게 철저하게 한 사람들이 그 정도의 큰 목소리에 잠을 깨지 않을 리가 없었던 것이다.

"요런 밤중에 찾아올 사람이 누군 누구겄어. 싸게 열어."

문고리 벗겨지는 소리를 들으며 뒤를 돌아본 하대치는 두 부하가 복면을 벗어 버린 것을 발견했다. 그들은 하대치의 태도를 보고 복면이 필요 없다고 판단한 것이었다. 하대치가 윤가네 식구들에게 노린 점이 바로 그것이었다. 그는 부하들에게 빨리 복면을 하라는 손짓을 해 보였다.

"빨갱이가 무섭긴 무선 모냥이구만. 말 한마디에 문을 척척 따 준 거 보니께. 싸게싸게 돈이고 금반지고 다 꺼내여."

하대치는 방으로 뛰어들면서 강도로 돌변했다.

"워메 이 일얼 으짤끄나."

윤가 마누라는 칼끝을 피해 벽 쪽으로 밀리며 속았다는 탄식을 물었다.

"으짜기는 멀 어째. 싸게 돈만 내."

하대치는 칼을 바싹 디밀었다.

"금메 말이요, 빨갱이, 빨갱이 눔덜헌테 사람 뺏기고 돈꺼정 다 뺏긴 거 모르시고 오셨는게라?"

윤가 마누라는 예사 배짱이 아니었다. 목에 칼끝이 닿아 있는 경황 중에서도 능청스런 거짓말을 꾸며 대고 있었다. 그건 돈 많이 가진 자의 탐욕스러움이 그대로 드러난 어처구니없는 대담성이었다. 하대치는 그 기름기 많은 굵은 목줄기에 칼을 푹 박아 버리고 싶은 신경질적인 충동을 느꼈다.

"요런 잡년, 새살(잔소리)은 무신 쎄 빠질 새살이여. 모가지 팍 도려내 뿔기 전에 말 들어."

하대치는 칼끝에 힘을 모아 윤가 마누라의 목덜미를 약간 찌르듯 했다.

"워매, 엄니!"

윤가 마누라는 뻣뻣이 굳어졌다.

"인자 푹 쑤셔 뿔까!"

하대치는 칼을 휙 소리가 나도록 치켜들었다.

"쩌그, 쩌그……."

윤가 마누라는 농 쪽으로 벌벌 기어가며 숨이 잦아들고 있었다.

윤가 마누라가 내놓은 돈은 의외로 적었다. 두 부하에게 농이고 문갑을 다 뒤지게 했지만 금붙이 하나 구경할 수가 없었다. 보나마나 변을 당한 후에 전부 어딘가에 깊이 숨겼을 것이었다.

"야들아, 저 늙은 년은 목심보다 돈이 더 중헌 모냥잉께 느그 둘이서 맡아 푹 쑤셔 죽여 뿌러라."

하대치는 차갑게 말했고, 두 부하는 칼을 꼬나잡고 윤가 마누라에게 다가들었다.

"숨킨 디 말허랑께 살려 줏씨요, 살레만 줏씨요."

윤가 마누라가 방을 나서 손가락질한 곳은 한 가마 쌀이 들어가는 뒤주였다. 쌀이 반나마 찬 그 바닥에서 돈이며 패물들을 넣은 자루가 나왔다.

하대치는 오 척 반이 될까 말까 한 단구(短軀)였다. 그러나 타고난 뼈대가 굵었고, 어렸을 때부터 농사 잡일을 거들며 단련된 그의 몸은 옆으로 딱 바라져 있었다. 그의 견고하게 뻗은 어깨와 짱짱하게 버팅긴 두 다리는 한눈에 기운깨나 쓰는 몸으로 보였다. 모계(母系) 쪽을 빼박은 체형이었다. 하대치는 소학교 적부터 씨름에 남다른 장기를 나타냈다. 그가 제일 싫어한 운동이 도수 체조였다. 그는 운동이라면 싫어하는 것이 하나도 없었지만 그 맨손을 휘휘 젓고 빙빙 돌리고 하는 도수 체조라는 것은 춤도 아니고 운동도 아니고 영 시장스러워 할 맛이 나지 않았다. 그의 생각에 운동이라는 것은 갈비뼈가 뻑적지근하게 기운을 쓰는 것이라야 했다. 그래서 씨름은 그의 기분에 썩 드는 할 만한 운동이었던 것이다. 그는 열일곱 살 때부터 내리 삼 년을 읍내 장사 씨름 대회에 나갔다. 뼈가 실하게 틀을 잡기에는 아직 이른 나이이기도 했지만 소를 타 내는 장사가 되기에는 타고난 키가 너무 작았다. 그러나 하대치의 이름은 소를 탄 장사보다 더 짜하게 알려졌다. 키에 어울리지 않게 기운 씀이 놀라웠고, 다양한 기술이 구경꾼들을 환호하게 만들었다. 배지기, 옆물 치기, 다리 후리기 등 못하는 기술이 없었는데 특히 허리 치기는 일품이었다. 별다른 기술 없이 큰 떡대만 믿고 씨름에 나선 자들은 하대치의 번개 같은 허리 치기에 걸려 공중바퀴를 돌아 쿵쿵 나가떨어졌다. 하대치가 더욱 유명해진 것은 씨름 대회 출전 삼 년째 되던 해에 결승전 막판에서 상대방 부자지를 걷어찬 사건 때문이었다. 하대치는 그 상대에게 연속 두 번을 패해 소를 빼앗겼고 다시 삼 년째 맞붙은 것이었다. 하대치는 그동안 자신은 뼈도 더 굵어지고 기술도 늘어난 대신 상대방은 그만큼 나이 들었으니, 이번에야말로, 하는 자신감이 있었던 것이다. 그러나 막상 샅바를 틀어쥐고 맞붙어 보니 형편이 그게 아니었다. 상대는 육 척이 넘는 키에 기술까지 제대로 익힌 그야말로 제격을 갖춘 장사였다. 그는 작년과 다름없이 짱짱한 기운을 쓰고 있었다. 그는 예년과 마찬가지로 먼저 공격을 하지 않았다. 우람한 덩치로 떡 버팅기고 있다가 하대치가 이런저런 공격을 가하면 슬슬 피하듯 쳐 냈다. 그러다가 하대치가 허점을 보였다 하면 순식간에 들어 던지거나 메다꽂았던 것이다. 하대치는 번갯불 치듯 빠른 동작으로 몇 번 그의 정갱이를 걷어찼다. 그러나 그는 꿈쩍도 하지 않았다. 하대치는 가망 없음을 알았다. 그렇다고 세 번째마저 개구리 패대기쳐지듯 모래밭에 나가떨어질 수는 없었다. 그의 마음을 팽팽히 뻗질러 오르는 오기가 그것을 용납하지 않았다. 무슨 수를 써서라도 그놈을 모래밭에 처박아야 이 년 동안 거푸 당한 분이 풀릴 것 같았다. 아니, 어렸을 때부터 키 작은 연유로 받아 왔던 놀림의 창피스러움과 철이 들어서도 남들 앞에 선뜻 나서기가 왠지 주저스럽던 그 지랄 같은 기분이 씻어질 것 같았다. 하대치는 전신에 힘을 돋우며 그를 밀치는 듯하다가 오른쪽 다리로 상대방의 다리를 감을 듯했다. 그건 누가 보나 다리 후리기를 하려는 자세였고, 상대방도 그에 맞선 방어 태세를 취했다. 그런데 하대치의 다리는 그대로 물러나는가 싶더니 다시 파고들었다. 그리고 상대방이 억 비명을 토하며 나가떨어졌다. 구경꾼들은 와아 함성을 터뜨렸고, 패자는 몸부림치듯 모래밭을 뒹굴며 아이고 아이고 황소울음 같은 신음을 토하고 있었다. 그런 그의 두 손은 사타구니를 움켜쥐고 있었다. 구경꾼들은 그때서야 그가 부자지를 채였다는 사실을 알았다. 하대치는 당연하게 반칙패를 당했고, 상대방은 부자지를 싸잡은 승자가 되어 엉기적거리며 소를 몰고 갔다.

　하대치의 씨름 대회 출전이 세 번으로 끝난 것은 소작회 사건 때문이었다. 일본인 지주 중도를 상대로 쟁의를 벌였다가 강제 징용에 끌려가 오 년여를 혹사당하고 돌아왔을 때는 이미 나이가 들어 있었다. 뿐만 아니라 힘자랑을 하고 싶을 만큼 그의 정신은 풋과일이 아니었다. 일본 식민 정치는 소작회 같은 모임을 철저하게 불법화하고 있었고, 그런 모임에 가담했거나 연루되어 검거된 사람들은 반국가적 공산주의자로 취급되었다. 그러나 그런 종류의 모임은 상호 유대 관계는 없었으나 전국적으로 은밀하게 뿌리내리고 있었다. 하대치가 속했던 소작회를 이끌었던 사람은 바로 염상진이었다. 그는 사범학교를 나오고서도 교편을 잡지 않고 농사를 지었다. '일본 놈 정신을 가르쳐야 하는 선생질을 하는 것은 일본 놈 순사나 군인이 되어 독립군을 잡아 고문하고, 뒤쫓으며 총질하는 것과 똑같이 앞잡이 노릇 하는 용서받을 수 없는 죄를 짓는 것이기 때문'에 그는 농사를 짓는 것이라고 했다. 그가 사범학교를 다니게 된 것도 순전히 아버지의 강압에 의한 것이었다. 하대치의 눈에는 그는 아는 것이 너무도 많았고, 모르는 것이 하나도 없는 것 같았다. 사범학교까지 나온 사람이 삼복더위에 나무 그늘에 앉아 느긋한 목청을 뽑아 대는 매미 신세와 다를 게 없는 선생질을 마다하고 그 궂고 험한 농사일을 작정했다는 것만으로도 하대치는 염상진을 우러러볼 수밖에 없었다.

염상진은 용한 점장이가 점을 치듯이 하대치가 하고 싶어 하는 말을 골라내어 대신하고는 했다. 다 똑같은 사람끼리 어찌 차등이 있어야 되겠느냐. 모든 사람이 공평하게 한 번 태어나고 한 번 죽듯이 이 세상 모든 사람은 다 똑같은 것이다. 양반이 따로 없고 상놈이 따로 없다. 양반의 피가 따로 있고 상놈의 피가 따로 있는 것이 아니다. 그건 양반이란 것들이 저희들 좋게 지어낸 새빨간 거짓말이다. 마찬가지로 지주라는 것도 따로 없고 소작인이란 것도 따로 없다. 지주라는 것들이 소작인은 대대로 소작인이 될 수밖에 없도록 소작법을 악질적으로 만들었기 때문에 지주는 영원히 지주로 떵떵거리고 소작인은 영원히 소작인으로 배를 곯게 된다. 그 많은 소작인들이 비참한 생활을 면하고 모두 평등하게 살려면 어떻게 해야 하겠느냐. 봐라, 양반이란 것들은 그 많은 백성들의 피를 빨며 배를 불리다가 나라를 빼앗겼고, 다시 일본 놈들과 작당해서 일본 놈들의 보호를 받으며 같은 민족을 짐승 취급하고 있다. 일본 놈들보다 더 나쁜 놈들이 그놈들인지 모른다. 일본 놈들을 이 땅에서 몰아내고 지주 놈들을 없애는 것은 한목에 해야 될 일이다. 염상진은 어느 때 한번 음성 높이는 일 없이 차분차분하게 말하고는 했다. 그런 염상진의 말은 무언가 갑갑한 멍울로 가득 차 있는 하대치의 가슴을 한 줄기 시원한 바람이 되어 어루만졌고, 암담하게만 여겨지는 앞길을 열어 주는 것 같은 한 줄기 밝은 빛이 되어 쏟아졌다. 염상진은 어느 특정한 장소에서 그런 말을 하는 것이 아니었다. 지게를 지고 걸어가며, 새를 보는 논둑에서, 소에게 풀을 뜯기는 풀밭에서 예사로운 이야기하듯 했다. 나중에서야 안 일이지만, 그것은 시간을 아끼기 위해서가 아니라 순사들의 눈을 속이기 위해서였다. 그리고 중도를 상대로 쟁의를 일으키기 전날 밤에야 비로소 하대치는 염상진을 따르고 믿는 사람이 자신뿐이 아니라는 사실을 알았다. 거기에 모인 열두 명은 염상진만을 개별적으로 상대해 왔던 것이다. 그러나 마음과 뜻은 하나같이 맞아 들었다.

그들은 징용에 끌려가는 것으로 끝나지만 염상진은 재판을 받아 이 년이나 징역살이를 치러야 했다. 출감을 하고 며칠이 지나 그의 집에는 징집영장이 날아들었는데 염상진은 이미 자취를 감춘 뒤였다. 그는 이런 사태를 예견했던지 집에서 하룻밤을 자고는 다음 날 나가 그길로 소식이 끊기고 말았다. 그리고 해방이 되기까지 삼 년 가까운 세월 동안 그림자 한 번 비추지 않았다. 그런데 해방이 되기가 무섭게 모습을 나타낸 그는 '금강산에서 중노릇했다'는 무뚝뚝한 한마디로 그동안의 행적을 일축해 버려 사람들의 궁금증을 더욱 깊게 만들었다.

하대치와 염상진은 오 년 만에 서로를 끌어안는 감격적인 해후를 했다. 그때 염상진이 격한 어조로 터뜨린 첫마디가 '하 동무!'였다.

하대치 일행은 횡계 다리에서부터 북쪽으로 펼쳐진 고읍 들을 향하여 바쁜 걸음을 옮겼다. 전동리가 시작되는 홍태 거리에 이르자 낙안과 고읍 들녘이 흐린 달빛 아래 아슴하게 드러났다. 하대치는 잠시 걸음을 멈추었다. 약속한 장소 옥산은 맞은편 들녘의 끝머리 어둠 속에 있었다. 들녘의 왼쪽 옆으로 관통되고 있는 것이 낙안에 이어지는 옛길이었다. 그 어느 쪽 방향도 탐탁지가 않았다. 두 방향 다 옥산까지는 휘어져 도는 길이었고, 계속해서 모둠모둠 동네를 끼고 있었다. 그 동네들을 피하자면 부득이 백(百) 고지 정도의 산길을 타야 하는데, 그러다 보면 시간 소모가 너무 많았다. 옥산까지의 직선 코스인 들녘 한가운데를 질러가기로 결정했다. 거기에는 좋은 은폐물이 마련되어 있었다. 고읍 들의 젖줄 노릇을 하는 냇물이 들판의 가운데를 꿰뚫어 흐르고 있었다. 그 양쪽 방죽은 그리 높지는 않았지만 더없이 좋은 은폐물이 되어 줄 것이었다.

"저 개굴창을 타고 가자."

"괜찮을께라?"

"암시랑 안 혀. 요 들판이 을매나 넓은디, 니까징 거 하나 꼼지락댄다고 누구 눈에 뛸 성부르냐?"

하대치는 잔소리 말라는 듯 내지르고는 첫발부터 크게 떼어 놓았다. 이내 나타난 들몰을 옆으로 비켜 나갔다. 들몰 – 하대치의 뇌리에 불현듯 떠오르는 얼굴이 있었다. 마누라였다. 들몰은 마누라의 친정이었다. 그래서 순심이라는 이름이 분명히 있는데도 사람들은 마누라를 들몰댁이라 불렀다. 그는 가슴이 찡 울리는 것을 느꼈다. 코허리 맵게 하는 그 울림을 떼쳐 내기라도 하듯 그는 거칠게 얼굴을 훔쳤다. 그러나 집을 나설 때의 마누라의 잔상은 지워지지 않았다. 안쓰럽고 미안하고 딱하고, 마누라에게는 무어라고 할 말이 아무것도 없었다. 열아홉인 그에게 마누라는 열여덟에 시집을 왔다. 그리고 징용에 끌려갔다 돌아오니 네 살짜리 아들을 그의 품에 안겨 주었다. 꼭 거짓말 같고, 꼭 금 덩어리를 횡재한 것만 같은 그 기분대로였다면 그때부터 두더지가 되어 땅만 팠어야 했다. 마누라의 부지런함과 자신의 뚝심을 합쳤더라면 아무리 소작이지만 배곯며 살지는 않았을 것이다. 그러나 마음이라는 것은 꼭 한 가닥만이 아니었다. 그에게 더 굵은 가닥은 따로 있었다. 그는 가망 없는 농사에 파묻히기보다는 그것을 가망 있게 만드는 운동에 빨려들었다. 그는 염상진과 함께 일 년 감옥살이를 했다. 그때도 마누라는 갓난 사내아이를 그의 품에 안겨 주었다. 그러면서도 마누라는 미륵불의 현신인 듯 변함없는 얼굴이었다. 어찌 보면 웃음기가 감도는 듯도 싶고, 어찌 보면 아무런 표정이 없는 것도 같은, 그러나 전체적으로는 편안한 느낌을 주는 얼굴로 마누라는 그를 대했을 뿐이다. 그의 아버지는 며느리의 그런 얼굴을 무척이나 소중하게 여겼다. 미륵불이 현신한 상으로 집안에 부귀영화를 이룰 관상이라는 것이었다. 좋다고 해서 기분 나쁠 것 없는 말이었지만 어느 관상쟁이가 얼빠진 소리 꽤나 지껄였다고 그는 귓등으로 흘려듣고 말았다. 마누라는 표현을 하지 않을 뿐 알 것은 다 알고 있었다. 징용에서 돌아와 횡재한 것 같은 아들을 보고 고맙기도 하고 면목 없기도 해서 "쓰잘디읎는 짓거리 허다가 잽혀가 당신 고상만 쎄빠지게 시켰구만." 하고 그는 머리를 긁적였는데, "주색잡기허신 것도 아니고, 남정네 허는 일인디 무신 짚은 뜻이 있겄제라." 마누라는 다 이해한다는 표정이었다. 일 년 징역을 살고 나왔을 때도 마누라는 똑같은 말을 했다. 마누라는 아무 배움이 없었지만 속이 깊었고 심성이 착했다. 특히 마누라의 지칠 줄 모르는 부지런은 동네 사람들의 입을 모으게 했다. 아마도 그건 가난한 소작인의 자식으로 커 나면서 어렸을 때부터 체득한 삶의 방법이었을 것이고, 더구나 남편이 오래 집을 비우게 되자 그 부지런은 더 질기고 억세게 되었을 것이다.

남정네가 하는 뜻 깊은 일이 무엇이었길래 결혼 십 년 동안 남편으로서 마누라에게 해 준 것이 아무것도 없음을 하대치는 새삼스럽게 깨닫고 있었다. 그건 안개 자욱히 낀 포구처럼 가슴 스산해 오는 슬픔이고 죄의식이었다. 그런데 또 뒤쫓아 오는 위험을 피해 언제 돌아오게 될지 모를 길을 떠나고 있는 것이다. 그는 마누라를 보듯 저만큼 멀어진 들몰을 돌아다보았다. 그리고 마음 여리게 만드는 그 축축한 생각을 떼치려는 듯 걸음에 속력을 가했다.

하대치가 옥산 입구 서낭당에 도착하니 염상진은 이미 와 있었다. 강동식네 조를 기다리기 위한 경계를 세워 놓고 돌담 구석에 염상진과 마주 앉았다.

"앞으로 어쩌겄는가요?"

하대치는 불타오르던 경찰서를 생각하며 안타까운 심정으로 불쑥 물었다.

"하 동무도 다 짐작은 하겠지만 한참 동안 어려운 투쟁을 해야 할 것이오. 주력 부대가 무너졌으니 우리의 혁명 시도는 일단 실패한 것이오. 그러나 힘을 내시오. 혁명 완수는 실패 다음에 얻어지는 값진 열매니까."

염상진은 어조만 전라도의 것일 뿐 거의 사투리를 쓰지 않고 침착하게 말했다. 하대치는 묵묵히 앉아 있었다. 그의 뇌리에는 며칠 동안 숨 가쁘게 피 뜨겁게 벌어졌던 일들이 꼭 꿈결처럼 스쳐 지나가고 있었다. 경찰들이 그렇게 허망하게 도망할 줄은 몰랐고, 경찰이 없는 세상에 지주며 유지라는 것들이 또 그렇게 맥을 못 쓸 줄을 몰랐었다. 꼭 자기네들 세상이 온 줄 알았는데, 지주는 처단되고 소작인이 없어지는 세상이 되는 줄 알았는데, 그 믿음이 미처 굳어지기도 전에 어디론지 쫓겨 갈 줄은 정말 몰랐었다.

"쩌그 강 동무 조가 오는갑구만이라."

염상진과 하대치는 건너편으로 눈길을 던졌다. 논둑을 타고 이쪽으로 빠르게 이동해 오고 있는 세 개의 그림자가 보였다.

"워디로 가는가요?"

"일단 조계산으로 집결하도록 되어 있소."

둘의 말은 일단 여기서 끝났다. 하대치는 더 물을 말이 없었던 것이다.

그들이 목적한 임무는 무사히 완료되었고, 곧 옥산 옆구리를 돌아 쌍암면 쪽으로 길을 잡았다. 하대치는 자신들의 일행이 아홉밖에 안 된다는 사실을 다시 상기했다. 각 마을마다 흩어져 있는 많은 동무들을 생각했다. 그러나 염상진에게 그들은 어떻게 되느냐고 묻지 않았다. 그건 금기였다. 하대치는 간절하게 담배가 피우고 싶은 것을 참아 내며, 무겁고 우울한 마음으로 쌍암의 문턱인 오금재를 오르고 있었다. 깊은 어둠 속에서 시월 이십오 일이 시작되고 있었다.

《태백산맥 1》(해냄, 2003)

가마니쌈 가마니로 시체를 싸서 지내는 장사.

가복 양반들이 개인적으로 자기 집에서 부리던 사내종.

간기 짠 기운.

고리대금업 부당하게 비싼 이자를 받는 돈놀이를 직업으로 하는 일.

닛본도 일본의 군인과 경찰 등이 쓰던 검.

단구 작은 키의 몸.

덕석말이 권세 있는 집안에서 사사로이 사람을 멍석에 말아 놓고 뭇매를 가하던 일.

도수 체조 맨손 체조. 도구나 기구 없이 하는 체조.

부자지 불알과 음경을 아울러 이르는 말.

사대육신 두 팔, 두 다리, 머리, 몸뚱이라는 뜻으로, 온몸을 이르는 말.

쇠포리 쇠파리.

알큰하다 어렴풋하다.

상것 양반 계급이 평민을 낮잡는 뜻으로 이르던 말.

소실 정식 아내 외에 데리고 사는 여자, 첩.

시나브로 모르는 사이에 조금씩 조금씩.

시장스럽다 한심하다.

실꾸리 둥글게 감아 놓은 실타래.

아슴하다 아슴아슴하다. 또렷하지 않고 흐릿하고 희미하다.

야멸차다 태도가 차고 야무지다.

야반도주 남의 눈을 피하여 한밤중에 도망함.

어릿거림 어렴풋하게 자꾸 눈앞에 어려 옴.

역연히 분명히 알 수 있도록 또렷하게.

풀꾹새 뻐꾹새.

화전민 주로 산간 지대에서 풀과 나무를 불살라 버리고 그 자리를 파 일구어 농사를 짓는 사람.

황소울음 황소의 울음소리처럼 큰 소리로 울부짖는 울음.

1 이 소설에 나타난 시대적 상황을 이야기해 봅시다.

2 할아버지로부터 하대치에 이르기까지의 삶이 어떠했는지 정리해 봅시다.

3 하대치와 염상진은 어떤 일로 맺어졌으며, 현재 어떤 상황인지 이야기해 봅시다.

대하 소설 《태백산맥》은 제주 4·3 항쟁과 여순 사건이 일어난 1948년 10월부터 휴전 협정이 체결된 직후인 1953년 10월까지를 배경으로 하고 있다. 1948년, 좌익에 장악되었던 벌교가 군인과 경찰에게 넘어가자 군당위원장인 염상진은 하대치를 비롯한 좌익 세력들을 이끌고 산으로 퇴각한다. 염상진의 동생 염상구는 좌익 세력들을 처단하는 데 앞장서는 청년단을 장악하고 염상진과 대립한다. 이승만 정권의 농지 개혁이 흐지부지되면서 불만이 높아진 일부 농민들은 지주를 죽이고 산으로 들어가 빨치산이 되기도 한다. 1950년 전쟁의 발발과 함께 벌교는 다시 좌익 세력이 장악하지만, 유엔군의 참전과 중국의 개입으로 전쟁은 교착 상태에 빠진다. 퇴로가 막힌 좌익 세력은 지리산 일대에 근거를 두고 투쟁을 계속하다가 군경의 진압 작전에 점점 무력해지고 결국 염상진은 자살한다. 염상진이 바랐던 '인민 해방'은 실패로 끝나지만 하대치 등이 살아남아 염상진의 무덤 앞에서 새로운 투쟁의 결의를 다지고 어둠 속으로 사라진다.

전 10권에 달하는 이 소설 중 여기에 실린 것은 1권의 두 번째 부분이다. 하대치의 할아버지는 지주인 송 진사댁 가복이었는데 사람답게 살기 위해 동학에 가담했지만 일본 군대의 개입으로 동학 운동이 실패로 끝나면서 결국 주인에게 죽임을 당했다. 아버지 판석 영감은 증조할아버지와 함께 쫓겨나 화전 생활을 하다가 화전민 처녀와 결혼하여 하대치를 낳았다. 판석 영감은 아들을 사람답게 키우기 위해 화전민 생활을 청산하고 중도 방죽 공사장에 뛰어들어 일본인의 소작인이 된다. 할아버지가 생전에 품은 한으로 남긴 이름을 받은 하대치는 일본인 지주를 상대로 소작 쟁의를 벌이다 징용에 끌려 갔다 온다.

염상진은 사범학교를 나왔으나 일본 정신을 가르치는 것은 죄를 짓는 일이라는 생각에, 교편을 잡는 대신 농사를 지으며 소작회를 조직하고 소작 쟁의를 일으켜 2년간 징역살이를 한다. 염상진은 하대치에게 양반과 상놈, 지주와 소작인 모두가 공평해야 하는데 현실은 전혀 그렇지 않다는 것과 소작인들의 비참한 생활을 벗어나 평등한 삶을 살려면 어떻게 해야 할지를 가슴에 와 닿게 이야기하곤 한다. 하대치는 그런 염상진을 무척 존경하며 신뢰한다.

'한참 동안 어려운 투쟁을 해야 할 것'이라는 염상진의 말에서 짐작되듯 이제 이들은 어렵고 고단한 현대사의 물줄기 한가운데에 서게 된다. 물론 그들의 곁에는 판석 영감이나 들몰댁을 비롯하여 조금씩 상황과 처지가 다른 숱한 사람들의 삶이 있을 것이다. 이러한 사람들의 삶을 통해 조선 말에서 해방 정국에 이르기까지 힘겨운 현대사를 살아온 우리 민족의 모습이 소설 속에서 생생하게 살아난다.

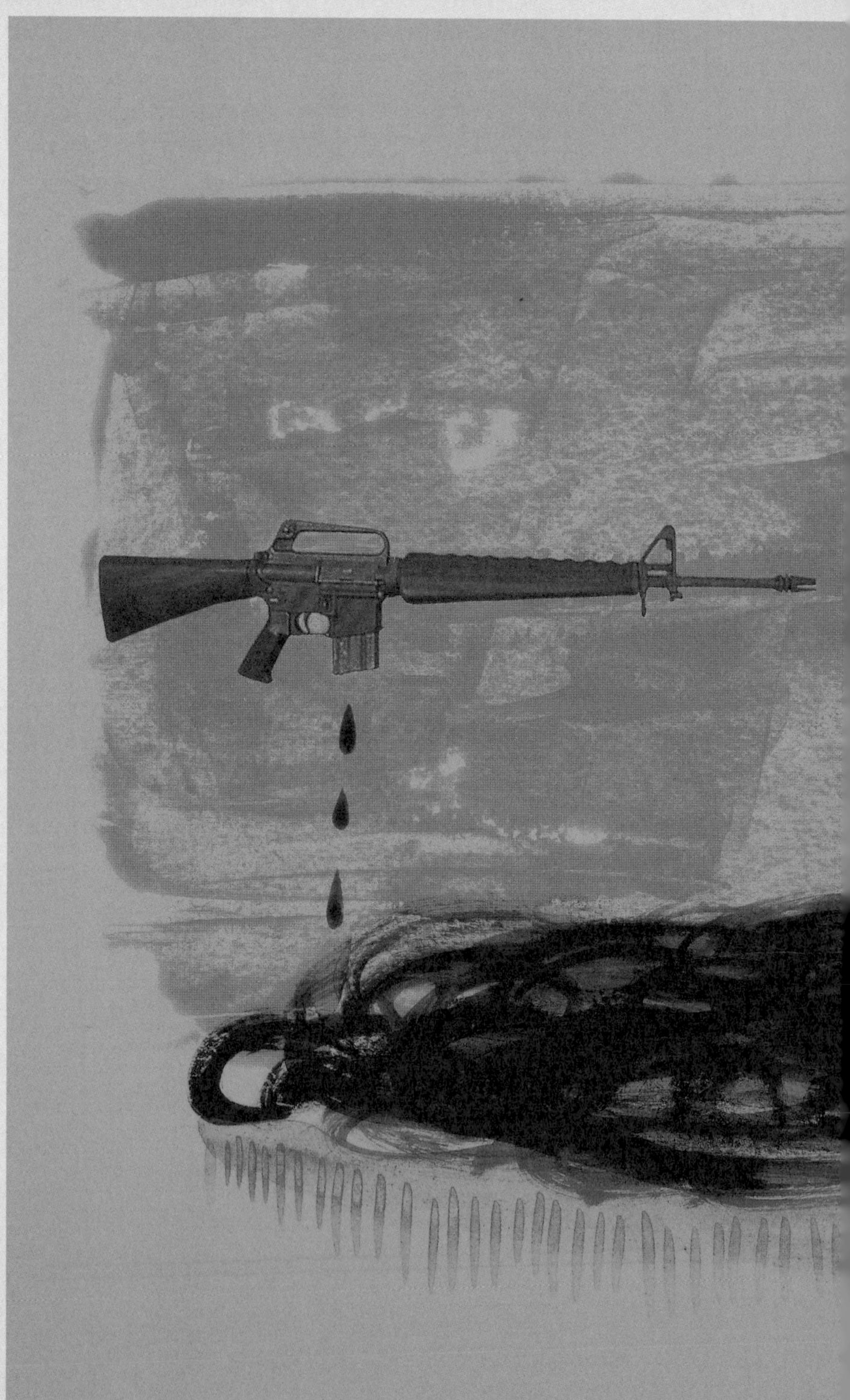

하얀 전쟁
안정효

병사들은 잠깐 멈칫하고는 어느 방향에서 날아온 저격병의 총탄인지를 알아내려고 사방을 둘러본 다음 주변에 부비트랩이나 까치발이 없는지 살피고 나서 몸을 숨겼다. 조용했다. 5분쯤 침묵 속에서 기다린 다음 나는 낮은 포복으로 쓰러진 김 하사에게 기어갔다. 길바닥에 벌러덩 자빠진 그는 정통으로 총알이 가슴을 관통해서 잔등으로 뚫고 나갔고, 소변을 보려고 꺼내다 만 물건이 반쯤 바지 밖으로 노출되어 축 늘어졌다. 포경이었다.

그러자 나는 나무에 걸린 쥐덫을 보았다. 김 하사가 섰던 자리에서 겨우 1미터쯤 떨어진 굵다란 나뭇가지에 쥐덫이 하나 못으로 박혔고, 그가 손으로 건드린 가느다란 나뭇가지에는 질긴 노끈을 묶어 쥐덫과 연결해서 쥐덫이 튀며 납땜을 한 뾰족한 못이 쥐덫 받침대에 구멍을 뚫고 박아 놓은 총알의 뇌관을 치도록 장치가 되어 있었다. 아직도 박혀 있던 탄피가 정확히 내 가슴을 겨누었다.

"저격병이 아녜요."

나는 최 소위를 손짓해 부르며 말했다.

"부비트랩입니다."

땅바닥의 핏자국을 긁어 없애고 바위틈에다 시체를 묻어 김 하사의 죽음을 없애 버린 다음에 척후조를 내보내 총성을 듣고 근처에 접근한 적이 없음을 확인하고 나서 우리들은 다시 이동을 계속했다. 소대장의 지도에 색연필로 굵은 선을 남기며 우리들은 뚜렷한 목적지도 없이 나아가기만 했다.

다음 날 오전에는 정글로 가린 하늘이 툭 트이더니 가슴까지 올라오는 샛노란 갈대밭이 눈앞에 펼쳐졌다. 트인 공간이 조금쯤은 답답한 기분을 풀어 주었고, 멀리 붕로 만(灣)의 파르스름한 바닷물과, 산기슭에서 펼쳐 나간 평원에 떨어지는 포탄이 버섯처럼 하얗게 피어오르는 연기가 보였다. 갈대밭은 풀에서 뿜어 나오는 복사열로 숨이 턱턱 막혔고, 멀리서도 관측이 될 만큼 노출된 장소여서 기분이 좋지 않았다. 그러나 다행히 농의 빛깔이 갈대처럼 노랗고, 혹시 적의 초소에서 관측이 되더라도 우리들을 베트콩으로 볼 수도 있었으므로 억지로나마 조금 안심을 했다.

오후에는 다시 침침한 정글로 들어섰다. 비에 젖어서인지 깨어진 바위들까지도 짙푸른 빛이어서 온통 갈색과 초록뿐인 어두컴컴한 숲 속을 병사들이 묵묵히 걸어갔다. 그곳에서는 숲길도 희미했고 사람이 다닌 흔적이 거의 없었으며 부비트랩이나 까치발도 전혀 눈에 뜨이지 않았다. 마음이 좀 놓이기는 했지만 이런 곳이라면 적의 거점을 발견할 수가 없었으므로 공연히 시간을 낭비한다는 조바심이 나기고 했다. 목적지도 없고 기간도 설정되지 않은 수색 정찰이니 어서 적을 찾아내고 철수하는 것이 상책이었다.

개울이 나타나자 병사들은 수통을 채웠다. 흐르는 물이라 독약을 풀었을 리도 없어서 알소금과 정수제를 타지 않는 병사들이 많았다. 시원하기는 했지만 거의 일 년 동안이나 소금 알을 탄 찝찔한 물을 마셔서였는지 맹물을 마시니 싱겁고 배탈이 날 것 같았다.

그날 밤은 개울 근처에서 잤다. 오래간만에 촐랑거리는 맑은 물소리를 들어서인지 잡념이 사라졌고, 캠핑이라도 나온 기분으로 낙엽으로 잠자리를 다져 놓고 저녁을 먹었다. 병사들은 총구와 약실에 낀 먼지와 잎사귀 찌꺼기들을 긁어내며 컴컴한 속에서 병기 수입을 했다. 총이라고는 한 방도 쏘아 보지 못하고 한 명씩 죽어 가는 묘한 총살형을 받기 위해 순서도 모르며 사형장으로 끌려가는 무리처럼 보이던 그들이 총을 손질한다는 것은 어쩐지 비극적인 암시 같았다.

닷새째 되던 날 오후에 우리들은 죽음의 계곡에 도착했다. 기괴한 광경이었다. 불에 타지도 않았으면서 거무죽죽하게 말라 죽은 나무들이 유령처럼 여기저기 치솟았고 바위와 낙엽이 온통 납빛인 데다 날씨까지도 음산하게 찌푸려서 기분 나쁜 키리코의 그림을 보는 기분이었다. 핵전쟁이 휩쓸고 가면 세상이 이런 꼴이 되리라.

수색 정찰 6일째 되던 날, 미군의 고엽 작전으로 초토화된 살벌한 지역을 벗어나 능선을 타고 옆으로 넘어가는 숲길에 들어서자마자 지뢰가 터졌다. 뒤에서 폭음이 울리자 나는 본능적으로 그 자리에 엎드리다가 왼쪽 팔목을 삐었고, 누군가 비명을 질렀다. 사방으로 돌멩이가 튀었고 여기저기 산에서 메아리가 꽈르릉꽈르릉 울렸다. 이제는 우리 위치가 틀림없이 적에게 노출되었다는 생각이 순간적으로 머릿속을 스쳤다. 죽음이 목전에 다가온 듯싶었다.

그런 다음에야 나는 누가 지뢰를 밟았을까 궁금해졌다.

지뢰를 밟은 사람은 민정기 상병, AR 사수 성병조 상병, 진승각 상병 셋 중에 하나였는데, 누가 밟았는지는 알 수가 없었다. 지뢰의 폭발과 함께 세 사람은 갈기갈기 걸레처럼 찢어져 사라져 버렸기 때문이었다. 시커멓게 그을었거나 피투성이가 된 살점들만 바위와 나뭇가지에 여기저기 짓이겨져 붙어 있었을 뿐, 처음에는 누가 없어졌는지도 몰라서 분대별로 인원을 파악한 다음에야 희생자를 밝혀낼 수가 있었다.

"틀림없이 적은 폭음 소리를 들었을 거다."

최 소위가 바위 뒤에 엎드려 소리를 질렀다.

"하지만 가까이 있지만 않다면 지뢰가 터진 위치를 모를 테니까 눈에 뛰지 않게 몸을 숨기고 모두 꼼짝 마라."

우리들은 M-16의 손잡이를 꽉 움켜쥐고 사방을 살폈다. 적이 근처에 없기만 바라면서. 우리들은 괴이한 정적 속에서 침묵을 지키며 무작정 기다렸다. 눈앞이 아득해지고 하늘과 바위와 나무들이 가물거렸다. 외로웠다.

그러나 신음 소리가 또다시 들려왔다.

머리를 돌려 살펴보니 지뢰가 폭발한 곳에서 5미터쯤 떨어진 바위에 몸을 기대고 털썩 주저앉아 신규식 병장이 눈을 휘둥그레 뜨고는 얼빠진 사람처럼 어 – 어 – 소리를 했다. 그는 나와 시선이 마주치자 얼른 왼쪽 손으로 오른쪽 어깨를 엉거주춤 가렸다.

그제서야 나는 그의 오른쪽 팔이 없어졌음을 알았다. 팔꿈치 위가 완전히 잘려 나간 자리에서는 피가 쏟아져 까만 베트콩 옷의 허벅지로 흘러내렸다. 그는 잘라진 팔이 부끄럽다는 듯 자꾸만 가리려고 했다.

"의무병!"

소대장이 소리쳤다.

"부상자를 돌봐 줘라!"

신 병장이 기댄 바위에도 살점이 두 개 철썩 붙어 있었고, 그의 이마에서는 파편이 스쳤는지 한 뼘쯤 찢어진 상처에서 피가 눈썹 사이로 흘러내렸다. 조만길 병장이 배를 땅에 깔고 기어가 구급낭을 풀어 붕대를 꺼내 너덜너덜한 팔뚝을 미친 듯이 빠른 동작으로 묶었다. 어서 붕대로 묶어 보이지 않게 하려고, 찢어져 나간 팔뚝을 어서 보지 않게 되기를 바라면서 그는 바삐 손을 놀렸다.

잠시 후에 조 병장이 신 병장을 끌어 내리고 바위 뒤로 몸을 숨겼다.

소름이 끼칠 만큼 싸늘한 적막감이 눌러 내렸고, 금방이라도 비가 쏟아지려는지 날씨가 무더웠다. 땀이 마구 흘러 눈이 쓰라렸다. 신음소리가 가끔 들려왔다.

15분쯤 기다릴 때까지 아무런 적의 움직임이 눈에 띄지를 않자 소대장은 이동을 명령했다.

"될 수 있는 대로 빨리 이 지역을 벗어나야 한다. 아직은 놈들이 우리 위치를 모르는 것 같으니까 날이 저물 때까지 가능한 한 멀리

이동한다."

우리들은 허둥지둥이라는 표현이 더할 나위 없이 어울릴 만큼 길을 서둘렀다. 마치 죽음과 경주라도 벌이듯, 빨리 달아나지 않으면 죽음이 따라와 목덜미를 낚아채기라도 할 듯 정신없이 뛰다시피 숲길을 따라 도망쳤다. 정글 속 어딘가 가까운 곳에서 죽음이 만족한 표정을 짓고 덩굴들 사이로 우리들을 지켜보는 듯한 섬뜩한 착각을 느끼며 나는 숨이 턱에 차도록 서둘러 걸었다. 죽음은 빙그레 미소를 지으며, 이쑤시개를 물고 숲 속에서 천천히 뒤를 따라왔고, 바깥으로의 탈출은 용납이 안 되는 절망적인 상황 속에서 우리들은 무작정 한 발자국이라도 더 멀리 적을 찾아 가까이 가야만 했다.

하지만 부상병 때문에 전진이 늦어졌다. 신규식 병장은 끊임없이 신음하며 팔뚝에 감은 붕대가 피로 펑 젖었고, 가끔 의식을 잃어 목이 축 늘어지기도 했다. 대장은 정신을 차리라고 욕설을 퍼부었지만 소용이 없었다.

한 시간쯤 도망간 다음에 높이가 20미터가량 되는 바위 절벽이 나타났고 하늘이 보였다. 최 소위는 나무 뒤에 숨어 바위를 살펴보더니 지도로 좌표를 확인하고는 근처에 웅크리고 앉아 쉬던 병사들을 둘러보더니 4분대의 부분대장 윤명철 병장을 불렀다.

"넌 여기 신 병장과 남아."

그가 말했다.

"저 바위에는 헬리콥터가 앉을 수 있으니까 여기서 신 병장을 후송시켜야 되겠어. 부상자가 있으면 우리들이 제대로 이동할 수가 없고 우리 임무도 완수하지 못해. 아직 해가 지려면 세 시간은 있으니까 나머지 병력은 멀리 이동해서 중대를 무전 교신을 해 내일 동이 트는 대로 헬리콥터를 이곳으로 보내라고 하겠어. 윤 병장은 여기서 신 병장과 밤을 보내고 내일 잠자리가 오면 부상자와 함께 전술 기지로 돌아가도록 해. 알겠지?"

윤명철 병장은 사형 선고라도 받은 것처럼 얼굴이 핏기를 잃었다. 깊은 정글 속에서 한쪽 팔이 잘려 나간 부상병의 신음을 들으며 단둘이 밤을 지낸다는 것은 상상만 해도 등골이 싸늘해질 일이었다. 더구나 지뢰의 폭발 소리를 듣고 지금쯤은 베트콩이 뒤쫓아 오고 있을지도 모를 노릇이었다. 하지만 명령은 떨어졌고, 군인은 명령을 따라야 한다. 전쟁이란 목숨을 건 게임이고, 전체의 목적을 위해서라면 개인의 생명은 소모품이 된다.

"나머지 병력은 출발한다."

최 소위가 총을 집어 들면서 말했다. 소대장은 윤 병장에게 헬리콥터가 오면 위치를 알리도록 연막탄 한 개를 주었고 우리들은 다시 출발했다.

그날 밤은 마른 개울가에서 지냈는데 자리를 잡고 식사도 끝내기 전에 또다시 비가 내리기 시작했다. 몇 명은 내리는 비를 맞으며 저녁을 먹었지만 대부분의 병사들은 지뢰에 터져 죽은 세 사람에게서 받은 충격을 아직 이기지 못해 식사를 걸렀다. 소대장은 새벽 일찍 출발을 하는 데 방해가 되겠고 혹시 밤에 베트콩이 공격할지 모르니까 배낭을 완전히 꾸려 놓고 자라고 명령했다.

나는 판초를 머리 위로 덮어쓰고 나무 밑에 쪼그리고 앉아 후두둑 거리는 빗소리에 귀를 기울였다. 멀리서 천둥이 우르릉거렸다. 옷과, 땅바닥과, 모든 것이 질퍽했고, 정글화로 빗물이 스며들어 양말을 적셨다.

신규석 병장과 윤명철 병장을 태워 갈 헬리콥터를 부르기 위해 지태식 병장은 조심스러운 목소리로 중대와 교신을 했다.

"불도저(소대장)는 무사하고 갈매기(병사) 사꾸라 홍싸리(37명) 홍길동(이동) 중이다. 병아리 하나 다쳤으니 6번(중대장)에 보고해서 다음 바둑판(좌표)으로 잠자리 보내기 바란다."

낮에 본 갈기갈기 찢긴 세 병사의 시체, 시체라기보다는 차라리 화약으로 볶은 살점들이라고 해야 할 그 참혹한 광경이 머릿속에서 떠나지 않았다. 그날 밤 다른 병사들은 무엇을 느꼈는지 모르지만 나는 신경이 마비되어 슬픔조차도 제대로 의식하지 못했다. 죽음이란 존재하지도 않는다는 역설이 머리에 떠올랐다. 인간에게는 삶조차도 없는지 모른다. 어떻게 인간이 순식간에 그런 식으로 사라져 버릴 수가 있을까?

술이 있었으면 좋겠다고 생각했다. 의식이 흔들릴 만큼만 조금쯤 취하고 싶었다. 차라리 술이라도 취하면 마비된 감각이 이완되어 슬픔이나마 느낄 수 있을 것 같았다. 공포라도 제대로 느끼고 싶었다. 그리고 태어나는 아기를 보고 싶었다. 생명이 시작되는 아기의 울음소리를 듣고 싶었다. 아이를 만나 바닷가로 나가서 따뜻한 모래밭에 나란히 눕고 싶었다.

그리고 나는 오늘 죽어 간 전우들을 생각했다. 한국 전쟁 시절 국민학교에 다닐 때 우리들은 길거리에서 '전우의 시체를 넘고 넘어'를 노래하며 군인 흉내를 내느라고 줄을 지어 씩씩하게 행군했었다. 그러면 신이 났다. 하지만 날마다 죽어 가는 전우들의 시체를 본다는 것은 조금도 신나는 일이 아니었다.

베트콩이 나중에 와서 보더라도 어차피 다른 게릴라들이 실수로 지뢰를 밟고 죽은 것으로 오인할 수도 있으니까 치우지를 않고 그냥 내버려 두자고 소대장이 말해서 지금도 여기저기 흩어져 축축하게 비를 맞을 살점들이 눈앞에 선했다. 민정기 상병, 성병조 상병, 진승각 상병, 그들은 몇 시간 전에만 해도 멀쩡히 살아서 인간 노릇을 했었다.

주걱턱에 새우 눈이었던 민정기 상병은 별명만 백정이었지 결국은 베트콩을 단 한 명도 죽이지 못하고 먼저 죽었다. 그는 정말로 베트콩을 미워했다. 아니면 그는 누구인가를 병적으로 증오했는데, 베트콩이 현실성이 가능해진 그 증오의 대상으로 바뀌었는지도 모른다. 어쨌든 그는 작전이 계속되는 동안에도 숫돌을 배낭에 넣고 다니고 칼을 갈면서 한 놈 걸리기만 하라고 별렀지만, 여러 번 동굴 작전을 거쳐도 그는 한 번도 베트콩과 단둘이 마주친 적이 없었다.

그리고 이제 그는 존재하지 않는다.

자동 소총이 무겁기 때문에 모두들 AR 사수가 되기를 꺼렸지만 성병조 상병은 자진해서 그 일을 맡았었다. 그는 탱크병이나 LMG 사수나 폭격수가 되었더라면 더 좋아했으리라. "임마, 내 똥 굵은 줄 몰랐어?" 소리를 걸핏하면 내뱉고 항상 자신이 만만했던 그는 전쟁이 재미있다고 했었다. 헬리콥터를 타거나 총을 쏘면 신이 난다던 그는 "전쟁도 하고 훈장도 두 개나 탔고 거기다 월급까지 두둑이 받으니 얼마나 좋아?"라고 했었다. 그는 어려서부터 불구경이라면 환장했다. 어디서 불이 났다 하면 불자동차가 간 쪽으로 달려가 활활 타오르는 불을 구경했다. "만리동에서 불이 났기에 아현동에 있던 집에서부터 뛰어가 봤더니 벌써 다 꺼졌더구만. 되게 김샐 노릇이지. 하지만 신촌의 딱총 화약 공장에 불이 났을 때는 굉장했어. 그런 불 또 한번 봤으면 좋겠다." 그래선지 베트콩 부락에 들어가면 그는 초가집에 우선 불부터 질렀다. 그리고 그는 자기가 죽으리라는 가능성은 상상도 못했다. "아니 삐삐 마른 콩들한테 내가 왜 죽어? 내 똥이 얼마나 굵은데 그까짓 놈들한테 죽는단 말야?"

그리고 이제 그는 존재하지 않는다.

병역을 여러 번 기피했다가 뒤늦게 입대한 '색골 영감' 진승각 상병은 미군 신문 성조지의 '애독자'였다. 강원도 삼척군 궁촌이라는 바닷가 마을 출신으로 중학교도 못 다녀서 영어라고는 전혀 읽지를 못했어도 그는 성조지를 용케도 구해다가 맨 뒤에서 두 번째 페이지에 실린 큼직한 여자 반나체 사진들을 오려 사진첩에 붙여 놓았다. 젖통이 수박만 한 백마(서양 여자)들의 아슬아슬한 사진들을 보면 그는 눈이 광채를 내며 두 다리를 꼬고 사타구니를 주물럭거렸다. 한국에 있을 때도 바람을 많이 피웠던지라 아내는 그에게 여자 꽃신을 보내고는 "내 생각만 하고 월남 여자와는 연애를 하지 말라"고 간절한 편지를 보냈지만 그가 사단 치료실로 찾아가 "닌호아에 나갔다 왔다"는 말만 꺼내면 진소철 병장은 더 이상 묻지도 않고 페니실린을 놓아 주었다. 어쩌다가 나트랑이나 닌호아에 나갔다 오기만 하면 그는 자기가 창녀와 성교하는 소리를 녹음해 두었다가 심심하면 리시버를 귀에 꽂고 들으면서 남들이 보건 말건 수음을 했다.

그리고 이제 그는 존재하지 않는다.

예기치 않던 짤막한 순간에 그들의 존재가 갑자기 사라졌다. 칼을 갈던 숫돌과, 굵은 똥과, 수음을 해서 싼 정액의 냄새가 모두 사라졌다. 세 사람 다 인간이었고, 개성이 있었고, 그들 나름대로의 역사가 있었다. 하지만 그토록 순식간에 금속성 파열과 더불어 그들은 모두 삶의 마지막 구절에 점을 찍었다. 그리고 나는 젖은 판초를 쓰고 젖은 몸으로 젖은 땅에 쪼그리고 누워 젖은 생각을 했다.

멀리서 포성이 울렸고 산들이 가벼운 진동을 일으켰다. 나는 질퍽한 땅에 누운 채로 젖어 버린 담배 토막을 세차게, 그리고 격노에 떨며 빨았다. 공포와 슬픔이 빗소리와 더불어 갑자기 짙은 현실이 되었다. 아무에게도 도움을 받지 못하고, 비록 신이 존재한다손 치더라고 우리들을 버렸을 상황에서, 잡목들 사이에 쪼그리고 누워, 불이 꺼져 버린 담배를 쥔 내 손이 파르르 떨렸다.

그 불편한 자세로 어렴풋이 잠깐 잠이 들었었는지 어쨌지 모르겠지만, 갑자기 비명 소리에 나는 정신이 퍼뜩 들었다. 총을 겨드랑이에 끼고 엉겁결에 엎드리니 낙엽 사이에 웅덩이를 이룬 빗물이 얼굴에 튀었다. 온몸이 펑 젖어 있었다. 사방에서 병사들이 바위나 나무 뒤로 몸을 숨기며 전투 태세를 갖추느라고 뒤숭숭했다.

"베트콩 한 놈 후볐어요!"

10미터쯤 떨어진 곳에서 야간 근무를 서던 봉골 채무겸의 흥분한 목소리가 들려왔다.

"나도 VC(베트콩) 잡았어요."

캄캄하고 나무들이 우거져서 두 사람 다 보이지를 않았지만 소대장이 묻는 소리가 들렸다.

"상황 보고를 해!"

"보초를 서는데 VC가 바로 코앞에서 일어서길래 대검으로 찔렀어요. 저기 있잖아요."

"머리 들지 마! 적은 몇 명이었지?"

"몰라요. 어쨌든 저놈은 우리들이 여기 있는 걸 모르고 내가 몸을 숨긴 고목나무 뒤에서 쑥 나왔어요. 너무 거리가 가까워서 그냥 대검으로 쑤셨는데, 총검술 훈련 때 배운 그대로 배를 푹 찌르고는 내장을 후벼 팠어요. 틀림없이 죽었을 거예요"

"1분대장."

"예!"

정상철 하사가 어디선가 대답했다.

"적이 또 없는지 살펴봐."

잠깐 침묵이 흘렀다. 우리들은 어둠을 응시하며 기다렸다.

"씨팔 한 놈이라도 우리 손으로 죽였다니 속이 좀 풀리는구나."

권영준 상병이 어둠 속에서 침을 뱉었다.

“적은 없는 것 같습니다. 혼자서 왔나 봅니다.”

“경계를 계속하고, 의무병, 채 상병이 잡은 VC를 확인해. 혹시 살았으면 치료를 해라. 포로가 있으면 앞장을 세워 적의 본거지를 쉽게 찾을 수 있을 테니까.”

“알겠습니다.”

조 병장이 말했다.

나는 대화가 들려오던 쪽을 응시했다. 조 병장이 쓰러진 베트콩이 있는 곳으로 기어가는 소리가 나더니 랜턴을 켜서 나무들 사이로 노란빛이 보였다. 다시 불이 꺼졌다.

“소대장님.”

“뭐야?”

“이리 와 보세요.”

“왜 그래?”

“베트콩이 아녜요.”

“뭐?”

몇 사람이 모여드는 소리가 났고 다시 랜턴이 켜졌다. 모두들 침묵을 지켰다.

“난 몰랐어요.”

봉골의 겁먹은 목소리가 들려왔다.

“정말 몰랐어요.”

“죽었나?”

소대장이 물었다.

"아뇨."

의무병이 말했다.

"의식은 잃었지만 죽지는 않았어요."

"살아나겠어?"

"글쎄요, 힘들겠어요. 너무 상처가 심하니까요."

"정말 몰랐어요."

봉끌이 베트콩으로 오인하고 대검으로 찌른 것은 윤명철 병장이었다.

새벽 3시 40분쯤에 봉끌은 총구에 빗물이 들어갈까 봐 판초 속에 집어넣고는 저절로 죽어 쓰러진 고목나무 뒤에 엎드려 경계를 하고 있었는데 근처에서 무엇이 움직이는 소리가 나서 혹시 무슨 짐승이나 아닌가 생각했었다. 이렇게 비가 쏟아지는데 베트콩이 나타날 리가 없었지만 짐승이더라도 조심은 해야 되겠어서 대검을 뽑아 손에 들고 어둠을 살폈다. 그러자 바로 1미터도 안 되는 눈앞에서 나무 뒤로부터 불쑥 고깔모자에 베트콩 옷을 입은 윤 병장이 나타났고 봉끌은 반사적으로 덤벼들어 배를 찔렀던 것이다.

"이렇게 캄캄한데 도대체 왜 왔어?"

20분쯤 후 윤 병장이 잠깐 정신을 차리자 소대장이 물었다.

"부상병은 어떡했지?"

윤 병장은 완전히 정신을 차리지는 못했고, 잠꼬대를 하듯 맥빠진 목소리로 혼수상태에서 두서없는 얘기를 띄엄띄엄 늘어놓았다.

"왜 날 찔렀어? 잘못한 거 없는데. 나 – 잘못한 거 없어. 신 병장이 죽었지. 너희들 떠나고 40분쯤 되었을 거야. 죽었어. 금방 죽었어. 팔이 아프다고 잉잉 울다가 숨을 몰아 쉬더니 목이 축 늘어졌어. 만져보니까 죽었어. 베트콩 올까 봐 무섭더군. 사방에 쥐새끼들 돌아다니고 나 찾는 거 같았어. 가만히 앉아 있으면 잡혀 죽을 거 같았어, 정말야. 그래서 왔어. 나 잘못한 거 없는데 왜 찔렀지? 신 병장도 죽어 시체가 되니까 무서웠어. 죽은 사람은 굉장히 무섭단 말야. 시체를 옆에 놓고 밤을 지내니까 밤중에 시체가 덤벼들 거 같아. 무서워서 같이 있을 수가 없었지. 베트콩이 나올까 봐 무서웠고. 신 병장이 죽었으니까 잠자리도 안 올 것 같은 생각이 들더구만. 그럼 난 어떡해? 잠자리가 안 오면 정글에 혼자 떨어져서 난 어떡하나? 신 병장이 죽었으니 올 리가 없지. 이제 난 혼자 정글 속에서 헤매게 될 거야. 그러다가 베트콩에게 붙잡혀 죽겠지. 시체도 무섭고. 하지만 빨리 따라가면 소대원들을 만나게 될 거야. 40분밖에 안 되었으니까. 지형을 보니 골짜기를 피하고 능선만 따라 가면 소대원들이 어디선가 눈에 띄겠지. 여기가 4부 능선쯤 되나 보다. 아무리 걸어도 소대원들은 안 보이고 비만 쏟아졌어. 나무 밑에서 쉬려고 했지만 어쩐지 소대는 잠을 안 자고 야간에도 홍길동할 것 같았어. 그럼 난 영원히 뒤떨어지겠지? 그러면 안 돼. 계속 걷다 보면 어디선가 만날 거야. 왜 날 죽이는 거야? 신 병장 시체는 잘 치웠는데. 걱정 마. 잘 치웠으니까. 헬기 부를 필요도 없어. 잠자리 뜨면 VC가 눈치나 채지. 그런데 누가 날 찔렀어? 왜 찔렀지? 얼마나 찾아다녔는지 모르지? 눈앞이 아물거리고 아무것도 보이지를 않아 미칠 것 같았어. 혼자 있어 봐. 기분이 어떤가.

시체하고 말야. 얼마나 무서운데. 담배 피우고 싶어."

조만길 병장이 고깔모자로 비를 가리고 담배에 불을 붙여 그의 입에 물려 주었다. 그는 두 모금 빨더니 맥이 풀리는 듯 목을 축 늘어뜨리고는 움직이지를 않았다.

동틀 녘에 바람까지 불어서 구질구질하게 비가 내리는 한국 가을날의 낙엽처럼 잎사귀들이 솨르륵거리며 떨어졌다. 온몸이 물과 흙투성이가 된 병사들은 걸음을 멈추면 당장 죽기라도 한다는 듯 쉬지 않고 묵묵히 걸었다. 빗속의 행군은 베트콩 옷이 흠빡 젖어 팔다리에 감겨들자 더욱 힘들어졌고, 바위가 미끄러워 위험했다. 병사들의 물 묻은 얼굴은 아무러한 욕망도, 어떤 생명의 빛깔이나 숨결도, 그리고 어떠한 환희의 가능성도 보여 주지를 않았다. 그들은 유령처럼 빗속을 무작정 걷기만 했다. 무언가 처절하고 외로운 광경이었다.

나는 내가 정신 이상이 되어 간다는 착각을 느꼈다. 철버덕거리며 숲길을 걸어가는 동안에 내 머릿속에는 너무나 해괴하고 소름끼치는 상상들이 떠올랐다. 어째서 그런 집요하고 끔찍한 생각들을 하게 되었는지는 나도 몰랐고, 그러다가는 별안간 비명을 지르고 순간적으로 머리가 돌아버릴 것 같아서 나는 자꾸만 다른 생각을 하려고 애썼다. 한국은 너무 멀고 실감이 안 나서 나는 중대장이 슬라이드로 찍어 온 사이공을 머릿속에 그려 보려고 했다. 고층 건물이 없어서 더럽지만 아늑해 보이던 도시. 집 앞에 쌓아 놓은 모래주머니와 철조망. 길거리에 옷감을 펴 놓고 손님을 부르던 사람. 하얀 옷을 입은 수녀 세 사람. 알루미늄으로 만든 길거리 가게에 늘어놓은 야자, 파인애플. 알록달록한 여러 가지 잡지와 만화. 수많은 간판과 빈민굴 같은 뒷골목. 자전거. 단층집. 2층집. 조랑말이 끄는 두 바퀴 마차. 칼텍스 석유 회사의 간판. 철공소 앞의 쓰레기처럼 길거리 여기저기 쌓인 잡동사니. 양은냄비를 땜질하는 사람. 붉은 벽돌로 지은 높다란 성당. 렉스 호텔. 까라벨 호텔. 국회 의사당 앞에 질서정연하게 늘어선 수백 대의 스쿠터. 지프차, 폭스바겐. 사이공 데뻴람. 윤 병장이 신 병장을 죽이고 왔는지도 모르지…….

하지만 아무리 다른 생각을 하려고 해도 소용이 없었다. 웬일인지 나는 윤명철 병장이 부상당한 신규식 병장을 죽여 버리고 우리들을 뒤쫓아 왔다는 괴이한 망상에 사로잡혔다. 한쪽 팔이 떨어져 나간 신 병장과 같이 있기가 무서웠고 아무도 보는 사람이 없으니까 그랬을 수도 있다는 억측이 떠올랐다. 적을 찾는 것이 아니라 무작정 도주를 하는 듯한 전율에 내 상상력은 마구 괴기 소설처럼 펼쳐져 나갔다. 우리들은 하나씩 모조리 죽을 것만 같았고 누군가 우리 소대를 몽땅 처치하기 위해서 죽음의 계곡으로 보낸 것이 아닐까 하는 엉뚱한 피해망상증적인 생각도 들었다.

윤 병장이 죽었으니 물어볼 수도 없는 노릇이어서 내 의심은 더욱 심해졌지만, 얼마 후에는 차마 죽이지야 않았겠지 하고 자위했다. 그렇다면? 아마 윤 병장은 겁이 나서 죽어 가는 신 병장을 혼자 내버려 두고 도망 왔는지도 모른다. 아마 지금쯤 신 병장은 이미 베트콩의 포로가 되어 고문을 받고 우리들이 어디에 있는지 자백했을지도 모른다. 그래서 베트콩들이 사냥개처럼 땅바닥을 킁킁 냄새 맡으며 뒤쫓아 오고 있을지도 모른다.

베트콩들은 물을 가득 담은 커다란 독에다 신 병장을 거꾸로 처넣는 고문을 했으리라. 죽창이나 칼로 팔다리를 쑤셔 대거나 도끼로 손가락을 하나씩 자를지도 모른다. 일본 놈들이 그랬듯이 예리한 대나무 꼬챙이로 손톱 밑을 찔러 댔을지도 모른다.

나는 의무병에게 진정제를 달라고 해서 두 알을 먹었지만 무시무시한 환상들은 머릿속에서 얼른 사라지지를 않았다. 그러더니 차츰차츰 눈앞이 희미해졌고 얼굴에 흘러내리는 빗물을 의식하지 않게 되었다. 나는 가사 상태에 이르렀다. 아침 내내 걷기는 분명 계속해서 걸었지만 나는 그날 아침의 일을 전혀 기억하지 못한다.

점심때부터 비가 걷히기 시작했고 나는 의식이 조금씩 돌아왔다. 빗속을 걸어가며 눈을 뜬 채로 악몽을 꾼 나는 그날 밤 가벼운 몸살기운을 느끼며 정신없이 잠을 잤다. 아무리 흔들어도 잠을 깨지 않더라고 하면서 김재오 상병이 그날 밤 나 대신 근무를 서 주었다.

이튿날은 아무런 사고가 없었고, 또 그 다음 날, 우리들은 다시 울창한 밀림 지대로 들어갔다. 부비트랩에 연결된 철사 줄이 혹시 없는지 나뭇가지와 거미줄을 자세히 살펴봐야 했고 가끔 귀를 기울여 사방을 살피느라고 한 시간에 기껏해야 4백 미터 이상은 전진이 불가능했다. 독충이나 거미가 달라붙지 말라고 모두들 소매를 내려 비 오듯 흐르는 땀은 잔등을 타고 엉덩이까지 흘러내렸고, 빽빽한 잎사귀들 때문에 바로 앞 2미터 전방에 있는 병사 이외에는 아무것도 보이지 않고 온통 암록색뿐이었다. 개미와 산악에 사는 게와 전갈과 독파리와 실뱀에 물리지 않으려면 쉴 새 없이 팔다리를 더듬어 봐야 했고, 머리카락이 땀으로 펑 젖었다.

교체 병력으로 최근에 도착한 병아리가 앞이나 뒤에 선 병사들은 더욱 불안했다. 고참은 전투에 이력이 나서 좀처럼 죽지를 않지만 정글 여기 저기에 숨겨 놓은 베트콩의 폭발물이나 지뢰를 신병들이 찾아내지 못해서 잘못 건드리면 그들과 함께 희생이 될지도 모를 노릇이었다. 고참은 수통 하나만 있어도 사흘 동안 물이 떨어지지 않았지만 신병은 두 수통을 가득 채워도 한나절이면 물이 떨어져 목이 마르다고 보채기가 십상이었다. 고참에게는 신병이 귀찮은 짐이었고, 전투에서도 아무런 도움이 되지 않았다. 병아리들은 정글의 생존 법칙을 알지 못했다.

베트콩이 하룻밤 묵고 가느라고 파 놓은 배수로가 나타났다. 병사들은 더욱 수색에 열을 올렸다. 적은 어디에 있을까? 도망을 치지만 패배를 하지 않으려는 적, 자취는 남기지만 눈에는 뜨이지 않는 적, 이렇게 뒤쫓는다고 해서 우리들은 그들에게 이기고 있는가? 영원히 쫓기지만 절대로 패배를 증명해 보이지 않고 잡히지도 않는 그림자를 쫓는 술래잡기, 이 전쟁은 분위기에서만 그치는 환각이라는 생각이 불현듯 머리에 떠올랐다.

어디에선가 팬텀기가 네이팜을 갈겨 산울림이 육중했다. 나무들이 포탄에 타 버려 암울한 풍경을 이룬 개울가 골짜기 바위 옆에 배낭을 놓고 기대앉아서 담배를 피우고 있으려니까 조의철 병장이 내 얼굴을 빤히 쳐다보더니 눈이 휘둥그레지면서 말했다.

"너 머리에서 피난다."

빰이 찐득거려도 땀을 너무 흘려 그런가 보다 대수롭지 않게 생각했던 나는 섬찟했다. 시뻘건 피가 손바닥에 뜨겁게 묻어났다. 나는 손가락으로 피가 흘러내리는 자국을 더듬어 철모 속의 머리카락을 눌러 보았다. 흥건한 땀 속에서 무언가 물컹했다. 소름이 끼쳤다. 머리카락을 헤쳐 두 손가락으로 물렁물렁한 것을 뜯어내 보니 거머리였다.

"날아다니는 거머리다!"

장돼지가 벌떡 일어서서 뒷걸음질을 쳤다.

"정글 거머리다! 거머리가 떨어진다!"

병사들은 모두들 일어나서 법석을 부렸다. 정글 거머리는 높다란 나무에서 떨어져 옷 속으로 기어 들어가 사람의 피를 빨아 먹었다. 병사들은 소매와 가슴속을 손으로 더듬어 보고는 단추를 모두 목까지 채워 올렸다. 겨드랑이나 목덜미에 달라붙은 거머리를 발견한 병사들은 파랗게 질린 얼굴로 온몸을 훑었다. 군화 속에서도 거머리가 나왔고 목덜미에서도 나왔다. 병사들은 저마다 끈끈이 모기약을 바르고 거머리를 사냥하기에 정신이 없었다 새빨갛고 찐득한 핏자국이 그들에게 갑자기 죽음을 연상시켰고, 자기도 모르는 사이에, 고통도 느끼지 못하는 사이에 피를 빨려 먹혔다는 사실에 대해서, 무방비 상태로 당했다는 데 대해서 그들은 무언가 불길한 분노를 느꼈는지도 모른다.

그날 밤 병사들은 제대로 잠을 이루지 못했다. 여기저기서 목덜미를 철썩철썩 때리고 몸을 더듬어 보는 소리가 났다. 썩어 넘어진 거대한 나무 옆 눅눅한 땅에다 판초를 깔고 쪼그려 앉은 나는 온몸이 스물스물하고 거머리가 옷 속에서 기어 다니는 것 같아 잠깐 졸다가도 놀라 잠이 깨고는 했다.

장기 수색 정찰이 9일째 되던 날 오전 7시에 우리들은 지정된 장소에서 헬리콥터로부터 공중에서 투하하는 식량을 보급받기로 되어 있었다. 혹시 도중에 적과 조우하면 약속된 장소에 때맞춰 도착하지 못하는 경우도 있겠고 그랬다가는 보급품이 투하된 지점에 베트콩이 미리 찾아와서 기다리고 있을지도 모를 노릇이어서 우리들은 실수가 없도록 전날 저녁에 미리 투하 장소로 가서 밤을 보냈다.

약속된 장소는 6부 능선의 돌출된 언덕이었으며 미리 항공 정찰을 해서 들어온 보고 그대로 나무가 별로 없어 투하되는 보급품을 쉽게 육안으로 관측하기에 알맞은 곳이었다.

우리들은 근처 숲 속에서 밤을 지냈다. 거리가 멀고 암벽이 중간에 있어서 전술 기지와 무전 교신이 되지 않아 확인을 못했지만 밤새도록 혼헤오산에 포를 때리고 조명탄이 튀어 오르는 것을 보니 평야에서 교전이 붙은 모양이었다. 포탄이 날아가는 소리가 소름을 돋게 했다.

나는 잠을 푹 잤다. 보급품을 실은 헬리콥터가 아침에 날아오리라는 생각을 하니 그동안 느꼈던 바깥 세계로부터의 단절감이 얼마쯤은 사라졌기 때문이었다. 따지고 보면 우리들은 완전히 망각된 존재는 아니었다.

날이 밝아 오니 푸르스름한 들판이 산 아래 아득히 모습을 드러냈고 논들이 그린 무늬 속에 마을의 외딴집들이 섬처럼 거무스름하게 떠올랐다. 우리들이 밤을 보낸 숲 속에는 아군 비행기들이 뿌린 안전 전단증이 여기저기 흩어져 있었고 맞은편 암벽은 포탄에 맞은 자국이 희끗희끗 벗겨졌다.

병사들은 기분이 좋아 보였다. 며칠 동안 아무도 죽지를 않았기 때문인지 그들은 서서히 죽음에 대한 공포를 벗어나는 중이었고 혹시 이 산에는 적이 없는지도 모른다는 막연한 기대감조차 머리를 들었다. 한 주일이 지났어도 베트콩은 그림자도 보지를 못했으므로 어쩌면 대대에서 갑자기 철수 명령이라도 내릴지 모를 일이었다.

"콩이 하나도 발견되지 않으면 어쩌죠?"

지리산의 산돼지 윤칠복 일병이 히죽 웃으며 소대장에게 물었다.

"그래도 우린 찾을 때까지 무작정 이 산속에 파묻혀 살아야 하나요?"

"산골 태생이 뭐가 걱정이 돼서 그래?"

최 소위가 말했다.

"지리산에서 살았으면 공비 얘기도 많이 들었을 텐데."

"차라리 VC라도 있으면 모르지만 지뢰와 부비트랩만 있는 이런 산이라면 사양합니다. 우리들이 VC를 못 찾으면 영원히 이 속에서 헤매야 하나요?"

"현재의 계획으로는 정찰이 40일 이상은 계속되지 않아. 정찰 루트도 이미 결정이 되어 있고, 40일 안에 적이 발견되지 않으면 철수

하는 거야."

이제는 지루하기도 하고 지치기도 한 병사들은 그나마 무슨 계획이 있음을 의식해서인지 훨씬 표정이 밝아졌다. 처음에는 귀신이라도 나올까 봐 무서워하면서 빈집에 들어간 아이들이 아무도 없다는 것을 확인한 다음에는 컴컴한 그 집을 놀이터로 삼듯이 우리들은 거의 열흘이나 보낸 혼바산에 대해서 조금쯤은 친근감을 느끼기 시작했다. 헬리콥터가 날아오기를 기다리며 병사들은 가끔 농담도 했고 베트콩들 사이에 세상에서 제일 시끄러운 군대라는 소문이 난 따이한답게 조용하라고 소대장이 자꾸만 야단을 쳐도 시시덕거리고 떠들며 시간을 보냈다.

봉골 채무겸 상병만이 아직도 불안한 표정이었다. 우리들은 애써 그와 눈이 마주치지 않으려고 조심을 했지만 그럴수록 그는 더욱 소외감을 느끼는 것 같았다. 굳이 따지자면 그의 잘못만은 아니었어도 봉골은 윤 병장을 죽인 죄책감에 시달려 잠도 제대로 자지를 못해서 얼굴이 창백하고 퀭한 눈이 폭 가라앉았다.

변진수 일병은 신기해 하는 듯한 시선으로 자꾸만 봉골을 눈여겨보았다. 봉골은 닌호아 전투 때 변 일병이 보였던 것과 비슷한 행동 양상을 나타내었고, 김문기 하사도 죽기 직전에 그런 모습을 보였다. 정신적인 공포의 병이 전염되는 과정일까? 그 병을 퍼뜨려 놓고 이제 변진수는 오히려 사뭇 차분한 태도였다. 그는 오히려 타인들의 공포 증후군을 구경하는 방관자였다.

일곱 시가 거의 다 되었을 때 산기슭에서 귀에 익은 헬리콥터의 퍽

퍽퍽퍽거리는 엔진 소리가 들려왔다. 나는 옛 친구가 오래간만에 찾아오기라도 하는 듯 가슴이 두근거렸다. 나를 찾아오는구나. 누군가 나를 찾아온다.

잠시 후에 헬리콥터가 시야에 들어왔다. 나지막이 떠서 논바닥 위로 날아오던 세 대의 헬리콥터들이 능선을 타고 기어오르기 시작하더니 갑자기 흩어져 세 방향으로 날았다. 베트콩의 관측을 혼란시키려는 의도에서였다. 맨 뒤에 처진 헬리콥터는 곧장 우리들이 있는 돌출된 언덕으로 달려오더니 세 개의 커다란 꾸러미를 갈대밭에다 투하했다. 프로펠러의 바람에 잡초들이 옆으로 누웠고 우리들은 고깔모자가 벗겨지지 않도록 꽉 움켜잡고는 보급품이 투하된 자리로 달려 나갔다. 헬리콥터는 병아리를 낚아챈 솔개처럼 방향을 바꾸며 하늘로 치솟더니 얼른 암벽 너머로 사라졌다. 나머지 두 대도 각기 다른 방향으로 날아갔고, 한참 요란하던 엔진 소리가 희미해졌다.

우리들은 갈대를 헤치고 가서 우편 자루에 담긴 비상식량을 마구 배낭에다 쑤셔 넣었다. 삽시간에 보급물을 챙긴 다음 우리들은 소대장이 미리 지시한 방향으로 뛰었다. 병사들은 시골에서 참외밭 서리를 한 아이들처럼 킬킬대며 숲 속으로 마구 달아났다.

《하얀 전쟁》(고려원, 1989)

AR 미국의 브라우닝이 발명한 소총.

LMG 한 사람이 들고 다닐 수 있을 정도로 비교적 가벼운 기관총.

M-16 1957년에 개발된 미국의 소총.

가사 상태 정신을 잃고 호흡과 맥박이 거의 멎으며 생리적 기능이 약화되어 죽은 것처럼 보이는 상태.

거점 어떤 활동의 근거가 되는 중요한 지점.

게릴라 적의 배후나 측면에서 기습, 교란, 파괴 따위의 활동을 하는 특수 부대나 비정규 부대.

고엽 식물의 잎을 인위적으로 떨어뜨리는 약제를 통틀어 이르는 말. 특히 베트남 전쟁 때에 미국이 밀림에 뿌린 제초제를 가리킨다.

공비 공산당의 유격대. 중국에서, 국민 정부 시대에 공산당의 지도 아래 활동하던 게릴라를 '비적(匪賊)'이라고 욕하며 부르던 데서 유래한다.

구급낭 구급약을 넣어 두는 주머니.

까치발 선반이나 탁자 따위의 널빤지를 버티어 받치기 위하여 수직면에 대는 직각 삼각형 모양의 나무나 쇠.

네이팜 네이팜 폭탄. 네이팜에 휘발유 따위를 섞어 만든 폭탄. 투하하면 공중에서 터지면서 네이팜에 불이 붙어 땅에 흩어진다.

뇌관 충격에 의해서 포탄이나 탄환 따위의 화약을 점화하는 데 쓰는 금속관.

따이한 베트남 전쟁에 참전했던 한국과 한국인을 가리키는 말.

베트콩 베트남 공산주의자라는 뜻으로, '남베트남 민족 해방 전선'을 일상적으로 이르는 말.

부비트랩 건드리면 폭발하도록 임시로 만든 간단한 장치.

수음 손이나 다른 물건으로 자기의 성기를 자극하여 성적 쾌감을 얻는 행위.

수입 (주로 군대에서) 어떤 물건이나 물체를 손으로 닦는 일.

숫돌 칼이나 낫 따위의 연장을 갈아 날을 세우는 데 쓰는 돌.

약실 총포에서, 탄약을 재어 넣는 부분.

연막탄　사람의 시야를 일시적으로 가릴 목적으로, 폭발하면 짙은 연기를 내뿜도록 되어 있는 폭탄.

저격병　은폐된 진지에서 적을 저격하는 임무를 맡은 병사

정글화　정글에서 신기에 알맞도록 만든 신.

척후조　적의 형편이나 지형 따위를 정찰하고 탐색하는 병사.

키리코　그리스 태생의 이탈리아 화가로 형이상파 운동을 일으켰으며, 현대 이탈리아 미술 발전에 공헌했다.

탄피　탄환이나 포탄의 껍데기.

판초　짐을 진 채 머리서부터 쓸 수 있는 비옷.

페니실린　푸른곰팡이를 배양하여 얻은 항생 물질. 폐렴, 임질, 패혈증, 매독 따위를 치료하는 데 쓴다.

1 다음의 상황에서 병사들은 어떤 태도를 취하는지 정리해 봅시다.

김 하사의 죽음	
세 사람이 지뢰를 밟고 죽음	
신규식 병장의 팔이 잘림	

2 '나'가 정신 이상이 되어 간다고 생각하는 이유를 말해 봅시다.

3 아래 제시된 이 소설의 결말 부분을 통해서 소설 제목인 '하얀 전쟁'이 의미하는 것을 생각해 봅시다.

변진수는 몸을 돌려 터벅터벅 정문을 향해 걸어 내려가기 시작했다. 나는 그의 뒷모습에 서린 씁쓸한 분위기를 멀거니 쳐다보았다. 그에게서는 고독의 냄새가 나는 듯싶었다. 그리고 나는 백열(白熱)의 태양이 갑자기 내 망막이라도 태워 버린 듯 시야가 하얗게 표백되는 것을 느꼈다. 백의민족이어서 예로부터 흰옷을 사랑했다는 한국인들, 나의 옛 전우들은 팔뚝에 하얀 말을 그려 붙이고 남의 나라로 전쟁을 하러 갔었다. 우리들은 월남 사람들이 오라고 해서 그곳 전쟁에 간 것이 아니라 미국인들이 참전 명분을 살려 주기 위해, 미국 돈을 받으며 월남 땅에서 미국을 위해

싸웠다. 그러나 그 전쟁에서 우리들은, 나는, 그리고 변진수는 무엇을 했던가? 응어리 응어리 얽힌 30년 민족 전쟁의 매듭을 하나도 풀지 못하면서, 우리들로서는 이유도 없고 명분도 없는 전쟁을 하느라고 죽음의 계곡에서 나의 전우들은 죽어갔고, 이제 변진수는 영혼의 가사 상태에서 살아간다. 대리 전쟁에서 우리들은 죽음의 손익계산서에 아무것도 기록하지 못했다. 그것은 우리들이 백지 답안지를 낸 전쟁 시험이었다. 남은 것은 백색의 공간뿐, '정의의 십자군'은 아무것도 눈에 보이지 않고, 아무 자취도 남기지 못한 하얀 전쟁을, 하얗기만 한 악몽을 견디고 겨우 살아서 돌아왔을 따름이었다. 미국의 첫 번째 에베레스트 등반대 대장이었던 다이렌훠드는 "에베레스트를 정복한 감상이 어떠냐"고 물은 어느 한국 기자에게 "아무도 에베레스트는 정복하지 못한다. 그냥 올라갔다 내려올 따름이지."라고 말했다. 그렇다. 우리들은 속수무책인 백지 답안지를 내야 했던 남의 전쟁을 그냥 다녀왔을 뿐이지, 사이공의 이름이 호지명 시라고 바뀌는 것을 막아 낼 수가 없었다. 그리고 그 못되고 헛된 전쟁을, 태양이 하얗게 이글거리는 나라의 전쟁을, 아니, 온 세상의 모든 전쟁을, 역사책에 줄줄이 나오는 모든 전쟁을 처형할 사람, 전쟁에 대한 모범 답안을 낼 사람은 누구일까?

이 소설은 22부로 짜여 있다. 월남전에 참여했다가 돌아와 현실 생활에 뿌리 내리지 못하고 후유증에 시달리는 한기주나 정신 이상 증세를 앓는 변진수를 중심으로 한 현재와 이들이 참전했던 월남전을 회상하는 과거가 뒤섞이면서 이야기가 이어지고 있다.
밀림 속을 정찰하던 중에 동료들은 눈에 보이지 않는 베트콩에게 한 사람씩 어처구니없이 희생되어 가고, 남은 병사들에게는 영혼의 가사 상태가 전염병처럼 퍼져 가고 더러 광기에 휩싸이기도 한다. 전쟁에서 돌아온 한기주는 죄의식과 소외감이라는 전쟁 후유증에 시달리고, 이로 인해 결혼 생활은 황폐해지고 직장 생활에 적응하는 데도 어려움을 겪는다. 그리고 전쟁터에서의 동료였던 변진수는 정신 이상 증세를 일으키며 사회에 적응하지 못하고 한기주의 주변을 집요하게 추적한다.

여기 실린 부분은 소설의 후반부인 19부로, 한기주가 소속되어 있는 소대원들이 밀림 속을 헤치며 베트콩을 찾아 혼바산 수색 정찰 임무를 수행하고 있는 장면이다. 하늘은 숲에 가리고 보이는 것은 온통 갈색과 초록뿐인 정글, 때로는 핵전쟁이 쓸고 간 것처럼 고엽제로 초토화된 정글을 만나기도 한다. 그리고 밀림 곳곳에 설치된 지뢰와 부비트랩이 동료들의 목숨을 처참하게 앗아 간다. 부비트랩에 맞아 죽은 김 하사의 시체는 바위틈에 묻었고, 지뢰로 세 사람의 육체가 갈가리 찢겼을 때는 살점들만 여기저기 흩어져 있어서 누구인지도 짐작을 못할 정도였는데, 베트콩이 자기편으로 오인하도록 시체를 치우지 않고 그대로 버려 둔다.

팔이 잘린 신 병장이 방해가 되자 윤명철 병장과 함께 정글 속에 남겨 두고 부대원들은 전진을 계속한다. 그러나 신 병장을 지키도록 명령받은 윤명철은 그날 밤 야간 근무를 하던 채무겸의 칼에 찔려 죽는다. 윤명철은 신 병장이 죽었기 때문에 혼자 있을 수 없어서 왔다고 하지만 '나'는 윤명철이 신규식을 죽이고 왔거나 아니면 죽어 가는 신규식을 두고 혼자 도망을 왔을 거라 생각한다. '나'는 자신이 정신 이상이 되어 간다는 착각과 괴이한 망상에 사로잡히고 채 상병은 죄책감과 공포 때문에 말을 잃어 간다.

전쟁은 어릴 때 노래로 불렀던 '전우의 시체를 넘고 넘어' 만큼 씩씩하고 신나는 것일 수 없으며 단지 살아 있음과 죽음이 있을 뿐이다. 그리고 그 죽음은 너무도 순식간이고 끔찍하여 죽음은 존재하지 않는 것 같은 생각을 가지게도 한다.

외형적으로 전쟁은 거창한 명분으로 치장되어 있지만 전쟁에 참여하고 있는 개인들에게도 그 명분이 온당한 것은 아니다. 전쟁에 참여하고 있는 개인은 명분을 생각할 겨를도 없이 생존을 위한 일종의 광기에 휩싸이게 된다. 그런 의미에서 전쟁은 목숨을 건 게임이고 전쟁 속에서 개인은 하나의 소모품에 불과한지도 모른다.

문학시간에 소설읽기 4

엮은이 | 전국국어교사모임

1판 1쇄 발행일 2013년 6월 24일
1판 2쇄 발행일 2019년 8월 26일

발행인 | 김학원
편집주간 | 김민기 황서현
편집장 | 최세정 황서현
기획 | 문성환 박상경 김보희 최윤영 전두현 최인영 정민애 김주원 이문경 임재희 이화령
디자인 | 김태형 유주현 구현석 박인규 한예슬
마케팅 | 김창규 김한밀 윤민영 김규빈 송희진 김수아
제작 | 이정수
저자·독자 서비스 | 조다영 윤경희 이현주 이령은(humanist@humanistbooks.com)
용지 | 화인페이퍼
인쇄 | 청아디앤피
제본 | 정민문화사

발행처 | (주)휴머니스트 출판그룹
출판등록 | 제313-2007-000007호(2007년 1월 5일)
주소 | (03991) 서울시 마포구 동교로23길 76(연남동)
전화 | 02-335-4422 팩스 | 02-334-3427
홈페이지 | www.humanistbooks.com

ISBN 978-89-5862-624-4 44810
ISBN 978-89-5862-620-6 (세트)

만든 사람들

편집주간 | 황서현
기획 | 문성환(msh2001@humanistbooks.com)
편집 | 이영란
디자인 | 김태형 최우영
일러스트 | 민은정

• 이 도서의 국립중앙도서관 출판시도서목록(CIP)은 서지정보유통지원시스템 홈페이지(http://seoji.nl.go.kr)와 국가자료공동목록시스템(http://www.nl.go.kr/kolisnet)에서 이용하실 수 있습니다.(CIP제어번호: CIP2013008064)